Beziehungskisten

Dieser Roman ist eine Mischung aus Autobiografie und Fiktion. Obwohl die Geschichte durch mein Leben und reale Personen inspiriert wurde und darauf basiert, sind einige Stellen des Buches und Namen frei erfunden. Ähnlichkeiten mit lebenden Personen sind rein zufällig.

F. F. Young

F. F. YOUNG

Beziehungskisten

Unterwegs zu mir selbst

Bibliografische Information der Deutschen Nationalbibliothek
Die Deutsche Nationalbibliothek verzeichnet diese Publikation in der
Deutschen Nationalbibliografie; detaillierte bibliografische Daten sind im
Internet über http://dnb.dnb.de abrufbar.

TWENTYSIX – der Self-Publishing-Verlag
Eine Kooperation zwischen der Verlagsgruppe Random House und
BoD – Books on Demand

Herstellung und Verlag: BoD – Books on Demand
ISBN: 978-3-7407-2946-2

Inhalt

Über die Autorin

Ohne feste Adresse, ohne festen Job, ohne klare Perspektiven, ohne dauerhafte Beziehungen, ohne Geld in der Tasche … so hat es bei F. F. Young meistens ausgesehen, seit sie ein kleines Mädchen war, das ohne Vater vor mehr als vier Jahrzehnten am Stadtrand von Rio de Janeiro aufgewachsen ist.

Die Lebensumstände und die Leidenschaft, die Neugierde und das brennende Verlangen, ein besserer Mensch zu werden, haben sie in verschiedene Länder mit unterschiedlichen Sprachen gebracht, sie hat Ehen hinter sich, hat Kinder, hat Trennungen erlebt, aber auch eine lange Liste von Bekannten und eine kurze von wirklich guten Freunden. All das hat sie vor nicht allzu langer Zeit zu dem Punkt gebracht, ihre gesamte, oft bitter erfahrene Lebensklugheit und -erfahrung aufzuschreiben, damit mehr Menschen davon profitieren können und gleichzeitig unterhalten werden als nur wir, die wenigen Freunde, die Abschnitte ihres ereignisreichen Lebens miterlebt haben.

Wenn man sie ein bisschen kennt, muss man sie mögen, wenn man sie ein bisschen besser kennt, muss man sie lieben oder hassen; kontrastreich und turbulent kann das erste Zusammentreffen mit ihr sein.

Roberto Morfes

Danksagung

Dieses Buch ist meinen Freunden gewidmet. Ohne sie wäre es nicht möglich gewesen. Ich danke allen, die diesen Teil meines Lebensweges mit mir gegangen sind, während ich mich weiterentwickelt habe. Ganz besonders danken möchte ich meiner Freundin Guadalupe García Carrera, die die erotischen Teile meines Romans mit formuliert und die spanische Version des Kapitels vier übernommen hat, meiner Freundin Andrea Gutiérrez, die gemeinsam mit mir den spanischen Titel des Buches erarbeitet hat, Kristine Zang, Volker Hoenerbach und Siham Haridas für die Übersetzung ins Deutsche. Konstantin Ribalko hat das erste Kapitel überarbeitet, und Sima Rezaei, die mir bei der Füllung der Lücken in den ersten drei Kapiteln geholfen hat.

Ich danke auch folgenden Menschen, die mir geholfen haben: Holger Weber, Ana Laura Klaehn, Joelle Katto-Andrighetto, Felix Frey, Alon Shani, Willy Browne Ngongang, Tatiana Gutierrez, Melissa Ruppel, Syed Ali, Eva Roxane Stormanns, Janina Fritsch und Elmedina Rausch. Des Weiteren Werner Krumpholz für die »Einleitung«, Roberto Morfes für »Über die Autorin « sowie Luis de Luca. Auch danke ich Steve Santagati, aus dessen Buch »The Manual« ich zitieren durfte (siehe Kapitel 2: Elliot) und Frank Rücker, der mich fortwährend unterstützt hat.

Nicht zuletzt danke ich Emilio Schiavone, der mich dazu inspiriert hat zu schreiben.

Einleitung

Man zählte das Jahr 2004. Ich lebte schon zwei Jahre in den Vereinigten Staaten, als meine Freundin Viviane Miranda Zeugin einer weiteren unangenehmen Situation in meinem Leben wurde. Da sie mich schon lange kannte, schlug sie vor, dass ich ein Buch über mein aufregendes Leben schreiben sollte. Damals erschien mir das unmöglich, aber die Idee steckte irgendwie in mir.

Erst Jahre später verspürte ich zum ersten Mal den intensiven Wunsch, ein Buch über mein bisheriges Leben zu schreiben. Das konkrete Problem war nur: Über was speziell? Und wie sollte ich das anfangen?

Die zweite Hälfte des Jahres 2014 verbrachte ich damit, eine Lösung für das Wie-Problem zu finden, und bis dato wusste ich noch nicht, wie ich die Worüber-Frage angehen sollte.

Anfang Februar 2015, während meines Urlaubs in Argentinien, hatte ich eine Panikattacke, als ich von meinen besten Freunden auf einer Party zurückgelassen wurde. Ein paar schmerzliche Kindheitserinnerungen, die lange, also seit ich drei oder vier Jahre alt war, in meinem Unterbewusstsein verborgen waren, tauchten ganz plötzlich wieder auf, so dass ich mich wieder wie ein hilfloses Kind fühlte. Das war ein aufschlussreicher Moment für mich.

Nachdem ich viele Jahre damit verbracht hatte, an mir zu arbeiten, gab es also immer noch Reste von Kindheitstraumata, die in meinem Bewusstsein angegangen werden mussten. Das mächtige Eingeständnis, dass da immer noch etwas war, half mir dabei herauszufinden, wo ich im Leben stand, was ich bereits alles geschafft hatte und was für ein Weg noch vor mir lag. Außerdem gab es mir die langersehnte Antwort, die ich gesucht hatte, und endlich wurde mir klar, worüber ich schreiben sollte. Ich würde über meinen Weg der Selbstfindung schreiben und über die Person, die ich noch werden wollte.

Beziehungskisten handelt vom Leben selbst, von konfliktbeladenen Beziehungen, von Selbstfindung und von den Missverständnissen zwischen Männern und Frauen in Zeiten sozialer Veränderungen, die in Richtung Gleichstellung der Geschlechter und Globalisierung verlaufen.

Kapitel 1

Meine Mutter

Ich erwachte in völliger Stille. Ich blickte auf meine Uhr und stellte fest, dass es 4:40 Uhr war. War die Party schon vorüber? Ich öffnete die Tür und sah John, den besten Freund meines Freundes Martín, der gerade geduscht hatte und mit einem Handtuch um seine Hüften vor mir stand. »Wo sind Martín und Greta?«, fragte ich ihn.

»Alle sind vor ungefähr 20 Minuten gegangen«, antwortete John, und meine Augen füllten sich mit Tränen. *Sie haben mich hier einfach zurückgelassen!*

Als ich drei oder vier Jahre alt war, gab meine Mutter mich gewöhnlich bei mir fremden Menschen ab. Als sie sich dann von mir verabschieden wollte, trat ich um mich, schrie und heulte. Deshalb begann sie aus dem Haus zu gehen, wenn ich schlief oder abgelenkt war. Als ich dann nach ihr suchte, war sie schon längst über alle Berge. Das Gefühl, verlassen zu werden und der Vertrauensbruch waren äußerst überwältigend für mich. Meine Mutter, die Person, die ich am meisten liebte, die mich beschützen sollte, hatte mich wieder einmal alleine zurückgelassen.

Genau so habe ich mich gefühlt, als ich in Johns Wohnung aufwachte. Meine zwei besten und vertrautesten Freunde hatten mich verlassen, als ich während der Party eingeschlafen war. Die Person, die da eingeschlafen war,

war eine fünfundvierzig Jahre alte Frau und die da jetzt aufwachte, war ein vier Jahre altes Mädchen

»So weine doch bitte nicht. Es bricht mir das Herz, Frauen weinen zu sehen«, sagte John und zog die Augenbrauen besorgt zusammen.

»Ich werde nicht weinen«, entgegnete ich ihm und schluckte meine Tränen herunter. Ich griff nach meinem Handy und ging ins nächste Zimmer. Dort standen ein Klavier, ein Schlagzeug und eine Gitarre sowie ein Bett, das da irgendwie nicht hinzugehören schien; ansonsten wäre es ein gut bestücktes Musikzimmer gewesen. Ich durchschritt das Zimmer, setzte mich auf das Bett und schickte eine SMS an Martín und Greta:

Wie konntet ihr mich nur alleine lassen? Dann schickte ich auch Jade eine Nachricht und klagte über meine derzeitige Situation.

»Schläfst du hier?«, wollte John wissen, der nun angezogen war.

»Ja, ich werde hierbleiben, aber sobald es dämmert, bin ich weg«, antwortete ich empört.

»Sei doch nicht blöde; schlaf in meinem Bett und ich bleibe hier.«

»Nein. Ich bleibe hier«, antwortete ich, während ich mich schon hinlegte. John seufzte, sagte mir mit einem Kuss auf die Wange »Gute Nacht« und flüsterte: »Weck mich auf, wenn du es dir anders überlegst, und wir tauschen die Zimmer.«

Ich legte mich hin, und sofort kullerten dicke Tränen über meine Backen. Ich fühlte mich unwohl wegen der Hitze, die im Zimmer herrschte. Ich holte mir den Ventilator aus dem Wohnzimmer und baute ihn in meiner Nähe auf. Mein Handy fing an wie ein Vogel zu zwitschern, um mir mitzuteilen, dass ich eine SMS erhalten hatte. Sie war von meiner Freundin Jade, die auf meinen Hilferuf antwortete. Ich war erleichtert, da ich jetzt nicht mehr mutterseelenallein war. Jemand, dem ich vertraute, und der mich ausgezeichnet verstand, war jetzt für mich da und bot mir seine Hilfe an. Wenige Minuten später kam eine zweite Nachricht von meiner Freundin Greta:

Ich habe 1000 Mal nachgefragt. Mir wurde gesagt, dass ich dich schlafen lassen soll. Wenn du zu mir kommen willst, bist du mehr als willkommen! Wenigstens sie zeigte Besorgnis und entschuldigte sich.

Martín schrieb auch zurück und entschuldigte sich, weil er dachte, dass ich die Nacht mit seinem Freund verbringen wollte. Es dauerte mehrere Minuten, ihm zu erklären, was passiert war. Dann kam eine schnelle Antwort:

In zehn Minuten wird dich ein Taxi zu mir bringen, wo ich auf dich warte. Mach dir keine Sorgen, schrieb er.

Martín, Greta und Jade gehörten zu meinem ältesten Freundeskreis in Buenos Aires. Als ich 23 war, zog ich nach Argentinien, auf der Suche nach einem finanziell besser ausgestatteten Leben und nach mehr Abenteuer. Trotz der Kultur- und Altersunterschiede wuchs unsere Freundschaft, und auch meine Liebe zu Buenos Aires. Nachdem ich neun Jahre lang ein Teil dieser Stadt war, zog mich die Hoffnung auf ein besseres Leben nach Nordamerika. Und wieder einmal entschloss ich mich dazu, die mir vertraute Stadt zu verlassen; unsere Verbindung aber hielt noch mehr als zwei Jahrzehnte an.

Ich wollte John nicht aufwecken, weil es bereits 5:00 Uhr war, und er wohl gerade erst eingeschlafen war. Aber einfach so zu gehen, ohne mich zu verabschieden, schien mir auch nicht die feine Art zu sein. Schließlich war es ja nicht seine Schuld, dass ich mit einem krassen Kindheitstrauma aufgewacht war. Er hatte sich mir gegenüber wie ein Gentleman verhalten, und zudem war Buenos Aires eine ziemlich gefährliche Stadt, wenn man die Tür nicht abschloss. Ich saß auf seiner Bettkante, berührte sanft seinen Arm und versuchte ihn aufzuwecken.

»John, wach auf«, flüsterte ich. Er öffnete seine Augen, und da sagte ich ihm mit fester Stimme: »John, ich gehe jetzt. Es kommt ein Taxi und bringt mich zu Martíns Wohnung.« Als er sich aufrichtete, ging ich ins Wohnzimmer und setzte mich auf einen Stuhl, der neben einem Gebilde stand, das so aussah, als ob es mal eine Theke sein würde. Binnen Sekunden erschien er und setzte sich ebenfalls auf einen Stuhl direkt neben mich. Als er mich anschaute, sah ich, dass er schon etwas wacher war.

»Es tut mir leid, John, das Ganze hat wirklich nichts mit dir zu tun – als ich heute hier aufwachte, kamen wirklich scheußliche Erinnerungen in mir hoch, von denen ich nicht einmal wusste, dass sie noch in mir waren.« Ich schaute ihm in die Augen und erzählte ihm die ganze Geschichte. »Als ich ein Kind war, gab mich meine Mutter bei mir fremden Menschen ab, und ich hatte keine Ahnung, für wie lange oder warum.« Erneut brach ich in Tränen aus. Ich hatte keinerlei Kontrolle mehr über meine Gefühle.

»Kathy, bitte weine nicht! Das bricht mir das Herz!«

Mit beiden Händen bedeckte ich mein Gesicht und weinte wie ein Schlosshund. Ich schämte mich so, dass ich derart weinen musste. Schließlich war ich kein Baby mehr, und die Situation war nicht allzu schlimm. John schnappte sich mein Handy und fing an, Fragen über die Handyhülle zu stellen, die die Flagge Brasiliens, meiner Heimat, zeigte.

»Wo hast du die gekauft?«, fragte er, das Thema wechselnd, in der Hoffnung, dass ich meine Probleme kurzzeitig vergessen und aufhören würde zu weinen.

»In Deutschland während der Fußball-Weltmeisterschaft«, antwortete ich, während meine Tränen langsam weniger wurden.

»Und wie viel hat das gekostet?«, erkundigte sich John, um mich abzulenken.

»Einen Euro. Meine Tochter hat es mir gekauft, als sie mich in Deutschland besucht hat. Erzählst du mir eigentlich diesen Blödsinn, um mich auf andere Gedanken zu bringen?«, fragte ich.

»Äh, ja.«

»Danke«, antwortete ich ihm mit einem schiefen Lächeln.

»Es sind schon mehr als zehn Minuten vergangen und es ist noch kein Taxi in Sicht«, sagte ich, während ich aufstand und zur Haustür ging. John folgte mir, und gemeinsam gingen wir die Stufen in den kleinen Garten hinunter, den er jeden Sommer aufs Neue hegte und pflegte. Dort standen wir nun und beobachteten, wie der Himmel immer heller wurde, da es Sommer in Buenos Aires war und die Tage früh anfingen.

Ein paar Minuten später kam das Taxi. Ich verabschiedete mich von John mit einem kleinen Kuss auf die Wange und stieg ins Taxi.

»Bringen Sie sie bitte zur Avenida del Libertador 600«, instruierte John den Taxifahrer. »Kathy, sag mir bitte Bescheid, wenn du angekommen bist. Ich werde so lange wach bleiben, bis ich deine Nachricht bekommen habe.« Er war jetzt sehr ernst.

Das Taxi fuhr los, und ich fing wieder an zu weinen. Ich konnte einfach nicht aufhören, an meine Kindheit und an meine Mutter zu denken.

Meine Mutter ...

Es gibt eine Geschichte aus meiner Kindheit, die mir meine Mutter mehrmals erzählt hat und die die ganze Zeit über in meiner Erinnerung geblieben ist. Als ich drei Jahre alt war, gingen meine Mutter, meine Tanten und meine Cousinen mit mir zum Strand. Irgendwann, ich weiß nicht mehr genau wann, war ich auf einmal verschwunden. Sie sagte, dass sie Stunden damit verbracht hätte, nach mir zu suchen. Als sie mich schließlich fand, war ich auf dem Arm eines fremden Mannes, mit einem Eis in der Hand und lediglich mit einem Windelhöschen bekleidet, so, wie es damals bei kleinen Kindern üblich war.

Sie war sehr erleichtert, mich endlich gefunden zu haben. Sie ging auf den Mann zu, um mich wieder zu sich zu nehmen, aber der wollte zuerst ein Dokument haben, das bewies, dass sie tatsächlich meine Mutter war. Das Problem war nur, dass sie nichts dergleichen bei sich hatte. Darauf sagte er: »Wenn du sie rufst und sie geht mit dir, dann ist das Beweis genug für mich.«

»Komm zu Mama, Kathy«, rief sie mit ausgestreckten Armen. Ich drehte ihr den Rücken zu und ignorierte sie, als ob ich sie nicht gehört hätte. Ich wollte bei dem netten Mann bleiben, der mir ein Eis gekauft hatte. Meine Mutter versuchte es mehrmals, bis ich schließlich aufgab und zu ihr ging. Dieses Ereignis beschreibt genau die Beziehung zwischen meiner Mutter und mir bis zu ihrem Tod.

Kurz bevor ich sechs wurde, zog meine Mutter nach Angra dos Reis, eine kleine Stadt südlich von Rio de Janeiro. »Du wirst jetzt erst einmal bei deiner Oma bleiben, aber bald komme ich, um dich zu holen«, sagte sie mir, bevor sie mich verließ.

Ich vermisste meine Mutter sehr. Manchmal saß ich ganz alleine tiefbetrübt im Haus meiner Oma in einer dunklen Ecke und fragte mich, warum mich meine Mutter und mein Vater verlassen hatten. *Ich möchte nicht alleine sein!*, dachte ich, während ich weinte und Schluckauf hatte.

Trotz alledem war es nicht die ganze Zeit über schlimm, bei meiner Oma zu leben. Sie hatte drei Töchter und einen Sohn. Sie gab jedem von ihnen einen Teil ihres Grundstücks, damit sie ein Haus darauf bauen konnten, und das bedeutete, dass ich meine Cousins und Cousinen zum Spielen in meiner Nähe hatte. Bei ihr zu leben, hieß für mich auch, mit all meinen Tanten und Onkeln zu leben. Meine Cousine Andrea, die Tochter meiner Tante Lucia, war die Einzige, die in meinem Alter war. Sie war nur ein Jahr jünger als ich. Wir machten alles gemeinsam: zur Schule gehen, spielen und schlafen, eben wie Schwestern.

Als Kind lebte ich ohne irgendwelche Regeln. Die einzige Verpflichtung, die ich hatte, war, zur Schule zu gehen. Ich badete, machte Hausaufgaben oder schlief, wann immer ich es wollte. Ich war frei, und das war spektakulär, aus der Perspektive eines Kindes betrachtet.

Meine Mutter kam immer seltener zu Besuch, und als ich sechseinhalb war, arbeitete meine Oma auch in Angra dos Reis, wo meine Mutter lebte. Ich blieb bei meiner jüngsten Tante Celia, die nur fünf Jahre älter war als ich. Meine Oma besuchte uns lediglich einmal im Monat, um nach uns zu schauen, die Rechnungen zu bezahlen und Lebensmittel für uns einzukaufen. Trotz ihrer Bemühungen hat das Essen nicht für einen ganzen Monat gereicht, und oft hatten wir nichts mehr zu essen, bevor der Monat zu Ende war. Damals aß dann meine Tante Celia bei meiner Tante Lucia, ihrer älteren Schwester, aber sie gaben mir nichts von dem Essen ab. Ich erinnere mich daran, dass ich einmal aufgrund des Hungers in der Schule ohnmächtig wurde. Der Hass, den meine Familie für meine Mutter empfand, übertrug sich auch auf mich, und ich hatte keinen Vater, der sich für mich einsetzen konnte.

Eines Abends spielte ich in der Küche meiner

Großmutter und hörte, wie sie sich das Maul über meine Mutter zerrissen. Ich verstand nur ihren Namen, Jane, und einige schreckliche Wörter. Ich war zu jung, um den wahren Inhalt der Unterhaltung zu verstehen. Meine Tante Lucia kam in die Küche, baute sich vor mir auf und sagte: »Deine Mutter ist eine Nutte!«, und verschwand.

Ich wusste nicht, was das Wort bedeutete, aber irgendwie wusste ich, dass es etwas war, weswegen man sich schämen musste. Obwohl ich später herausfand, dass es eine Angewohnheit meiner Tanten war, Geschichten zu erfinden, nur um mich oder sonst jemanden innerhalb oder außerhalb der Familie zu verletzen oder um zu lästern, fühlte ich mich kein bisschen besser. Hin und wieder sagte jemand aus meiner Familie etwas, das sich wie ein Peitschenhieb anfühlte, wie etwa: »Deine Mutter schickt nie Geld, damit ich dir Sachen kaufen kann.« Meine Oma nutze jede Gelegenheit, mir zu zeigen, wie wenig meine Mutter mich liebte.

Mein Vater gab mir nicht mal seinen Familiennamen, da er mich nicht als seine Tochter anerkannte. Ich wuchs in einer sexistischen Umgebung auf, und meine Mutter auch. Man stelle sich eine Frau so um die zwanzig vor, damals in den 60er Jahren in Brasilien; wenn da eine Frau mit einem Mann gleich beim ersten Treffen ins Bett ging, war er ein »Held«, sie aber eine »Nutte«. Meine Mutter war in gewisser Weise ein Freigeist und in sexueller Hinsicht ihrer Zeit weit voraus; und das ist der Grund, warum mein Vater keine Verantwortung für seine Handlungen übernahm. Er drückte mir letztlich den Stempel einer Bastardtochter auf. Es gab zu dieser Zeit noch keine DNS-Tests oder Staatsgesetze, die Frauen und Kinder schützten, so, wie es jetzt in Brasilien der Fall ist.

Meine Mutter und ich ähneln uns in gewisser Weise, aber sie war nicht so groß wie ich, ihr Haar war krauser und ihre Hautfarbe heller. Und zwar diese Art von Hell, die einen in der Sonne rot anstatt braun werden lässt, so, wie es bei mir der Fall war. Sie war 21, als sie mit mir schwanger wurde, und wie ich viel später herausfand, ohne jegliche Unterstützung durch meinen Vater, ihre Familie oder die Regierung. Sie musste den Kampf gewissermaßen alleine gegen den Rest der Welt aufnehmen.

Jane war keine gute Mutter. Sie besaß nicht das »Mutter-Gen«, wie einige sagen. Vielleicht wurde sie zu schlecht von ihrer eigenen Mutter behandelt, um es sich anzueignen.

Als ich sieben Jahre alt war, zog ich zu ihr. Ich war so glücklich, wieder bei meiner geliebten Mutter zu sein, aber dieses Glücksgefühl hielt nicht lange an. Ich war mir nicht sicher, wer sich da verändert hatte, meine Mutter oder ich, aber wir kamen nicht miteinander klar. Heute verstehe ich, dass es nicht ihre alleinige Schuld war und dass ich auch daran meinen Anteil hatte. Da ich bereits die Freiheit in vollen Zügen genossen hatte, erschien mir das Konzept, sich an Regeln zu halten, vollkommen fremd.

Als ich die Regeln missachtete, ihre Regeln, wurde ich mit ein paar Ohrfeigen bestraft oder damit, dass ich nicht draußen mit Freunden spielen durfte. Aber das funktionierte nicht wirklich, da sie den ganzen Tag arbeiten war und dadurch die Bestrafung gar nicht durchsetzen konnte. Es war aber auch nicht so, dass ich mich überhaupt nicht an die Regeln halten wollte, nur um ein unartiges Kind zu sein. Vielmehr lag es daran, dass weder sie noch irgendjemand anderes sich um mich kümmerte oder mir Zuwendung schenkte. Das war es, was mich dazu brachte, die Dinge zu tun, die ich nun mal tat.

Während meines ersten Jahres mit ihr fand ich heraus, was eine »vergiftete Beziehung« war, und mit vergiftet meine ich lügen, schreien, prügeln und sämtliche Machtkämpfe, um heurauszufinden, wie man den anderen noch weiter runterziehen konnte. Das war sicher nicht »gesund« für keine der Parteien, mich eingeschlossen. Der Mann, mit dem meine Mutter zusammen war, kam mitten in der Nacht betrunken an und versuchte, zu uns ins Haus zu kommen. Als er merkte, dass meine Mutter ihn nicht reinlassen würde, versuchte er die Haustür einzutreten. Dieser Mann hat mich in dieser Nacht zu Tode erschreckt. Noch im gleichen Jahr fragte ich meine Mutter, ob ich wieder zu meiner Oma gehen könnte, und sie ließ mich ziehen. Ein Jahr danach kehrte ich jedoch wieder zu meiner Mutter zurück, ein weiteres Mal nach ihrer Liebe suchend.

Als ich 14 war, musste ich miterleben, wie der Mann, mit dem meine Mutter seit fünf Jahren zusammenlebte, ihr ein Messer an den Hals hielt, als er betrunken nach Hause kam. Sie lag auf der Wohnzimmercouch, und ich hörte, wie sie mich um Hilfe rief. Meine Antwort war kurz und bündig: »Ich mische mich da nicht ein.« Ich weiß, dass ich mich dafür hätte schämen sollen, aber ich tat es nicht und tue es bis heute nicht. Dies war kein Einzelfall. Jedes Wochenende kam er betrunken nach Hause und schlug alles kurz und klein. Manchmal verletzte er sie auch. Er zerschlug Sachen, weil er genau wusste, dass meine Mutter sie bezahlen würde. Anfangs rief ich noch die Polizei, aber sie zeigte ihn nie an, also mussten sie ihn gehen lassen. Am Ende hatte die Polizei bald genug davon und ich auch.

Ich hatte nie das Gefühl, dass ich zu meiner Familie gehörte. Ich war anders, und das zeigte sich sehr deutlich, als meine Mutter mir eine neue Hose und ein Hemd gekauft hatte und mir sagte, dass ich das nur zu besonderen Anlässen anziehen solle. Ich aber trug es an einem Samstagnachmittag, als ich mit ihr einkaufen ging. Nachdem sie sich mehrfach darüber beschwert hatte, sagte sie: »Ich weiß überhaupt nicht, woher du diese Prinzessinnen-Allüren hast.«

Erst als ich erwachsen war, konnte ich meine Mutter, ihre harte Arbeit und ihre Beharrlichkeit bewundern. Es tat mir auch leid, dass ihre eigene Mutter ihr keine Liebe geben konnte, dass sie ihr Verhaltensmuster in Bezug auf Männer nicht erkannte und dass sie ihr Glück sabotierte. Dieses alles war so tief in ihr verborgen, und niemand konnte das ahnen. Ich fragte mich ganz oft, ob ich meine Mutter für meine Ängste und Fehler verantwortlich machen sollte. Aber sind wir letztlich nicht alle wieder Opfer von Opfern?

**

Als ich in der Avenida del Libertador 600 ankam, rief ich Martín auf seinem Handy an, um ihm mitzuteilen, dass ich jetzt da war. Ich befand mich immer noch im Taxi, als ich sah, dass er auf mich zukam. Ich stieg aus, und Martín schloss mich erst einmal fest in seine Arme, da er um meinen Gemütszustand wusste. Er bezahlte den Taxifahrer, und zusammen gingen wir nach oben in seine Wohnung. Wir waren schon seit über 19 Jahren miteinander befreundet und hatten außerdem noch viele Gemeinsamkeiten. Wir waren fast wie Geschwister, und als ein Bruder wollte er mich aufmuntern. Als wir in die Wohnung traten, schaute mir Martín in die Augen und fing an, sich erneut zu entschuldigen.

»Es tut mir so leid, Kathy. Ich dachte, dass du John mochtest und dass du bleiben wolltest, weil ihr euch schon die ganze Woche geschrieben habt.«

»Oh, ich weiß, Martín! Es ist meine Schuld und mein blödes Verhaltensmuster, das ich bei Männern habe«, sagte ich schluchzend. »Ich zeige den Männern, von denen ich etwas möchte, die kalte Schulter und bin unglaublich nett zu denen, mit denen ich keine Beziehung haben will. Es ist grausam und lächerlich, ich weiß das schon, aber ich kann nichts daran ändern.«

Martín schnaubte verächtlich und sagte: »Kathy, das ist das Verrückteste, das ich je gehört habe!«, während er mich sanft anstupste.

Als ich ein Teenager war, gab es klare Grenzen und Regeln zwischen Mann und Frau. Ich muss zugeben, dass der Sexismus früher stärker vorhanden war als jetzt, aber wir haben uns wenigstens verstanden. Als Erwachsene hat sich in mir das Gefühl aufgebaut, dass ich nicht die Einzige auf verlorenem Posten war. Wir standen und stehen immer noch im Wald, wenn es darum geht, Signale dem anderen Geschlecht zu senden oder solche zu empfangen.

»Der Punkt ist, dass du mich verlassen hast«, sagte ich, um auf den Grund meines gegenwärtigen Kummers zurückzukommen.

»Wie könnte ich dich denn verlassen? Du bist eine der vier wichtigsten Frauen in meinem Leben: meine Mutter, meine Schwester, meine zukünftige Frau und du«, sagte er mir mit sanfter Stimme. »Du weißt doch, dass ich keine schlechten Absichten hatte.«

»Ja, ich weiß. Es war dieser Traum aus meiner Kindheit, der mich heute total fertig gemacht hat, aber lass mich nie wieder so zurück! Wenn ich mit einem deiner Freunde schlafen möchte, dann werde ich es dich wissen lassen«, sagte ich ihm mit meinem besten »Wutgesicht«, das ich aufsetzen konnte.

»Einverstanden«, sagte er und umarmte mich.

Ich legte mich auf sein Bett, da er sich im Gästezimmer aufgehalten und Gitarre gespielt hatte, bis ich ankam. Martín saß am Bettrand und fing an mir zu erzählen, was ihm alles in letzter Zeit passiert war. Ich gab mir alle Mühe, ihm zuzuhören, aber nach einer Stunde wachte ich alleine im Zimmer auf. Erschöpft von der ganzen Tortur, war ich wohl eingeschlafen, während er geredet hatte.

Ich blickte auf meine Uhr und sah, dass es erst 9:00 Uhr morgens war. Ich stand auf, ging in die Küche und sah Martín von dort aus, wie er tief und fest im Gästezimmer schlief. Ich schenkte mir ein Glas Kakao aus einer Karaffe ein, die ich im Kühlschrank fand, und ging ins Wohnzimmer. Seine Wohnung lag im 13. Stock des Gebäudes, war dem Fluss zugewandt und hatte eine atemberaubende Aussicht. Der Balkon, der sich über das gesamte Wohnzimmer erstreckte, war von morgens bis abends lichtdurchflutet, und wenn Martín die Türen offen ließ, herrschte aufgrund der sanften Brise eine angenehme Temperatur in der Wohnung.

Ich legte mich in die Hängematte, die in der Nähe der Balkontür war, und dachte darüber nach, was passiert war. Ich hörte Geräusche aus der Küche. Martín konnte auch nicht schlafen. Nach ein paar Minuten erschien er im Türrahmen der Küche mit einem Glas Kakao in der Hand und setzte sich auf die Couch neben der Hängematte.

»Kannst du nicht schlafen?«, fragte ich ihn, während ich ihn ansah.

Er nickte und erkundigte sich: »Geht es dir besser?«

»Ja, danke, halt nur unglaublich müde. Ich bin schon an dem Punkt, an dem es schwierig wird einzuschlafen. Ich gehe wieder ins Bett und versuche es nochmal«, erwiderte ich, stand auf und gab ihm ein Küsschen.

Ich ging ins Gästezimmer, in dem er vorher noch Gitarre gespielt hatte, und legte mich hin. Ich stellte mir die Frage, wie viele der Konflikte, die ich als erwachsene Frau mit Männern hatte, mit den Erlebnissen aus meiner Kindheit zu tun haben. Wie viele weitere Kindheitstraumata waren noch in meinem Unterbewusstsein versteckt?

Lag hier der Grund, warum mir so viele ungewöhnliche Dinge mit Männern passierten? Während meine Augen müder und müder wurden und ich langsam in den Schlaf wegzog, begann ich mich daran zu erinnern, wie das mit Elliot war.

Kapitel 2

Elliot

Ich hatte Lore bereits seit einer Ewigkeit nicht mehr gesehen. Wir waren befreundet, seit ich 26 war. Ich habe sie in der Einwanderungsbehörde kennengelernt, als ich in Buenos Aires den Antrag auf Bleiberecht in Argentinien stellte. Wir trafen in dem Zimmer aufeinander, in dem die Fotos gemacht wurden. Sie war aus Perú, hatte lange, schwarze Haare, die beinahe bis zum Hintern reichten, und eine schöne braune Hautfarbe, die ich so liebte. Wir wechselten ein paar Worte miteinander, anschließend tauschten wir unsere Nummern aus und 19 Jahre später waren wir immer noch miteinander befreundet. Wir sahen uns nicht sehr oft. Sie arbeitete viel und hatte für Freundschaften kaum freie Zeit. Es war immer fantastisch, wenn sie zu Besuch kam.

»Bist du mit jemandem zusammen, Kathy?«, fragte sie.

»Nein. Es ist nicht einfach, neue Leute kennenzulernen«, war meine Antwort, während ich in meine winzige Küche ging, um mir ein Glas Wasser zu holen.

»Aber du gehst doch in Bars oder Clubs, um Männer zu treffen?«, erkundigte sie sich.

»Ich mag es nicht, einfach so auszugehen und Typen anzusprechen.« Ich ging ins Wohnzimmer zurück und setzte mich neben sie auf die Couch.

»Dann erklär mir mal bitte, wie genau du dir das dann vorstellst, Männer kennenzulernen«, sagte sie und lachte auf meine Kosten.

»Ich weiß, dass das wie eine Sperre für mein Liebesleben ist, aber was soll ich machen?« Ich war schon verzweifelt, was das Thema Männer anging, und das Gespräch mit Lore half da auch nicht weiter.

»Es gibt eine Webseite, die ist super, um neue Leute kennenzulernen. Dort habe ich auch meinen Freund getroffen«, sagte sie mit einem strahlenden Lächeln, das bedeutete, dass ihre Beziehung gut lief.

»Ich habe keine Geduld, um mich hinzusetzen und zu chatten. Außerdem sind diese Chatrooms langweilig«, antwortete ich kurz und knapp.

»Es gibt da eine neue Webseite, die nicht wie ein gewöhnlicher Chatroom ist. Komm, ich zeige sie dir.« Sie war bereits aufgestanden und hatte das Wohnzimmer durchquert, um zu meinem Schreibtisch zu gelangen, auf dem mein Computer stand.

»Ich werde dir jetzt ein Profil erstellen«, plauderte sie munter drauflos. Sie öffnete eine Dating-Webseite und fing ohne zu fragen an, die Informationen auf der Registrierseite auszufüllen. »Das Gute an Online-Dating-Webseiten ist, dass wir die Fotos und Profile der Typen sehen können, die in der Nähe sind, und sofort anfangen können, mit ihnen zu chatten«, erzählte sie mir aufgeregt.

»Mir gefällt das nicht, Lore, es scheint mir nicht das Sicherste zu sein«, beklagte ich mich. Nichtsdestotrotz war meine Freundin fest entschlossen, mir in meiner Not, was das Liebesleben anbelangt, zu helfen.

»Komm schon, wir machen das zusammen. Wir suchen einen Mann aus, und ich fange die Unterhaltung für dich an.« Lore klickte auf ein Foto von einem Mann. »Wie wäre es mit diesem hier?«

»Er sieht gut aus«, sagte ich, während der Computer zwei Töne von sich gab, die mir anzeigten, dass ich bereits von zwei anderen aus dem Chatroom begrüßt worden bin.

»Hallo!« Lores Finger glitten über die Tastatur und tippten ihre – ich nehme an meine – Antwort. Ich war ziemlich beeindruckt von ihrer Gewandtheit im Chat. Sie konnte blitzschnell antworten, flirtete dabei und blieb clever. Ich für meinen Teil hätte erzählt, wie ich mich zu diesem Zeitpunkt wirklich fühlte (nicht wirklich berauschend), oder ich hätte Sachen gesagt wie »keine Ahnung, und du?«, einfach aus Reflex auf Fragen, die dazu dienten, ein Gespräch ans Laufen zu bringen.

Ich saß ein paar Stunden neben ihr, sah ihr zu, wie sie mit den Männern chattete, wie sie bei einigen Antworten lachen musste, andere löschte, die zu unheimlich waren. Ich lernte schnell ein oder zwei Sachen, auf die es im Chatroom ankam.

»Kathy, ich muss los, aber du kommst jetzt alleine zurecht, oder?«, sagte sie und ging zur Couch, auf der ihre Tasche lag, die sie sich über ihre Schulter hängte. »Du wirst bestimmt jemanden finden, den du magst.« Sie gab mir Küsse auf beide Wangen und weg war sie.

Ein paar Tage, nachdem ich ein Paar Tage mit Lore herumgehangen hatte, war ich bereits süchtig nach dem Chatten. Es eröffnete mir eine Welt der neuen Möglichkeiten. Mit Männern von zu Hause aus zu reden, während ich noch meinen Schlafanzug anhatte, das war, als hätte ich meine eigene private Party am Laufen. Ich konnte bestimmen, welcher Typ reinkam – digital gesehen natürlich.

Trotzdem war nicht alles nur lustig und spielerisch. Ich musste viele Stunden vor dem Bildschirm verbringen, gähnte mich durch die trostlosen und langweiligen Gespräche, bis ich die faszinierenden herausgefunden hatte. Bald unterteilte ich die Männer in Gruppen, je nachdem, wonach sie suchten:

»Eine Familie gründen«, das war nur eine kleine Gruppe; diese Männer gab es extrem selten. Sie verrieten ihre Absichten, indem sie mich fragten, ob ich heiraten und Kinder haben wollte, aber Kinder zu bekommen, war nicht Teil meiner Zukunftspläne.

»Beziehungssuchende« konnte man leicht daran erkennen, dass sie Interesse an meinem Leben zeigten und versuchten herauszufinden, zu welcher Sorte Frau ich gehörte. Das Problem war, dass die wenigen, die ich aus dieser Gruppe getroffen hatte, alle gerade eine Beziehung beendet hatten oder gerade dabei waren, eine zu beenden. Ich war klug genug, keine Beziehung mit einem Mann anzufangen, der noch Gefühle für eine andere Frau hatte. Abgesehen davon bekam ich das »Ich-brauche-eine-Beziehung«-Gefühl von denen, die von einer Beziehung zur nächsten hüpften, und wer findet solche Menschen schon interessant?

Die »Vielleicht-Gruppe« war die gefährlichste, und ich würde sagen, auch meine Lieblingsgruppe. Die Männer in dieser Gruppe taten sehr geheimnisvoll. Sie wählten sehr sorgfältig aus, was sie von sich preisgaben. Im Gegenzug versuchten sie aber, so viel wie möglich über mein Leben herauszufinden. Der Köder am Angelhaken gab die Möglichkeit einer Beziehung, wobei sie ihre wahren Absichten geheim hielten. Die Wahrheit war, dass sie nur Gelegenheitssex haben wollten. Nie hörte ich ein »nein« oder »ja« von ihnen, sondern ganz oft »vielleicht«: Vielleicht werde ich dich morgen anrufen, vielleicht gehen wir nächste Woche ins Kino, vielleicht bist du die Richtige für mich … Von diesen Männern lernte ich, dass heutzutage das Wort »vielleicht« ganz eindeutig von Männern und Frauen anders verstanden wurde. Wenn Männer ein »vielleicht« an einen Satz anhängen, bedeutet das nicht, dass sie die Antwort noch nicht wissen. Es bedeutet de facto, dass sie die Antwort wissen und dass es ein »nein« ist. Vielleicht verhalten sie sich so, weil sie keine Konflikte mögen.

Fasziniert von diesem Thema, fragte ich einen Freund von mir, ob er wüsste, dass Frauen ein »vielleicht« als ein mögliches »ja« verstehen (denn das impliziert dieses Wort doch, oder?), und mit einem überraschten Gesichtsausdruck antwortete er »Wenn es ein ›ja‹ ist, sagen wir auch ›ja‹.«

Wenn Frauen »vielleicht« sagen, meinen sie meistens »ja«. Um ein Beispiel zu nennen: Wenn sich ein Mann mit mir verabreden möchte und ich mit einem »vielleicht« antworte, fange ich gedanklich schon an, eine Liste von Gründen zu machen, warum ich gehen sollte, und werde auch schließlich zu dem Date gehen. Das

Wort »vielleicht« bedeutet für uns eine echte Chance, eine positive Möglichkeit. Das ist es, was wir von Männern erwarten, ein mögliches »ja«. Für Männer hingegen bedeutet ein »vielleicht« »nein« und für Frauen bedeutet ein »vielleicht« »ja«. Ich habe nachgerechnet, und die Missverständnisse zwischen Männern und Frauen sind genauso hoch wie die Enttäuschungen.

Die »Sex-Gruppe« interessierte mich überhaupt nicht, nicht nur, weil ich nach etwas anderem suchte, sondern auch, weil das oberflächliche Geplänkel langweilig war. Sie gaben mir den Eindruck, dass Frauen für sie lediglich ein Ding oder ein Produkt waren, die man benutzen und anschließend wegwerfen konnte.

Eine Woche war vergangen, seit Lore mich in die Cyber-Dating-Welt eingeführt hatte, und ich war bereits bei drei Dates in einem Café gewesen. Ich nahm die Suche nach einem neuen Partner sehr ernst. Um ein erstes Date mit mir zu haben, musstest du eine Reihe von Online-Qualifizierungsmaßnahmen durchlaufen, um den schwierigsten erreicht zu haben, den »Face-to-face«-Test. Und dann brauchte ich nur eine Stunde und eine Cola, da ich keinen Kaffee trank, um festzustellen, ob der Typ zu mir passte oder nicht.

Einige Monate zuvor hatte ich ein Buch darüber gelesen, wie Männer denken. Der Autor – Steve Santagati – erklärte genau, wie Männer ticken, ganz besonders die »bösen Jungs«. Mir wurde klar, wie wenig ich über das andere Geschlecht wusste, trotz meines Alters. Der Teil, der meine Aufmerksamkeit erregte, war die »Dating-Uhr«, die besagte, dass die meisten Männer ganz genau bestimmen können, wie lange eine Beziehung andauern wird, und das schon innerhalb der ersten 15 Minuten, nachdem sie die Frau kennengelernt haben. Das Buch war ja sehr informativ, aber stimmte das auch? Und warum wusste ich nichts davon? Ich entschloss mich, Nachforschungen über seine Theorie anzustellen. Ich fragte mehrere Männer, denen ich vertraute, wann sie gewusst haben, dass eine Beziehung zu Ende gehen würde, und was sie von einer Frau wollten. Alle bestätigten mir, dass sie dazu nur ein paar Minuten beim ersten Date brauchen würden.

Hier ist eine Abbildung davon, wie sich mein Gehirn das Gehirn eines Mannes beim ersten Date vorstellt:

Das männliche Gehirn

Also gut: Männer stecken Frauen in bestimmte Schachteln: Ehefrau, feste Freundin, kurze Beziehung, Sommer-Sex oder One-Night-Stand. Wenn wir einmal in einer Schublade sind, ist es fast unmöglich, da wieder rauszukommen. *Wie kann es sein, dass ich davon nichts wusste? Und wie viele andere Dinge über Männer weiß ich gar nicht?*

In drei Wochen war ich bereits bei 15 Dates. Keinem Mann war es gelungen, meine Aufmerksamkeit aufrecht zu erhalten. Einige wurden sogar wütend. Einer schrieb mir, nachdem ihm klar wurde, dass es kein weiteres Date mehr geben würde, dass ich sehr hohe Ansprüche an ein erstes Date legen würde und dass ich auf diese Weise alleine bleiben würde. Recht hatte er. Ich setzte hohe Erwartungen in meine Dates, obwohl er mich nicht fragte, warum ich das Interesse an ihm verloren hatte. In seinem Fall wurde eine Tasse Kaffee zu einem Drink in einer Bar, mit der Ausrede, dass er es zeitlich vorher nicht schaffen würde, mich aber noch an diesem Tag sehen wollte. In der Bar musste ich seine Hand von meinem Oberschenkel nehmen, den er mit vorgespielter Vertrautheit streichelte, und ich musste seine Zunge wegschlagen, die er nicht nur versuchte, in meinen Mund zu bekommen, sondern sogar in meinen Hals. Es war sehr schwierig, Männern zu sagen, dass wir nicht zusammenpassten, ohne ihnen weh zu tun. Ich wollte nicht, dass sie sich zurückgestoßen oder fallengelassen fühlten.

Der zweite Mann, mit dem ich mich traf, fragte mich, wie mein vorheriges Date verlaufen sei, und ich antwortete: »Es war o.k., aber Amors Pfeil hat mich nicht getroffen.« Dieser Satz half mir bei all den anderen 13 Männern auch.

Alle fragten, wie viele Männer ich schon getroffen hätte und was passiert sei. Als sie zu einem zweiten Date einluden, verwendete ich meinen Standardsatz, um Beziehungen zu beenden: »Leider hat mich Amors Pfeil auch bei dir nicht getroffen«, und alle haben diesen Hinweis verstanden. Mir fiel auf, dass Männer keine Ahnung haben, ob eine Verbindung besteht oder ob sie überhaupt die Zeichen lesen können, die besagen: »Ich habe kein Interesse.«

Ich glaube, dass niemand, weder Männer noch Frauen, einen mutigen Schritt machen sollte, ohne die »Ablehnungsliste« durchzugehen. Ich habe einen Freund in Amerika, der diese Methode sehr gut beherrschte. Eines Tages erklärte er sie mir: »Zuerst fange ich an, die Hand der Frau zu halten, und wenn sie diese nicht wegzieht, berühre ich ihre Schulter. Dann küsse ich ihre Wange und warte ihre Reaktion ab. Wenn all diese Kontrollpunkte positiv verlaufen sind, wage ich es, sie zu küssen.«

Weil mich all meine Dates gelangweilt hatten, gab ich meine Sucherei auf. Nur hin und wieder chattete ich ein bisschen, um die Zeit totzuschlagen. Ich stellte niemandem persönliche Fragen, da ich kein Interesse daran hatte, einen Verabredungsmarathon zu veranstalten, wie zuvor; ich suchte nichts Spezielles mehr und glaubte nicht daran, dass ich jemand Besonderen online finden würde.

Hi Kathy, wie geht's dir?, schrieb Elliot zum ersten Mal.

Gut, Elliot und dir?, antwortete ich aufmerksam, da

es mir gefiel, dass er meinen Namen sofort am Anfang verwendete. Es machte das digitale Treffen persönlicher.

Es dauerte nicht lange bis ihm auffiel, dass ich kein Interesse an seinem Leben hatte, weshalb er sich dazu entschloss nachzufragen. *Warum stellst du mir keine persönlichen Fragen?*

Du kannst mir alles erzählen, was du möchtest, solange du dich dabei wohl fühlst, schrieb ich und versuchte dabei freundlich rüberzukommen.

Hast du dir mein Profil durchgelesen?

Nein, warte kurz. Ich öffnete sein Profil und suchte nach dem, was ich übersehen hatte. Was auch immer es war, es schien ihm wichtig zu sein, dass ich es wusste.

Du bist in einer Beziehung, schrieb ich ihm, *ich blockiere immer die Männer, die in einer Beziehung sind, sobald ich es sehe, habe aber deinen Status nicht bewusst gelesen – was machst du denn auf einer Dating-Webseite? Warum schenkst du deiner Freundin keine Aufmerksamkeit?,* fragte ich.

Ich weiß nicht genau, wonach ich hier suche. Ich glaube eigentlich nach nichts. Vielleicht möchte ich nur mit jemandem chatten. Ich habe das Gefühl, dass mir etwas fehlt, aber ich bin mir auch nicht sicher, was es ist, erwiderte er, und seine Antwort schien ehrlich zu sein, soweit ich das anhand unserer harmlosen digitalen Diskussion beurteilen konnte.

Die Unterhaltung mit Elliot fand an einem entspannten Samstagnachmittag statt. Ich fühlte mich wohl bei ihm. Ich hatte nicht den Eindruck, dass er lügen würde oder versuchte mich anzumachen, und das gab mir die

Ruhe, um unsere digitale Freundschaft fortzuführen. *Wie wäre es, wenn wir in den nächsten Tagen zusammen ein Eis essen gingen? Hast du WhatsApp?,* fragte er.

Ja, habe ich. Nachdem ich ihm meine Handynummer gegeben hatte, dachte ich: *Das ist schon o.k. so! Es ist nur ein Eis!*

Es war wieder Montag, und mit diesem Tag fing die wöchentliche Routine erneut an. Obwohl es noch nicht Sommer war, war es glühend heiß. Das Wetter in Buenos Aires ist ziemlich feucht und heiß, was sich wie ein Gefühl der Schwere auf einen legt. Meine Haare, die anscheinend der beste Feuchtigkeitsmesser waren, bauschten sich auf und verdoppelten ihr Volumen, was ich hasste.

Über viele Jahre hinweg hatte ich meine Locken einer Behandlung unterzogen, die sie dauerhaft glätteten, damit ich einen super glatten, ordentlichen Haarschnitt hatte. Trotz meiner helleren Hautfarbe, konnte man meine afrikanischen Wurzeln immer noch an meiner runden Nasenspitze und den krausen Haaren erkennen. Die andere Hälfte meiner Vorfahren mütterlicherseits kam aus Portugal. Von dieser Seite hatte ich meine Größe von 1,75 m mit langen Beinen und einer schlanken Figur geerbt, die mich für argentinische Verhältnisse zu einer wandelnden Version des Obelisken von Buenos Aires machte. Obwohl ich seit letztem September 43 Jahre alt war, war ich immer noch sehr attraktiv. Wenn ich die Straßen entlangging, drehten sich Männer, egal welchen Alters, herum, um mir nachzuschauen.

Es war fast 16:00 Uhr, als ich mit meinen Einkäufen
fertig war. Ich war froh, den Supermarkt endlich mit
den wenigen Sachen verlassen zu können, die ich heute
Abend für Spaghetti Bolognese brauchte. Ich ging die
Avenida Corrientes entlang und war nur ein paar Meter
von dem Obelisk von Buenos Aires entfernt, der sich
sechs Blocks entfernt von meiner Wohnung befand. Ich
ging weiter zu Fuß nach Hause.

Eine WhatsApp-Nachricht von Elliot kam an. Noch
einmal sagte er, wie gerne er mit mir ein Eis essen gehen
würde, entschuldigte sich aber dafür, dass er so wenig
Zeit hatte. Ehrlich gesagt, war es mir egal, da er schon
eine Freundin hatte. Unter der Woche schrieben wir
uns täglich, und unsere Freundschaft wuchs. Ich wusste
nicht, warum, aber ich freute mich über seine Nachrichten. Manchmal traf ich mich mit Männern, die ich

online kennengelernt hatte, ohne jegliche Erwartungen, und innerhalb einer Stunde war ich gelangweilt und ging wieder. *Warum konnte ich keinen Mann wie Elliot finden, der Single war?*

Das ganze Wochenende hörte ich nichts von ihm, und das ging mir ab. Ich vermutete, dass das wegen seiner Freundin war. Am Montag kamen wieder Mitteilungen von ihm an, die mein Herz erfreuten. Ich realisierte, dass ich ihn vermisste und ihn mochte, mehr als ich akzeptieren wollte. Ich war mir nämlich jetzt der Freude bewusst, wenn ich von ihm Nachrichten bekam, aber auch der Leere, wenn er übers Wochenende nicht greifbar war.

Ich entschloss mich dazu, mit einem Journalisten auszugehen. (Wer weiß, ob das nicht meinen Dienstag etwas würzen könnte!) Seinem Profilbild nach zu urteilen, sah er nicht schlecht aus. Er hatte bestimmt viel zu erzählen, da Journalisten im Allgemeinen auf dem Laufenden sind. Wir machten aus, uns am Abend um 20:30 Uhr auf ein Bier in einer Bar im Caballito-Viertel zu treffen, die er ausgesucht hatte.

Hey, was machst du gerade? Eine Nachricht von Elliot erschien auf meinem Handy.

Hi. Ich bin auf dem Weg zu einem Date mit einem neuen Mann – und du?

Schön. Ich werde bei meinen Eltern zu Abend essen.

Gehst du mit deiner Freundin dahin?, fragte ich, besorgt, sie gestört zu haben, obwohl er es war, der die Unterhaltung angefangen hatte.

Nein. Meine Freundin ist diese Woche verreist.

Oh, o.k. Dann genieß mal das Abendessen, Küsschen! Ich

war kurzzeitig schlecht gelaunt und wünschte mir mal wieder, dass er keine Freundin hätte.

Die Bar war sehr nett. Sie war zwar voll, aber die Leute dort waren alle sehr locker, was eine positive Atmosphäre schaffte. Ich entdeckte den Journalisten an der Tür. Er sah nicht besonders aus, und seine Redensart entsprach auch nicht gerade jemandem, der einen Hochschulabschluss absolviert und eine erfolgreiche Journalismuskarriere eingeschlagen hatte. Die Wortwahl musste dabei doch eine Rolle spielen, stellte ich mir vor. Eine Stunde später legte er seine Hand um meine Hüfte, was mich ärgerte, da ich ihm nicht die Erlaubnis gegeben hatte, mir näher zu kommen. Ich nahm seine Hand weg und fragte ihn: »Was soll das?« Er entschuldigte sich, und ich entschloss mich eine halbe Stunde später zu gehen. Und wieder war Amor nicht erschienen.

Ich wartete auf den Bus und dachte darüber nach, was ich während meiner Dates so alles über Männer gelernt hatte, und nicht nur über die, die ich persönlich getroffen hatte, sondern auch über all die, mit denen ich mich online unterhalten hatte.

Warum sind Männer so verirrte Wesen? Ich war immer der Meinung gewesen, dass wir nur die Menschen richtig wahrnehmen, die die gleiche Energie verströmen. *Oder war auch ich ein verirrtes Wesen?*

Als ich in den Bus stieg, entschloss ich mich, Elliot eine Nachricht zu schicken, um meinen Abend etwas zu versüßen. Es war schon halb elf, aber für Buenos Aires' Verhältnisse noch nicht zu spät, um zu schreiben.

Abgesehen davon war seine Freundin nicht da, und ich wusste, dass ich keine Probleme verursachen würde. *Hast du schon gegessen?*, fing ich die Unterhaltung an.

Ja, mein Bauch ist voll, antwortete er sofort.

Wie war's?, führte ich die Unterhaltung fort, weil mir lediglich die Tatsache wichtig war, mit ihm zu reden, egal worüber.

Großartig. Meine Mutter kocht sehr gut. Wie war dein Date?

Langweilig. Ich hielt noch zurück, was ich ihm wirklich schreiben wollte, nämlich dass ich ihn sehen wollte.

Oh nein, wirklich?

Ich wünschte, dass ich die Zeit mit dir verbracht hätte. Ist es für einen Drink schon zu spät?, fragte ich und bedauerte es sofort, da ich Angst vor einer Ablehnung hatte.

Liebend gerne. Ich brauche noch ungefähr eine Stunde. Ist das o.k.?

Perfekt. Ich bin noch auf dem Weg nach Hause. Ich werde dir meine Adresse schicken, antwortete ich, erleichtert, dass er ja gesagt hatte.

Als ich in meiner Wohnung ankam, fand ich ein Durcheinander vor. Ich hatte ein Kätzchen namens Sisy adoptiert, damit meine Katze Mimosa Gesellschaft hatte, die nach dem Tod ihres Jungen und ihrer Gefährtin Piar sehr einsam zu sein schien. Ich versuchte Sisy dazu zu bewegen, das Katzenklo zu benutzen, aber manchmal tat sie es nicht und deshalb hatte ich das Katzenklo im Wohnzimmer neben der Couch, was aber zu einem riesigen Durcheinander dort führte. Ich räumte alles innerhalb einer halben Stunde auf. Ich hatte die Absicht, Elliot einzuladen, bei mir zu bleiben. Ich war fest dazu entschlossen, einen Moment der Nähe mit ihm zu haben. Ich vermisste es sehr, jemandem nahe zu sein, und ihn mochte ich. Aber alles, was ich in seinem Internetprofil gesehen hatte, war ein kleines Foto seines Gesichts von der Seite, das nicht wirklich viel verraten hat. Auf meiner Risiko-Skala war die Chance, dass er nicht attraktiv war, sehr hoch. Die Erfahrung zeigte, dass die meisten Männer alte Fotos von sich als Profilbild hochgeladen hatten, und manchmal waren es sogar komplett andere Personen. *Mir ist es egal, wie Elliot aussieht. Ich mag ihn als Person*, dachte ich, als ich die letzten Details so platzierte, dass sie meine Wohnung gut genug aussehen ließen, um einen Gast zu empfangen.

Das andere Thema, das mich beschäftigte, war, wie und wann ich ihn einladen sollte zu bleiben. Ich hatte ihn bereits in die »Nur-einmal-Sex-Box« gesteckt, aber nur, weil er schon jemanden in seiner Beziehungsbox hatte, und in diesem Fall wusste ich ganz genau, in welcher Box ich bei ihm war. Das war kein Problem für mich.

Es klingelte. *Elliot!* Ich versuchte nicht ganz so aufgeregt zu klingen, wie ich in Wirklichkeit war, als ich »Ich komme!« in die Gegensprechanlage flötete. *Wie er wohl aussieht?* Um das Eingangstor meines Gebäudes zu erreichen, musste ich ungefähr die Länge eines Wohnblocks im Innenhof durchqueren, da meine Wohnung am Ende des Flurs im Erdgeschoss lag. Ich ging schnell. Die Nerven tanzten mir im Magen herum. Endlich hatte ich das

Holztor des Gebäudes erreicht, das ungefähr zweieinhalb Meter lang und breit war. Ich öffnete es. Elliot war der Straße zugewandt und drehte sich um, als er das Tor hörte.

Wir sahen uns zum ersten Mal. Wir standen da, starrten uns für ein paar Sekunden an, als ob die Zeit kurz stehen geblieben wäre. Seine Erscheinung war makellos. Er war das genaue Abbild eines Adonis, ca. 1,85 m groß, mit kurzem, gepflegtem Haar, mit breiten Schultern und einem durchtrainierten Körper. Seine grünen Augen stachen hervor und bildeten einen Kontrast mit seinen braunen Haaren und mit seiner weißen Haut. *Er war von außen genauso schön wie von innen!* Mein Herz raste. Wir gingen aufeinander zu, und er begrüßte mich mit einem Kuss auf die Wange.

»Hi, ich habe mein Auto einen Wohnblock von hier geparkt. Wo möchtest du hingehen?«, fragte er mit all seiner Unbekümmertheit, da er nichts von meinen Plänen wusste, diese Nacht mit ihm zu schlafen.

»Es gibt eine Bar in der Nähe auf der anderen Seite der Allee. Ist das o.k. für dich?«, fragte ich.

»Ja, klar«, sagte er, während wir die Avenida Rivadavia entlanggingen. Als wir den ersten Teil der Allee überquerten, wurde die Ampel rot. Wir blieben in der Mitte des Fußgängerüberwegs stehen. Ich ging auf ihn zu und küsste ihn auf den Mund, wie von einem unsichtbaren Magneten angezogen. Der Kuss war kurz und sanft. Die Berührung seines Mundes ließ mich aus der Trance erwachen. Erschrocken machte ich einen Satz zurück. In diesem Moment realisierte ich, was ich gemacht hatte.

Warum habe ich das gemacht? Warum habe ich mir das nicht rational überlegt? Ich ging zwei Schritte zurück, war verunsichert, atmete schwer und starrte ihn an. Elliot, der die ganze Zeit über in meine Augen geschaut hatte, ging auf mich zu und dieses Mal küsste *er mich.* Dieser Kuss war länger und schon vertrauter. Seine linke Hand berührte mein Gesicht, und seine rechte Hand streichelte sanft meine Wange. Der Moment war magisch! *Er begehrte mich genauso sehr wie ich ihn!*

Wir gingen schweigend den Rest der Strecke bis zur Bar. Wir setzten uns und bestellten etwas zu trinken. Elliot bestellte ein Bier für sich und Vodka Redbull für mich. Die Unterhaltung war entspannt. Wir sprachen weder über den Kuss noch umarmten wir uns ein weiteres Mal. Etwas später und mit Hilfe des Alkohols, berührte ich seine Hand und flüsterte in sein Ohr: »Würdest du heute Nacht gerne bei mir bleiben?« Elliot nickte. Ich sah in seinen Augen eine Mischung aus Besorgtheit und Zärtlichkeit. Er zitterte ein wenig. Ich konnte nur vermuten aufgrund der Aufregung vor dem, was geschehen könnte. Wir bezahlten die Rechnung und gingen den Weg schweigend wieder zurück, dieses Mal händchenhaltend.

Als wir das Gebäude betraten, sah er sich neugierig um. Das Gebäude »Rivadavia Haus« war ein historisches Monument, und die gesamte Fassade wurde noch genauso erhalten, wie sie in der argentinischen Kolonialzeit gebaut worden war. Der Boden des Innenhofes war mit roten Kacheln ausgelegt, ebenso die Hälfte der

Wände. Hier und da gab es Fliesen mit Zeichnungen und Sprüchen, wie zum Beispiel: »In der Nacht sind alle Katzen grau.« Ich hatte vergessen, wie aufregend und beeindruckend es war, hier zum ersten Mal entlangzugehen. In meiner Wohnung angekommen, führte ich ihn in mein kleines, aber gemütliches Wohnzimmer. Der Boden dort war mit Parkett ausgelegt, ein Kontrast gegen die weißen Wände. Wenn man reinkam, führte eine schwarze Eisentreppe zu einem Zwischengeschoss, das ich als Schlafzimmer benutzte. Links vom Eingang war ein kleiner quadratischer Tisch, daneben eine Schlafcouch aus Holz, die zwei Meter lang war und nahezu die gesamte Fläche einnahm. Ich hatte sie bereits für die Nacht als Bett aufgebaut.

Wir zogen unsere Schuhe aus und legten uns direkt auf das Bett. Eine Weile schauten wir uns an, dann umarmten und küssten wir uns. Ich fühlte, wie sich sein Körper eng an meinen schmiegte. Seine Hände streichelten meinen Rücken, und seine Zunge spielte sanft mit meiner. Elliot fing an, die Knöpfe meiner Bluse langsam zu öffnen, bis ich nur noch meinen BH anhatte. Ich entschloss mich, das Gleiche zu tun, und zog sein Hemd aus. Er half mir dabei, indem er seinen Körper hin und her bewegte, wie bei einem sinnlichen Tanz, wobei er sein Hemd hochzog und sich über den Kopf zog. Langsam schmiegte er meinen Körper wieder an seinen. Er schaute mir in die Augen und liebkoste meinen Hals, während er ihn mit seiner Hand streichelte. Die Hände wanderten zu meinen Haaren und dann zu meinem Gesicht. Es war, als ob seine Hände und Augen gleichzeitig agieren würden und ein einziges Organ wären. »Du bist wunderbar, Kathy«, murmelte er. Meine Hände, die seinen breiten Rücken streichelten, glitten nun zu seinem Gesicht, dann zu seinem Mund, der meine Augen in Bann hielt, und dann küsste ich ihn. Er öffnete seinen Mund und begann vorsichtig nach meiner Zunge zu suchen. Die feuchte Berührung seiner Zunge, sein schneller Atem sowie auch der enge Hautkontakt zwischen uns steigerten mein Verlangen nach ihm noch mehr.

»Elliot, zieh mir meine Hose aus«, befahl ich ihm leise, aber bestimmt. Er kniete sich neben mich und fing an, zuerst den Knopf zu öffnen, dann den Reißverschluss. Ich trug eine enge Stretchhose und musste den gleichen sinnlichen Tanz vollführen wie er gerade, aber mit meinem Hintern und meiner Hüfte. Ich musste mich hoch und runter und zur Seite bewegen, in kreisförmigen Bewegungen, wie beim Bauchtanz, bis meine Hose schließlich in seinen Händen landete. Für einen Moment lag ich da in Slip und BH und beobachtete, wie er den Anblick meines Körpers in sich aufnahm. Ich kniete vor ihm nieder, streckte meine Hände aus und öffnete den Knopf seiner Jeans. Wir halfen uns gegenseitig, damit seine Hose innerhalb von Sekunden verschwunden war.

Dann legten wir uns hin und hielten einander fest. Die Umarmung war sehr eng, als ob wir versuchen würden, ineinander zu verschmelzen. Wir blickten uns lange tief in die Augen, voller Freude und fasziniert davon, was mit uns gerade passierte. Neben der Tatsache, dass wir uns sehr zueinander hingezogen fühlten, füllte eine starke Emotion alle unsere Sinne aus. Jedes Mal, wenn ich versuchte, meinen Körper von seinem zu lösen, tat mir das körperlich irgendwie weh. Es war kein Schmerz im Intimbereich oder wie Muskelkater, noch war es ein Schmerz im Innern meines Körpers. Es war vielmehr so, als ob meine Haut wehtun würde. Ich kann es nicht wirklich erklären. Noch nie zuvor hatte ich so etwas gespürt.

Wir waren die ganze Nacht wach, lagen eng umschlungen und versuchten zu verstehen, was los war. Ich hatte Liebhaber, ich hatte Leidenschaften und ich hatte natürlich auch One-Night-Stands gehabt, aber ich hatte so etwas vorher noch nie gespürt.

Im Morgengrauen musste Elliot zur Arbeit, müde, erschöpft und etwas verwirrt. Was eigentlich als ein rein sexuelles Vergnügen gedacht war, wurde nun zu etwas komplett anderem.

An diesem Tag schickten wir uns ein paar Mitteilungen und am Abend telefonierten wir miteinander, bevor wir zu Bett gingen. Zum ersten Mal musste ich erfahren, dass er zusammen mit seiner Freundin lebte. Da stand ich nun, erstarrt und schockiert, und hörte zu. Ich dachte, dass seine Beziehung nicht so ernst wäre wie das »zusammen leben«. Ich verlor kein Wort darüber. Was hätte ich auch sagen können? Es war zu spät für irgendwelche Kommentare oder Schritte zurück.

Am Tag danach waren unsere Unterhaltungen wieder natürlicher und flüssiger. Nichtsdestotrotz hatten wir uns irgendwie von Freunden zu Partnern verändert.

Hey, geht's dir gut?, schrieb er mir.

Ja, danke. Bin etwas ausgeruhter, und dir?, antwortete ich, glücklich, eine Nachricht von ihm bekommen zu haben.

Ja, ich auch. Glaubst du, dass wir dieses Gefühl in einer Langzeitbeziehung aufrechterhalten können?

Ich glaube schon. Aber lass uns nicht über die Zukunft nachdenken. Ich würde lieber hier und jetzt leben, anstatt alles zu analysieren, lieber entspannt bleiben, sagte ich, um den Druck aus seinen Gedanken zu nehmen.

Du hast recht, war seine Antwort.

Heute Abend werde ich mit Freunden zu Abend essen und ich kann das nicht absagen, aber wenn es dir nichts ausmacht, würde ich dich gerne hinterher sehen.

Ja, liebend gerne!

Er kam nach dem Abendessen, wie versprochen. Dieses Mal ließ ich ihn in mein Schlafzimmer und in meinem Bett schlafen. Er war kein Fremder mehr. Nichts hatte sich seit unserem ersten Date verändert. Im Gegenteil, wir steigerten unsere Gefühle noch weiter. Wir waren im Bett, nackt, gedankenverloren und umarmten uns. Ich konnte ihn nicht so recht einordnen. Er symbolisierte etwas Neues. Als eine Buddhistin glaubte ich an die Wiedergeburt, und dass wir durch ein unsichtbares Netz miteinander verbunden sind. Die einzige Erklärung, die logisch inmitten dieser verrückten Theorie klang, war die, dass wir uns in einem anderen Leben befanden, in einem, in dem wir eine Liebesgeschichte hatten, und dass wir die Seele des anderen erkannten, wenn wir uns umarmten.

Wir hatten eine weitere Nacht ohne zu schlafen verbracht, und bei Sonnenaufgang musste er wieder gehen. Und wieder konnte er keinen Sex mit mir haben, und ich wusste, dass er das wollte. Elliot lag auf mir. Er war nackt und blickte mir tief in die Augen. Ich schaute ihn an und begann zu weinen. Ich wandte mein Gesicht von ihm ab. Ich wollte nicht, dass er sah, wie ich weinte. Wer weinte denn schon bei dem zweiten Treffen mit einem Mann? Er nahm mein Kinn und drehte mein Gesicht zu sich. Ich sah die Zuneigung in seinen Augen. »Elliot, das Ganze hier sollte ein Anfang sein und kein Ende«, sagte ich, während meine Tränen zu den Ohren kullerten. Er schaute mich irgendwie schuldbewusst an und umarmte mich dann, um meinen Schmerz mit seiner Haut aufzunehmen und ihn zu dem seinen zu machen. Wir hielten uns einen Moment lang fest. »Hier, nimm.« Ich gab ihm sein Shirt, das auf meiner Seite des Bettes lag. »Ich brauche kein Drama«, sagte ich, ohne ihn dabei anzuschauen, und setzte mich auf. Er nahm es, packte mich an der Hüfte und zog mich auf seinen Schoß. Ich umarmte ihn und legte mein tränenüberströmtes Gesicht auf seine Schulter. Ich wollte die Zeit anhalten und in seinen Armen bleiben. *Warum kann er nicht der meine sein?*

Als wir angezogen waren, gingen wir ins Wohnzimmer und raus auf den Hof. Wir gingen Hand in Hand. Elliot guckte sich jedes Detail des Gebäudes an, das jetzt bei Tageslicht noch spektakulärer war. Jeden zweiten Schritt hielten wir an, um uns zu küssen. Jeder Schritt näher auf das Tor zu, brachte uns einen Schritt weiter auseinander. Es war das erste Mal, dass ich dankbar für die große

Entfernung von meiner Wohnung bis zum Eingang war, weil ich ihn nicht verlieren wollte.

»Ich muss meine Beziehung neu überdenken. Ich weiß nicht, was ich tun soll. Ich kann dir nichts versprechen«, sagte er, als wir auf halbem Weg zum Tor waren.

»Ich verstehe. Wir haben uns erst zwei Mal gesehen. Es ist verrückt«, verkündete ich ihm glücklich und in der Hoffnung, ihn wiederzusehen. Wir umarmten und küssten uns, bevor wir im Schneckentempo auf die Ziellinie zustrebten, aber in unserem Fall war das vielleicht sogar der Schlussstrich.

Das Jahr verging wie im Flug. Die Weihnachtsdekorationen und die Weihnachtsbäume in der Stadt warnten mich, dass die Zeit der fröhlichen Feiertage kurz bevorstand. Dieses Jahr, wie auch in den Jahren davor, versuchte ich, mich von der übertriebenen Weihnachtsbegeisterung fernzuhalten. Vielleicht deshalb, weil meine Familie nicht bei mir war oder weil Buddhisten nicht an Jesus Christus glauben. Das Einzige, was ich mir jedes Mal am 24. Dezember wünschte, war, dass der 26. Dezember schneller da sein würde.

»Was machst du über die Feiertage?«, fragte mich meine Freundin Greta am Telefon. Sie wusste, dass ich Weihnachten alleine verbringen würde, weil meine gesamte Familie in Brasilien war.

Ich hatte keinerlei Einkommen, da ich meinen Job bei der Personalabteilung der Personalvermittlung drei Monate vorher gekündigt hatte. Ich begann mir Gedanken zu machen. »Ich werde mich ab morgen um eine alte

Frau kümmern, Frau Agnes – ich habe es so eingerichtet, dass ich vom 23. bis 26. Dezember und vom 30. Dezember bis 2. Januar bei ihr sein kann«, sagte ich, als ich ihr meinen Arbeitsplan für die Woche erklärte.

»Werden sie dir auch mehr für die Feiertage bezahlen? Du musst mindestens das Doppelte verlangen«, sagte Greta. Sie sprach wie mein Schutzengel. Ich war noch nicht so weit, ihr vom Verlauf meines Dates mit Elliot zu erzählen, auch nicht wie umtriebig ich bleiben musste.

»Nein, ich habe das reguläre Gehalt verlangt. Ich ziehe es vor, während dieser Feiertage zu arbeiten und nicht zu Hause zu bleiben oder auszugehen.«

»Wenn es darum geht, nicht alleine zu Hause zu bleiben, kann ich meinen Bruder fragen, ob du zu unserem Abendessen mit der Familie kommen kannst.«

»Ich ziehe es vor, zu arbeiten und Geld zu verdienen«, sagte ich. Als ich auflegte, gingen meine Gedanken zu Elliot zurück. Er ist sehr früh am Morgen gegangen, aber ich konnte immer noch seine Energie in der gesamten Wohnung und besonders an mir selbst spüren. Wie habe ich mich nur selber in diese Situation gebracht? Nach allem, was ich über Männer gelernt hatte, auf diese Situation war ich noch nicht vorbereitet. Ich schüttelte den Gedanken von mir ab und fing an meine Sachen bereitzustellen, um am nächsten Tag zu Agnes zu gehen.

Agnes war eine 82-jährige Frau und während der letzten zwei Jahre war sie beinahe die ganze Zeit, aufgrund verschiedener Gesundheitsprobleme, ans Bett gefesselt. Sie brauchte jemanden, der ihr half und 24 Stunden am Tag, sieben Tage die Woche bei ihr war. Ihre Tochter

Christine hatte mich eingestellt, um die Wochenenden mit ihr zu verbringen. Während ich ihre Nägel lackierte, erzählte ich ihr von meiner Situation mit Elliot. Sie hörte mir schweigend zu. Ich hätte nicht sagen können, was sie dachte. Sie sagte nicht ein Wort oder zeigte irgendeine Gemütsregung in ihrem Gesicht.

Der Tag war lang, aber nicht im Vergleich zur Nacht. Agnes wachte oft auf, rief um Hilfe, um auf die Toilette gehen zu können, oder verlangte nach einem Glas Wasser. Die Stunden vergingen schleichend und ich hatte keine Neuigkeiten von Elliot. Traurigkeit überkam mich. *Oh je, eine weitere schlaflose Nacht. Das wird zu einer schlechten Angewohnheit.*

Am nächsten Morgen versuchte ich, für Agnes ein heiteres Gesicht zu zeigen, als ich mit ihr am Frühstückstisch saß. Ich war extrem müde und ging herum, als ob jemand auf meiner Schulter sitzen würde. Zudem hatte ich ein permanentes Kribbeln im Magen. Mittags entschloss ich mich dazu, ein Nickerchen zu machen, während Agnes Fernsehen schaute. Ich musste etwas schlafen, damit wir am Abend zu Agnes' Familie gehen konnten, um Weihnachten zu feiern. Ich schlief auf einem kleinen Bett im Flur neben Agnes' Zimmer. Ein Vogelzwitschern kündigte an, dass ich eine Nachricht erhalten hatte. Ich griff nach meinem Handy und sah, dass es Elliot war.

Wie geht's dir?

Müde, aber gut und dir?, schrieb ich schnell zurück.

Dasselbe. Ich verbringe den Abend mit meiner Familie – und was machst du?

Ich arbeite bis zum 26. – ich kümmere mich um eine alte Frau, um mein Karma zu reinigen wegen uns, antwortete ich, mehr als ein bisschen verbittert.

Ich verstehe. Ich fühle mich auch schlecht. Wie fühlst du dich bei der ganzen Sache? Er wollte mehr Details haben.

Mir geht's damit nicht gut, wenn du das meinst. Ich fühle mich sehr schuldig und ich bin auch sehr eifersüchtig auf deine Freundin. Ich kann mir euch nicht vorstellen, wie ihr jede Nacht zusammen im Bett liegt. Es macht mich wahnsinnig. Ich fühle mich wie ein schrecklicher Mensch, sagte ich und versuchte nicht zu weinen, während ich schrieb.

Nein Kathy, du bist kein schlechter Mensch.

Ich sollte dir das alles gar nicht sagen, erwiderte ich schnell. Ich wusste, wie sehr Männer ein Melodrama hassen.

Nein, Kathy. Vielleicht ist es genau das, was wir beide brauchen: zu teilen, wie wir uns fühlen.

Das mochte ich an ihm. Er war jemand, bei dem ich ›ich‹ sein konnte. *Kann ich deine E-Mail-Adresse haben? Es gibt da ein paar Gedanken, die ich gerne mit dir teilen möchte,* fragte ich.

Natürlich, ich sende sie dir – ich werde mit dir reden, sobald ich kann, o.k.? Frohe Weihnachten!

O.k. Frohe Weihnachten!

***

Schließlich kam ich nach vier Tagen bei Agnes nach Hause zurück. Meine Katze Mimosa sprang zwei Stufen auf der Leiter runter, die zu meinem Schlafzimmer führte, nachdem sie gehört hatte, dass sich die Tür öffnete. Sie fing laut an zu miauen, um gegen meine Abwesenheit zu protestieren. Sissy, die noch nicht wirklich warm mit mir geworden war, versteckte sich hinter dem Kühlschrank, der sich in der Nähe der Eingangstür befand. Die Wohnung war total durcheinander. Sissy hatte im ganzen Wohnzimmer Steine verstreut und überallhin uriniert.

Diese Nacht schlief ich alleine, nur mit Mimosa an meiner Seite, und ich schlief gar nicht gut, da sie fest dazu entschlossen war, neben mir in Löffelposition zu schlafen. Auf diese Weise wärmte sie meinen Nacken mit ihrem Fell, wovon ich schwitzend in der Nacht aufwachte. Seit dem 24. hatte ich nichts von Elliot gehört. *Er arbeitet an seiner Beziehung mit seiner Freundin, während ich hier wie eine Idiotin sitze …*

Ich entschloss mich, ihm eine E-Mail zu schreiben.

An: *Elliot@gmail.com*
Von: *Kathy@gmail.com*
27.12.2012   15:11:03

Lieber Elliot,
ich verstehe, dass du Abstand zu mir brauchst. Ich weiß, dass ich mit dem Thema »wir« nicht gut umgegangen bin und ich entschuldige mich! Wir befinden uns in zwei sehr unterschiedlichen Situationen, und ich weiß, dass die deine kompliziert ist, weil du bedeutende Entscheidungen zu treffen hast. Vor allem dann, wenn du alles, was uns betrifft, verheimlichen musst. Ich kann mich in deine Lage versetzen und dich verstehen. Kannst du das auch?

Ich habe angefangen, ein Tagebuch zu schreiben, das mir helfen soll, nicht wahnsinnig zu werden. Dieses hilflose Gefühl war dabei mich umzubringen, weil ich nur schweigend warten konnte. Es ist nicht einfach, aber so ist es nun einmal. Ich weiß nicht, was du gerade durchmachst oder was für einen inneren Aufruhr du momentan durchleben musst. Ich bereue weder dich kennengelernt zu haben noch das Gefühlschaos der letzten Tage. Ich habe endlich gefunden, was ich will. Du bist mein tiefstes Verlangen.

Der schwierige Teil für mich bei der ganzen Sache ist, dass ich für dich bereit war und bin. Ich wollte einen außergewöhnlichen Menschen treffen, weil ich keine halben Sachen mag und nicht nur mit jemandem zusammen sein wollte, nur um des Zusammenseins willen.

Aber mit dir, Elliot, war es sogar noch fantastischer, als ich erhofft hatte. Die meisten Menschen haben schreckliche Angst vor Veränderungen; deshalb akzeptieren sie es, immer ihr Leben auf die gleiche Art zu leben, obwohl es nicht so ist, wie sie es haben wollen. Wir müssen sehr mutig sein, um uns zu verändern und unsere gewohnte Bequemlichkeit zu verlassen, aber nur so können wir uns verändern.

Seit September dieses Jahres habe ich größere Veränderungen in meinem Leben vorgenommen und so meine eigene »Komfortzone« verlassen. Ich fing an, tief in mich hinein zu horchen, um meine Ängste zu überwinden und ein erfülltes Leben zu leben, so, wie ich es haben möchte. Wie kann ich mich mit weniger zufriedengeben, nachdem wir

das miteinander erlebt haben? Wir passen perfekt zuein-
ander.

Es gibt ein »vorher« und ein »nachher« mit dir; und eine
Zeit »nachher« ohne dich ist ein furchtbarer Gedanke. Je-
mand sagte mir mal: »Wenn du etwas besitzen möchtest,
kauf dir ein Buch.« Ich möchte dich nicht besitzen, sondern
Momente mit dir teilen. Ich fühle, dass wir noch so viel mit-
einander erleben können … Also werde ich so lange warten,
wie ich warten muss, und so lange leben, wie ich leben
muss, bis du zu dem gleichen Schluss kommst. Ich kann dir
nicht Lebewohl sagen, weil es nicht in meiner Macht steht,
dich zu verlassen. Trotzdem werde ich deine Entscheidung,
egal wie sie ausfallen wird, respektieren. Melde dich, wann
immer zu möchtest. Wenn du das tust, wirst du mich sehr
glücklich machen. Ich werde mein Wort halten und diskret
sein, ab jetzt und für dich. Ich hoffe, dass dir das hilft, die
wahre Bestimmung deines Lebens zu sehen, und das zu
finden, was du wirklich willst.

Deine Kathy.

Nachdem ich auf »senden« gedrückt hatte, schaute ich
alle 30 Minuten auf meine Uhr und in meine E-Mails.
Ich wartete nervös auf eine Antwort von ihm. *Würde er*
überhaupt antworten? Ich veränderte die Intervalle des
Nachguckens auf alle fünf Minuten. Bis endlich eine
E-Mail-Meldung auf meinem Handy erschien, die von
Elliot war.

An: *Kathy@gmail.com*
Von: *Elliot@gmail.com*
27.12.2012   19:50:04

Hi Kathy,
zuerst einmal bedanke ich mich dafür, dass du mir geschrieben hast und dich mir so offenbart hast. Ich habe einmal etwas über emotionale Intelligenz gelesen und sobald ich verstanden hatte, was das ist, war mir klar, dass ich noch weit davon entfernt war, das Potenzial auszuschöpfen, welches jeder in sich trägt. Damit meine ich, dass ich bestimmte Schritte unternommen habe: Ich suchte online nach Frauen, in der Woche, in der ich alleine war etc., ohne eine klare Vorstellung davon zu haben, was da auf mich wartete oder was ich finden würde und ohne dabei zu verstehen, was ich eigentlich wollte.

Ich handelte einfach aus einem inneren, tiefen Impuls heraus. Etwas in mir sagte, dass ich mich bewegen, erweitern, verändern sollte, Neues entdecken sollte. Aber: ich wusste nicht, wonach ich suchen sollte oder noch schlimmer, ich wusste nicht, warum ich mich verändern sollte. Auf den ersten Anschein war mein Leben »glücklich«. Als wir uns zum ersten Mal trafen, hast du mich zu dir nach Hause eingeladen; ich dachte, dass es nur um Sex ging. Dann, als wir drinnen waren, als wir uns umarmten, wurde mir bewusst, dass nichts zwischen uns stand. Ja, ich habe mich in dich hineinversetzt. Und ich fühlte so viel Verzweiflung. Letzte Nacht fühlte ich einen tiefen Riss in mir, als wir zusammen waren. Ich spürte, dass ich meinen Schmerz ertragen kann, aber wie kann ich dich vor all dem Schmerz beschützen, den ich dir zufügen könnte? Und ich fragte mich die ganze Zeit, warum überhaupt Schmerz?

Kathy, du hast recht, unsere Situation ist unterschiedlich. Du bist offen dafür, diese Art der Verbindung einzugehen und eine Beziehung anzufangen. Ich dagegen muss erst einmal verstehen, was es bedeutet, diese starken Gefühle zu haben, die ich mit dir erlebt habe, und was sie für eine Wirkung auf mein jetziges Leben haben.

Ich habe meine Freundin vor viereinhalb Jahren kennengelernt. Meine Gefühle für sie sind ohne Zweifel. Wir verstanden uns sehr gut, und sie entschloss sich vor eineinhalb Jahren zu mir zu ziehen. Seitdem leben wir zufrieden zusammen. Wir haben viele gemeinsame Interessen und Gewohnheiten. Wir haben uns als Paar weiterentwickelt. Bis wir vor ein paar Monaten auf der Suche nach einem Kredit waren, um ein Haus zu kaufen, in dem wir eine Familie gründen würden. Dies ist meine derzeitige Situation. Ich bin mit einer Frau zusammen, die ich sehr liebe, mit der ich mich sehr gut verstehe und mit der ich vieles von mir teile. Aber warum habe ich dich dann gesucht, Kathy? Warum konnte so eine Verbindung entstehen? Ich verstehe es nicht. Ich verstehe mich selber nicht. Wenn doch alles perfekt in meinem Leben war, warum habe ich dann nach etwas gesucht, das es kaputt macht? Meine Augen füllen sich mit Tränen, während ich dir diese Zeilen schreibe. Seit dieser letzten Nacht, die wir zusammen verbracht haben, frage ich mich immer wieder – WER BIN ICH? WAS WILL ICH VON MEINEM LEBEN?

Wenn es nur mich betreffen würde, wäre es etwas anderes. Aber wie kann ich meiner Freundin ins Gesicht gucken und ihr sagen, dass alles eine Lüge war, seit ich dich, Kathy, getroffen habe? Ich weiß vielleicht nicht genau, was ich will, aber ich weiß, dass ich das nicht will. Schmerzen, wieder und immer den Menschen Schmerzen zufügen, die mir am Herzen liegen ... ich weiß es nicht, aber Schmerz scheint eine Konstante in meinem Leben zu sein. Ich muss mich nicht nur selber ermutigen, die Sicherheitszone zu verlassen, sondern es wird außerdem auch noch das Leben einer weiteren Person für immer verändern, wenn ich diesen sicheren Hafen verlasse. Und ich werde dafür verantwortlich sein. Es ist ein Prozess, der Zeit braucht. Es ist ein Prozess und eine Entscheidung. Es geht um wissen, verstehen, entscheiden und den Dingen ins Auge sehen. Ich muss die gleiche zermürbende Aufgabe erledigen, wenn ich meine derzeitige Beziehung stärken möchte, weil ich wirklich denke, dass es sich lohnt, wie wenn ich mich entscheiden würde, mein Leben komplett auf ein unbekanntes Ziel hin zu lenken. Beide Entscheidungen beinhalten eine Übergangszeit und machen diese Zeit schwierig für mich. Als ich sagte, dass dies eine Zeit des Aufwachens ist, meinte ich, dass ich nicht mehr derselbe bin. Ich kann nicht alles zudecken und so tun, als ob du nicht existieren würdest ... das ist unmöglich.

Kathy, ich kann nichts versprechen und ich möchte dich nicht bitten, auf mich zu warten. Ich werde dich nicht bitten, dass du das gemeinsam mit mir durchstehst. Das wäre grausam und unfair. Aber ich bin dir sehr dankbar dafür, dass du mir etwas Abstand gegeben hast, um über alles nachzudenken. Ich weiß, dass das nicht einfach für dich war. Ich spüre, dass du eine außergewöhnliche Person bist, jemand, den ich gerne ganz genau kennenlernen würde. Wenn es o.k. für dich ist, können wir uns vielleicht ab und zu treffen, miteinander reden und etwas zusammen trinken gehen. Ich bin mir nicht sicher, welche Art von Beziehung wir aufbauen können, da die Bezeichnung »Freunde« es nicht wirklich trifft. Ich würde gerne weiterhin eine Verbindung zu dir haben. Mehr kann ich dir nicht anbieten. Glaube mir, wenn ich dir sage, dass ich die Zeit, die wir miteinander verbracht haben, nie vergessen werde und ich danke dir unendlich für die Art und Weise, wie du dich mir offenbart hast.

Kuss, Elliot.

Nachdem ich Elliots E-Mail gelesen hatte, musste ich das alles erst einmal verarbeiten. Er hat seine momentane Situation so ehrlich beschrieben, dass ich mich erst einmal hinsetzen musste. Er gab außerdem zu erkennen, die gleichen Gefühle wie ich zu haben. Es ging also zwischen uns nicht nur um Sex. Ich hatte mich gerade auf meine Couch gelegt, als mein Telefon meine Gedanken unterbrach.

»Hallo Süße. Wie geht's dir?«, fragte Greta am Telefon.

»Hi! Ist bei dir alles in Ordnung?«

»Ach, weißt du, immer die gleichen Probleme, aber ich bin mir sicher, dass alles bald besser wird.« Hinter ihren mutigen Worten war doch eine Spur von Besorgnis.

»Hast du immer noch keinen Job gefunden?«, fragte

ich. *Ich wünschte, dass ich ihr irgendwie behilflich sein könnte.*

»Ich hatte zwei Vorstellungsgespräche in dieser Woche. Es ist schwierig, mit 50 und ohne Computererfahrung einen Job zu finden. Aber ich hoffe, dass einer von denen mich anrufen wird. Was gibt es bei dir Neues? Hast du irgendwelche Neuigkeiten von Isabela?«, fragte sie das Thema wechselnd.

»Isabela geht es gut. Sie erholt sich. Elliot und ich schreiben uns E-Mails«, sagte ich und vermied es, dass noch mehr nach der Gesundheit meiner Enkelin gefragt wurde. Seit über einem Jahr wurde sie wegen ihrer Krebserkrankung behandelt, anscheinend mit guten Ergebnissen. Mittlerweile konnte ich meine Gefühle diesbezüglich gut verbergen; sogar vor mir selbst!

»Ich wäre an deiner Stelle vorsichtiger. Ich glaube nicht, dass er seine Freundin verlässt«, sagte Greta.

»Ja, ich weiß, dass du recht hast.« Es war so ungewöhnlich, dass ich mich manchmal mit dem ganzen Problem total allein gelassen fühlte, so wie ein Dummkopf. Nachdem ich aufgelegt hatte, schrieb ich eine neue E-Mail, eine tiefergehende, gespickt mit all meinen Fragen, die mir im Kopf herum schwirrten. Nichts wollte ich auslassen. Das E-Mail-Schreiben eröffnete zwischen Elliot und mir einen neuen Weg der detaillierten Kommunikation. Ich war jetzt in der Lage, meine Gefühle auszudrücken – davon gab es eine Menge –, und es war besser, als SMS zu schreiben. Ich brauchte drei Tage, um diese E-Mail zu schreiben, die vier Seiten umfasste. Ich hatte zuvor nie viel geschrieben. Vielleicht brauchte ich einfach einen wahren Grund, um es zu tun, so wie jetzt. Am letzten Tag des Jahres drückte ich endlich auf die ›Senden‹-Taste. Ich fühlte mich hilflos, weil ich nicht um ihn kämpfen konnte. Das Einzige, was ich tun konnte, war schreiben. Ich fragte ihn viele Dinge. »Bist du glücklich mit deiner Freundin? Schlaft ihr miteinander? Denkst du an mich? Wie kannst du denn überhaupt ›glücklich‹ sein, wenn du das Wort in Anführungszeichen setzt?«

Der erste Tag des Jahres war heiß und sonnig. Es schien ein ruhiger Tag zu werden, fast langweilig. Um 11:00 Uhr erhielt ich eine Nachricht.

Mama, ich muss dringend mit dir reden. Es war meine älteste Tochter Naty.

»Was ist passiert?«, fragte ich am Telefon, während ich sofort an meine kranke Enkelin denken musste.

Isabela, die Tochter meiner jüngsten Tochter Paola, war erst zwei Jahre alt und in exakt einem Monat würde sie drei werden. Als sie ein Jahr alt war, wurde bei ihr Leukämie diagnostiziert, die Art von Krebs, die die roten Blutkörperchen angreift. Der Krebs war in vier Stufen eingeteilt, und Isabela hatte die höchste und somit gefährlichste von ihnen. Die Chemotherapie schien gut bei ihr anzuschlagen, bis die letzten Resultate der Blutanalyse zeigten, dass die Leukämie sich weiter verändert hatte und noch riskanter geworden war. Die einzige Hoffnung, die sie hatte, war eine Knochenmarktransplantation. Mitte des letzten Novembers wurde ein Spender gefunden und es wurde erfolgreich transplantiert.

»Isabela wurde gestern ins Krankenhaus gebracht und befindet sich in einem kritischen Zustand«, antwortete sie, und das erwischte mich eiskalt.

»Aber was ist denn passiert?«, wiederholte ich die Frage, während mein Mund ganz trocken wurde.

»Isabelas Körper stößt das Transplantat ab.«

»Wie geht's Paola?«, fragte ich besorgt. Meine arme Tochter musste ein Nervenbündel sein.

»Sie ist bei ihr im Krankenhaus.«

»Ich werde sie auf ihrem Handy anrufen.«

»Es gibt dort keinen Empfang«, erklärte Naty.

»Dann kaufe ich ein Ticket und fliege zu euch rüber.« Meine Augen füllten sich langsam mit Tränen.

»Noch nicht, Mama. Sie ist auf der Intensivstation und du kommst nicht rein. Ich halte dich auf dem Laufenden.«

Ich wollte meinen Job bei Agnes kündigen und nach Brasilien reisen, aber das war das einzige Einkommen, das ich gerade hatte. Obwohl ich einen Teil meiner Ersparnisse benutzen musste, weil es sonst nicht genug war, um meine Ausgaben zu decken, half mir der Job irgendwie.

Und außerdem waren Last-Minute-Flugtickets extrem teuer. Trotz der Tatsache, dass ich fliegen wollte, hatte meine Tochter ein gutes Argument.

»Komm nicht, Mama! Du kannst hier nichts machen, und falls etwas passieren sollte, wird Paola deine Hilfe dann brauchen. Sie wird wahrscheinlich bei dir in Buenos Aires leben wollen.«

»Ich verstehe. Ich würde sowieso nur weinen«, sagte

ich, während bereits Tränen meine Wangen herabliefen. Ich fühlte mich wie eine schlechte Mutter.

***

Es war schon die zweite Januarwoche, und Isabelas Zustand hatte sich noch nicht verbessert. Sie kämpfte immer noch um ihr Leben. Ihre Mutter blieb die ganze Zeit bei ihr und wechselte sich lediglich mit Isabelas Vater ab. Naty half den beiden und löste sie ab. Und ich saß hier und wartete. Ich hatte einen inneren Konflikt zwischen dem, was ich glaubte, tun zu sollen, und dem, was ich tat. Ich hatte immer eine komplizierte Beziehung zu meinen Töchtern. Sie wurden von ihren Großeltern väterlicherseits großgezogen, und von Zeit zu Zeit bekam ich eine Rechnung von ihnen, um damit meine Abwesenheit während ihrer Kindheit wenigstens finanziell auszugleichen. Viele Jahre hatte ich mir gewünscht, wieder zwanzig sein zu können und den Lauf der Geschichte mit meinen Kindern anders gestalten zu können.

Ich war einfach nicht da für sie. Nachdem ich mich von ihrem Vater getrennt hatte, bezahlte ich den höchsten Preis, den eine Mutter bezahlen kann ... Ich verlor meine beiden Töchter.

In der Zwischenzeit hatten Elliot und ich weiterhin Kontakt, aber nicht mehr so viel wie vorher und nicht so oft, wie ich es gerne gehabt hätte. Er wusste nichts von alldem, was in meiner Familie passierte. Er wusste gar nichts über mein Leben. Wir sprachen immer nur über Gefühle, Verhaltensweisen und Ansichten, aber wir sprachen nicht über unsere Vergangenheit. Mir war das ganz recht so. Es machte mir Angst und hätte wahrscheinlich auch ihm Angst gemacht, wenn ich einem Mann, der zehn Jahre jünger war als ich, nach nur ein paar Treffen gesagt hätte, dass ich schon zweimal verheiratet gewesen war, eine Mutter und eine Großmutter war.

In der letzten E-Mail, die ich ihm geschickt hatte, erklärte ich, dass ich ein Geschenk für ihn hätte, aber dass er mich nicht dafür sehen müsste, da ich es ihm, egal wohin, schicken könnte.

Kathy, was möchtest du mir geben? Nach einer schnellen »Hallo«-SMS kam Elliot direkt zur Sache.

Es ist nichts Bedeutendes. Nur CDs, die ich mit meinen Lieblingsliedern aufgenommen habe. Ich versuchte die Bedeutung des Geschenks herunterzuspielen.

Oh, also ist es doch wichtig.

Ich lächelte, während ich dachte: *Anscheinend versteht er Frauen doch ganz gut!*

Wenn eine Frau sagt, »es ist nicht wichtig«, bedeutet das, dass es wichtig ist. Wenn sie sagt, »es ist egal«, bedeutet es, dass es wichtig ist. Wenn ein Mann fragt, »was ist los?«, und wir antworten »nichts«, ist es ganz klar, dass etwas los ist.

Ich würde dich gerne sehen und es persönlich in Empfang nehmen, wenn du das auch möchtest, stand in Elliots zweiter SMS.

Ja, gerne, antwortete ich ehrlich.

Wir könnten am Donnerstag zusammen essen gehen. Was denkst du?

Das ist perfekt, antwortete ich, während ich von einem zum anderen Ohr lächelte. Allein der Gedanke, ihn wiederzusehen, ließ meinen ganzen Körper erzittern und versetzte mich in helle Aufregung. Ich brauchte einfach einen Moment des Glücks.

Es veränderte sich nicht viel in den nächsten Tagen. Isabela war immer noch im Krankenhaus, aber meine Tochter Naty sagte mir, dass sich ihr Zustand verbessert hätte. Wir hofften, dass sie das überleben würde. Schließlich war sie eine Kämpfernatur!

Kathy, möchtest du, dass ich dich abhole? Elliot schrieb mir Donnerstagmorgen, um unsere Pläne für das Abendessen zu bestätigen. Ich nahm sein Angebot dankend an.

Es sollte nur ein unverdächtiges Abendessen werden, aber ich wollte mehr. Ich wusste nicht, ob er mit mir zusammen sein wollte, ich aber verlangte so sehr nach ihm. Diesem Gefühl wirkten der Schmerz und die Konflikte über unsere momentane Situation entgegen. Ich entschloss mich dazu, ein super sexy grünes Kleid anzuziehen und wusste, dass es seine Entscheidung beeinflussen und seinen Verstand umnebeln würde. Niemand hatte bisher diesem Kleid widerstehen können. *Würde es auch bei ihm funktionieren?*

Wir entschieden uns dazu, in ein Restaurant in San Telmo zu gehen. Mir war sowohl der Ort als auch das Essen völlig egal. Alles, woran mir lag, war, in seiner Nähe zu sein. Er parkte sein Auto ein paar Häuserblocks entfernt, nahm meine Hand und hielt sie den ganzen Weg bis zum Restaurant fest. Mein Herz ging auf, aber als er meine Finger berührte, und seine Finger mit meinen verschlungen waren, kamen auch noch andere Gefühle hoch. Sein Outfit sah aus, als ob er gerade aus dem Büro gekommen wäre: dunkle Hose, weißes Hemd.

Ich nahm fast gar nichts von meinem Essen. Ich hatte zwar Hunger, war aber zu nervös, um etwas zu essen. Ich wollte ihn umarmen und küssen, meinen Körper gegen seinen drücken, aber was tatsächlich passierte, war eine freundliche Unterhaltung, einfach so, ganz natürlich. Ich spielte mit meinem Gericht, unfähig zu essen. Er schaute mich interessiert an. Oder war da ein Schmerz in seinem Ausdruck? Ich wusste nicht, was mit ihm los war, und das machte mich nur noch nervöser. Ich hätte ihn fragen können. Ich wusste, dass er seine Gedanken mit mir geteilt hätte. Ich hatte Angst, was ich da zu hören bekäme.

Wir blieben nicht lange in dem Restaurant; gerade lang genug, um etwas zu trinken und zu essen. Wir fragten bald nach der Rechnung und verließen das Restaurant. Vielleicht wollte er mich ja auch so sehr, wie ich ihn begehrte … Das war es zumindest, was ich einfach glauben wollte. Die Möglichkeit bestand natürlich auch noch, dass er so schnell wie möglich von mir wegwollte und zu der Behaglichkeit seines Zuhauses zurückwollte. Ich hoffte, dass das nicht der Fall war. Wie dem auch sei, Elliot widerstand meinem Kleid nicht, und als ich die Tür meiner Wohnung öffnete, streichelte er meine Beine und versuchte mein Kleid hochzuschieben, um freien Zugang zu meinem Hinterteil zu bekommen. Ich aber hielt ihn davon ab. Ich zog ihm schnell sein Hemd aus; ich wollte seinen eleganten und wohlgeformten Oberkörper sehen, der mich immer so erregt hatte. Wir standen gegen das Geländer der Treppe gelehnt, die zu meinem Zimmer führte. Ich wollte von ihm dort genommen werden, stehend in meinem Wohnzimmer. Er sah da schon ein wenig verwundbar aus. Ich fühlte einen starken Drang, mich mit ihm zu vereinigen. Während wir zur Couch gingen, streichelte er mich mit seinen Händen, wanderte auf meiner Haut auf und ab. Seine linke Hand drückte meine rechte Brust, während seine rechte Hand langsam zu meinem Hintern und dann zu meiner feuchten Scheide glitt. Ich zog seine Hose aus und ließ ihn in seinen blauen Boxershorts stehen. Er zog mein Kleid aus. Dann saß ich auf ihm und hatte nur noch einen winzigen Slip an. Er liebkoste meine Brüste und küsste mich. Er sah sehr erregt aus, aber sein Penis reagierte nicht. Er hielt mich lange fest. Mein Körper, der vorher vor Erregung brannte, fing langsam an, sich zu beruhigen. Das war das dritte Mal, dass wir zusammen waren und nicht in der Lage waren, miteinander zu schlafen. Komischerweise war der Mann, dem ich mich körperlich und emotional total hingeben wollte, nicht in der Lage, sexuell auf mich zu reagieren. Solche Gedanken kühlten meinen brennenden Körper natürlich ab.

»Kathy, es tut mir leid. Ich kann nicht«, murmelte er.

»Es ist alles in Ordnung – hast du Zeit, dich noch einen Moment mit mir hinzulegen? Ich würde dich gerne noch ein bisschen länger im Arm halten, bevor du gehst.«

Aber es war eben nicht alles in Ordnung und die Situation, in die ich mich gebracht hatte, war so auch nicht in Ordnung.

»Ja, natürlich«, sagte er und versuchte zu lächeln. Ich nahm seine Hand und führte ihn in mein Zimmer. Wir legten uns auf das Bett und umarmten uns. Ich nahm die CDs, die ich extra für ihn aufgenommen hatte, und Vangelis fing an zu spielen. Er hielt mich ganz fest, ich spürte, dass er mit mir schlafen wollte, aber sein Körper reagierte nur teilweise. Er starrte die Decke an, und ich umarmte ihn von der Seite. Ich legte meine Beine auf seinen Schoß, während mein Kopf auf seiner Brust lag. Er bewegte seine Lippen auf mich zu und küsste mich zart. Meine Hände streichelten seinen Bauch, bewegten sich dann weiter nach unten und fingen an, sein schlaffes Glied unter seiner Unterhose zu massieren. Ich bewegte meinen Kopf nach unten und zog ihm seine Boxershort aus. Mein Mund umfing sanft die Eichel seines Penis, als ob er versuchen würde, ein ausgeprägtes »no« zu bilden. Ein lustvolles Stöhnen kam aus seinem Mund. Ich wiederholte das mehrmals, und Elliot, der kurz davor war zu kommen, hielt mich zurück.

»Es ist alles gut, ich möchte das«, sagte ich und blickte ihm in seine Augen. Er nickte, und ich nahm die gleiche Position wie vorher ein, bloß dass ich dieses Mal meine Zunge benutzte. Ich ließ seinen gesamten Penis mit einem langsamen, sanften »no« in meinen Mund gleiten; dann folgten schnellere und heftigere Bewegungen. Er wand sich und stöhnte ein weiteres Mal genussvoll. Dieses Mal war er nicht entspannt, er unterwarf sich der

Lust, die ich ihm bereitete. Ich fühlte, wie er in meinem Mund größer wurde. Ich rieb stärker an ihm. Ich war bereits ganz feucht, alleine von dem Gedanken, was da kommen werde. Dann ließ er ein lautes lustvolles Stöhnen vernehmen, und ich ließ sein Sperma sich ergießen. Als er fertig war, krabbelte ich wieder zu ihm hoch und legte meinen Kopf auf seinen Bauch, wobei ich ihn umarmte.

»Ist alles in Ordnung?«, fragte er.

»Ja.« Die Wahrheit war aber, dass ich mich teilweise frustriert fühlte. Seit wir angefangen hatten, intim miteinander zu sein, gab es für mich überhaupt keine sexuelle Erfüllung. Ich fing sogar an daran zu zweifeln, ob er sich zu mir hingezogen fühlte, aber ich mochte ihn, und ihn unter Druck zu setzen war weder meine Absicht noch die Lösung.

»Ich möchte so frei im Kopf sein wie du.« Er streichelte mein Haar.

»Das wirst du«, antwortete ich und wünschte, dass es bald wahr sein würde.

***

Was sollte ich daraus lernen? Elliot schrieb mir mehrere Tage lang nicht. Sollte ich mich oder ihn bemitleiden? Sollte ich mich schuldig fühlen, dass ich mich auf jemanden eingelassen hatte, der bereits in einer Beziehung steckte? Das war ganz sicher kein gutes buddhistisches Verhalten, und außerdem ziehen alle Handlungen auch Konsequenzen nach sich. Warum fühlte ich so etwas für einen Mann, den ich erst drei Mal getroffen hatte? Ich schrieb ihm eine E-Mail, in der stand, was ich empfand. Dieses Mal brauchte er zwei Tage, um zu antworten, und als er antwortete, bat er mich um eine Auszeit, um herauszufinden, wie es um seine Gefühle stand. Er hatte keine Ahnung, was in meinem Leben alles vorging. Er wusste nicht einmal etwas über Isabela. Am Ende war mir einfach zum Heulen zu Mute.

Es war schon eine Woche her, seit ich ihn das letzte Mal gesehen hatte. Der Januar war fast vorbei, und die Gedanken an uns beide, und dann noch seine Abwesenheit, brachten mich um. Ich musste dieser Geschichte ein Ende bereiten, zumindest von meiner Seite aus gesehen. Ich konnte schließlich nicht nur rumsitzen und ewig warten.

Es tut mir leid, dass ich mein Versprechen zu schweigen brechen muss, aber ich muss mit dir reden. Dieses Mal würde ich sofort zur Sache kommen.

O.k., kein Problem. Ich habe morgen während des Mittagessens Zeit. Du auch? Seine gewohnte Höflichkeit kam zum Vorschein. Nachdem wir die Details für unser Treffen geklärt hatten, fühlte sich mein Herz ein bisschen leichter an. Es war viel zu hart für mich, gleichzeitig zu leiden und mir um meine Enkelin Sorgen zu machen und obendrein noch um ihn. Ich war in ein gefährliches Spiel geraten und ich würde daran Schaden nehmen.

Am nächsten Tag trafen wir uns in einem Restaurant, das nur um die Ecke der U-Bahn-Station im Belgranoviertel lag. Es war 13:00 Uhr und das erste Mal, dass er mich am helllichten Tag sehen würde. Ich machte mir

Sorgen darüber, dass das Sonnenlicht meine Falten zum Vorschein bringen würde und andere Zeichen meines wahren Alters. Dass er zehn Jahre jünger war, machte mich etwas besorgt.

Der Laden war voll. Er überließ mir es, den Tisch auszusuchen. Ich fragte nach einem Tisch an der Wand, der uns etwas Privatsphäre ermöglichen würde. Wir sprachen über unbedeutende Dinge, während wir darauf warteten, dass die Kellnerin unsere Bestellung aufnahm. Als sie weg war, fing ich mit dem Thema an, welches der Grund für dieses Treffen mit ihm war.

»Elliot, ich fühle mich nicht gut dabei, was ich gerade erlebe. Es ist mir klar geworden, dass das ein Weg ist, den du alleine gehen musst. Meine Gegenwart verursacht zu viele Konflikte für dich. Zusätzlich dazu belastet uns ein negatives Karma. Vielleicht werden wir in einem anderen Leben zusammen sein. Aber hier und jetzt kann ich nicht darauf warten, mit dir zusammen zu sein.«

»Tut dir das mit uns nicht leid?«, fragte er mich mit einem geschockten Gesichtsausdruck, mit dem er auf die Endgültigkeit meiner Erklärung reagierte.

Ich fühlte Trauer für uns beide, obwohl ich mir nicht einmal sicher war, dass es überhaupt ein »uns« gab. Dann ließ ich noch verlauten: »Dinge passieren oder passieren auch nicht, immer aus einem bestimmten Grund. Wir werden uns im nächsten Leben treffen oder, wer weiß, vielleicht kreuzen sich unsere Wege auch noch einmal in diesem.« Meine Worte waren von einem kleinen Lächeln begleitet. Ich hielt dabei seine Hand, und mein Herz zerbrach in 1000 Stücke.

»Kathy, du bist wunderbar.«

Wir aßen, ohne zu reden. Und wieder aß ich fast gar nichts. Ich sah mir sein Gesicht genau an. Es war auch das erste Mal, dass ich ihn bei Tageslicht sah. Er war 33 und hatte ein paar Falten um seine Augen, die anzeigten, dass er in letzter Zeit nicht so viel geschlafen hatte.

Draußen vor dem Restaurant verabschiedeten wir uns mit einer kurzen Umarmung. Ich war nicht ehrlich zu ihm, als er mich fragte, ob ich wegen uns nicht traurig sein würde. Das aber nur, weil ich wollte, dass er gehen konnte, ohne sich dabei schuldig zu fühlen. Mir lag daran, dass er seinen Seelenfrieden hatte. Und das war der richtige Weg, um ihn frei und glücklich ziehen zu lassen. Nichts Gutes kommt aus schlechten Dingen, und unglückliche Menschen können andere nicht glücklich machen, weil sie die Grundlagen dazu nicht haben. Eine solche Person wollte ich nicht sein.

Elliot ging weg, ohne sich auch nur einmal umzudrehen. Ich stand auf der Straße und sah ihn fortgehen und aus meinem Leben entgleiten. Als ich ihm nachsah, hatte ich den Eindruck, dass er erleichtert war, mich einigermaßen heil zurück gelassen zu haben. Ich war zu dem Zeitpunkt jedoch weit davon entfernt heil zu sein. Aber meinem Ziel bin ich ein wenig näher gekommen.

Kapitel 3

Blumen für Isabela

Als ich im Jahre 2009 in Fort Lauderdale, Florida, lebte, erhielt ich eine E-Mail von Paola. Glücklicherweise saß ich gerade, denn ich fiel fast in Ohnmacht, als ich die eine Zeile las: »*Mama, bitte bring mich nicht um, aber ich bin schwanger!*«

Das war das Einzige, was ich meinen Töchtern verboten hatte. Ich wollte verhindern, dass sie genau das durchmachten wie ich, nämlich so jung ein Kind zu bekommen. Ich wurde mit Naty, meiner ältesten Tochter, während meiner ersten richtigen Beziehung mit einem Jungen schwanger, als ich fünfzehn Jahre alt war. Eineinhalb Jahre später wurde ich mit Paola schwanger. Also tat ich, was ich zu jener Zeit tun musste: ich heiratete den Kindsvater, nicht etwa aus Liebe, sondern weil ich es musste. Nach vier Jahren war unsere Ehe am Ende, und meine Töchter wurden schließlich in einem Bundesstaat, weit entfernt von Rio de Janeiro, von den Schwiegereltern aufgezogen. Es bringt jedoch nichts, den Töchtern etwas zu verbieten, was sie unbedingt machen möchten. »Wie kannst du mir so etwas per E-Mail mitteilen?«, fragte ich Paola schockiert, als ich mit ihr telefonierte.

»Ich hatte schreckliche Angst, dass du mich ausschimpfst; Naty hat mir sogar vorgeschlagen, dir erst im Krankenhaus Bescheid zu sagen.«

Ich stellte mir vor, in Brasilien in einem Krankenhaus anzukommen und meine Tochter mit einem Baby im Arm vorzufinden, ohne vorher von ihrer Schwangerschaft etwas gewusst zu haben. Dieses Bild brachte mich zum Lachen. Und sie fuhr, jetzt auch lachend, fort: »Das ist genau das, was Naty machen wollte, als sie mit Felix und Gerald, ihren beiden Söhnen, schwanger wurde.« Naty ist auch zu früh Mutter geworden, und zwar mit sechzehn, und so wiederholte sie meine Geschichte.

Meine Töchter waren unzertrennlich, bis Paola sich mit achtzehn Jahren entschloss, an eine Uni in Argentinien zu gehen, während Naty in Brasilia, der Hauptstadt Brasiliens, blieb, um eine eigene Familie zu gründen.

»Wer ist der Vater?«, fragte ich.

»Oh Mama, es passierte in dem Monat, als Stefan mich in Angra besuchte«, antwortete sie. Einige Monate vor diesem Gespräch war meine Mutter verstorben. Zu der Zeit lebte ich in Nordamerika. Alles passierte so schnell. Als ich nach der Schlaftablette, die mir meine Freundin gegeben hatte, um herunterzukommen und die Nachricht zu verarbeiten, aufwachte, lag meine Mutter schon unter der Erde. Paola, die zu der Zeit in Buenos Aires lebte, zog auf mein Bitten hin bis zu meiner Rückkehr übergangsweise in das Haus meiner Mutter in Angra dos Reis. Die Stadt war ein kleiner Urlaubsort, fast völlig von einem türkisfarbenen Ozean umgeben. Von Rio oder São Paulo aus sind es nur wenige Stunden Fahrt, also eine perfekte Stadt für jegliche Art von Urlaubstrips.

»Weiß er Bescheid?«, fragte ich, besorgt über ihre Familienumstände.

»Ja, aber er zweifelt seine Vaterschaft an und verlangt einen DNA-Test.«

»Schatz, das ändert gar nichts. Du kannst immer noch zu mir nach Buenos Aires ziehen. Ich werde dir mit dem Baby helfen, so dass du das College besuchen kannst.«

»Danke, Mama«, antwortete sie erleichtert, bevor wir das Telefonat beendeten.

Obwohl ihr Vater und ich groß waren, erreichten meine Töchter noch nicht einmal die 1,70 m. Paola, meine jüngste Tochter, war eine getreue Kopie meiner Mutter, aber von der kultivierten Art. Als Zwanzigjährige sah sie aus wie ein italienischer Filmstar, mit weißer Haut, großen Brüsten, schwarzem langem Haar, scharfkantigen Wangen und Augen so dunkel wie die Nacht.

Als ich nach Angra kam, war Paola im fünften Monat. Zwei Wochen vor der Geburt meiner Enkelin hatten wir einen schlimmen Streit, und ich warf sie aus meinem Haus. Tatsächlich aber gehörte das Haus eigentlich meiner verstorbenen Mutter. Paola war eine der wenigen Menschen, die mich zur Weißglut treiben konnten. Ich glaube, an dem Tag versuchte sie herauszufinden, wie sie mich um den Verstand bringen konnte, und es gab einen enormen Krach. Ich hatte das Haus meiner Mutter verkauft, um dann nach Buenos Aires zu ziehen, wie ich es vorhatte. Als ich Paola davon erzählte, fragte ich sie, was sie mit ihrem Leben anstellen wollte, denn sie hatte keinerlei Interesse mehr daran gezeigt, mich zu begleiten. Ich hätte sie gerne bei mir gehabt, aber sie war erwachsen und musste ihre eigenen Entscheidungen treffen. Unglücklicherweise änderte sie des Öfteren ihre Meinung, so dass es mir schwerfiel, den Mut nicht sinken zu lassen.

»Du musst mir einen Teil des Geldes aus dem Verkauf geben!«, sagte Paola in arrogantem Tonfall. »Nur weil du ein Jahr im Haus meiner Mutter gelebt hast, kannst du deswegen keinerlei Ansprüche geltend machen. Während du hier wohntest, hast du nicht einen Penny in dieses Haus gesteckt. Ich habe alles bezahlt, auch dein Essen. Du musst schon darauf warten, bis ich sterbe, um den Besitz zu erben.« Plötzlich sprang sie vom Tisch auf und schoss wütend auf mich zu. Auch ich stand auf und sah ihre Hand auf mich zukommen, um mir eine Ohrfeige zu verpassen. Ich packte sie am Handgelenk, um sicherzustellen, dass sie mich nicht schlug. Sie fuchtelte wild mit dem Arm herum und versuchte noch einmal mich zu schlagen. In dem Augenblick war ich so wütend, dass ich sie packte und an den Haaren aus dem Haus zerrte. Ihr Kleid war während des Kampfes völlig verrutscht und hatte nun kein Oberteil mehr. Aber ich konnte sie nicht schlagen, wie sie es verdient hätte.

»Ich möchte, dass du aus meinem Haus verschwindest«, schrie ich, während ich ihre Sachen aus dem Schrank zerrte und in den Hof warf. »Du bist eine undankbare Schlampe!« Ich schrie und griff den Fernseher, den ich ihr gekauft hatte, um auch diesen in den Hof zu feuern. Doch meine Nachbarin, die diesen ganzen Mutter-Tochter-Terror beobachtet hatte, gebot mir Einhalt.

»Ich habe keinen Fernseher, bitte machen Sie ihn nicht kaputt, ich nehme ihn«, sagte Preta und nahm mir den

Fernseher aus der Hand. Die Leute nannten sie Preta, die »Schwarze«, wegen ihrer dunklen Hautfarbe. Sie war mittelgroß, robust gebaut und von einer Liebenswürdigkeit, die jedes Herz zum Schmelzen bringen würde.

»Jeder meint, ein Anrecht auf dieses Haus zu haben. Ich werde es niederbrennen und dann abhauen. Sie können sich dann um die Asche prügeln!«, rief ich wütend. Gleichzeitig warf ich weitere Sachen hinaus. Ich wurde langsam verrückt bzw. verhielt mich so. Das Haus meiner Mutter lag in einer elenden Gegend. Es sah von außen klein aus und war nie so richtig fertig geworden, wie die meisten der Häuser hier, da nicht genug Geld da war. Zum Bau des Hauses wurde Material von schlechter Qualität verwendet. Während des ganzen Jahres, in dem meine Tochter hier lebte, musste ich ihr Geld für die Unterhaltung des Hauses schicken. Obwohl ich selber kein eigenes Haus hatte, habe ich darüber nachgedacht, meinen beiden Töchtern dieses Haus zu überschreiben, damit sie ihr eigenes Zuhause hätten. Jedoch sah ich dort keine Zukunft für sie, da die Stadt so klein war, dass noch nicht einmal eine Uni in der Nähe war. Als meine Mutter noch lebte und sogar noch nach ihrem Tod, musste ich jede Menge Steuern für das Haus nachzahlen. Da keine meiner Töchter eine Anstellung hatte, noch plante, irgendwann in nächster Zeit zu arbeiten, hätten sie auch kein Geld, um die zukünftigen Eigentumssteuern zu zahlen. Daher kam ich zu dem Schluss, dass sie für solch eine Verantwortung noch nicht bereit seien. Und ich hatte keine Lust, noch mehr Geld in das Haus zu stecken.

Nach einer gefühlten Ewigkeit schaffte ich es, mich zu beruhigen. Preta kam auf mich zu und nahm mich mit in ihr Haus. Sie versuchte, mich weiter zu beruhigen. Mir wurde jetzt erst bewusst, was meine Tochter getan hatte, und was noch viel schlimmer war, was ich getan hatte. Das Klingeln des Telefons unterbrach meine Gedanken. Preta ging ran und sagte: »Hi, Naty, nein, ich weiß nicht, wo deine Mutter ist.«

Während des Redens begann sie, in ihrem kleinen Wohnzimmer mit besorgter Mine hin und her zu laufen, während sie mich mit einem verzweifelten Gesichtsausdruck anschaute, und Naty am anderen Ende weiterredete. Es war offensichtlich, dass sie in dieser Familienangelegenheit auf meiner Seite war. Plötzlich näherte sie sich der Treppe zum 1. Stock, wo ich immer noch geschockt dasaß, mit einem Glas Wasser in der Hand. Sie hielt das Telefon nahe an mein Gesicht und drückte den Lautsprecherknopf. In dem Augenblick hörte ich die Stimme meiner Tochter: »Du kannst meiner Mutter nicht trauen. Paola hat mir erzählt, dass sie versucht hat, mit deinem Mann zu schlafen, sie ist eine Schlampe.« Preta schaute mich mit traurigen Augen an. Ich wusste, dass ihr Schmerz sich nicht auf die soeben gehörte Geschichte über mich und ihren Mann bezog. Ihr war klar, dass das nicht stimmte. Vielmehr bemitleidete sie mich. Ich saß da, glotzte auf den Boden und hörte meiner Tochter dabei zu, wie sich mich erniedrigte, und ihre Worte zerschnitten mir das Herz wie mit einem Messer.

Einen Monat zuvor war Naty dreiundzwanzig Jahre alt geworden. Äußerlich glich sie mir sehr, hatte aber glatte Haare und hellbraune Augen, wie ihr Vater. Im Gegensatz zu Paola stritt sie nie mit mir. Sie sagte zu allem »o.k.«, aber meistens tat sie genau das Gegenteil. Es hat einige Zeit gedauert, bis mir klar wurde, dass ihr »O.k.« nicht »Ich werde es tun« bedeutet, sondern »Ich habe dich gehört«.

»Du kannst ihr nicht trauen«, fuhr meine Tochter fort. Preta versuchte, den Hörer aufzulegen. »Ich habe Angst davor, dass sie zurückkommt und das Haus in Brand steckt, während Paola schläft.« Ich hörte wortlos zu. Alles wurde zum Chaos voller Lügen und Übertreibungen, in dem ich die böse Hexe war. Paola hatte Naty gegen mich aufgebracht.

Ich hörte, wie die Verbindung unterbrochen wurde, und fing mit lautem Wehklagen an. *Meine beiden Töchter verachteten mich.* Preta nahm mich in den Arm, führte mich in ihr Schlafzimmer und half mir dabei, mich auf ihr Bett zu legen. Um abzulehnen hatte ich keine Kraft mehr.

Ich versuchte eine Mutter zu sein, aber offensichtlich erfüllte ich ihre Erwartungen nicht. Sie verstanden nicht, dass auch ich ein Opfer in dem ganzen Spektakel war. Emotional war ich noch ein Mädchen von fünfzehn Jahren, das von ihrem Vater und ihrer Mutter alleine gelassen worden war und doch noch ihrer Liebe bedurfte. Aber wie konnten sie diese Probleme ihrer Mutter verstehen, da auch ich immer noch meiner Mutter Schuldvorwürfe machte wegen der Hemmnisse in meiner emotionalen Entwicklung? Es ist die Pflicht der Eltern, ihre Kinder zu beschützen und sich um sie zu kümmern. So wie meine Mutter bei mir scheiterte, scheiterte auch ich bei ihnen. Die Geschichte wiederholte sich. Ich wusste nicht, auf welche Art und Weise ich eine Mutter zu sein hatte und wurde dadurch zu meiner Mutter!

Die Wahrheit ist, dass ich Angst vor Paolas ständigen Zurückweisungen hatte. Es tat so weh, dass ich in die Defensive und auf emotionalen Abstand ging. Ungeachtet meiner Entschuldigungen entschied sich Paola nach diesen Vorfällen, nicht mit mir in Buenos Aires zu leben. Ob es generell ihr Wunsch war, wusste ich nicht. Da gab ich es auf, um die Liebe meiner Tochter zu kämpfen, und hörte auch auf, mich dafür zu bestrafen, wie unsere Geschichte sich entwickelt hatte. Am Ende brauchte ich nicht nur ihre Vergebung, sondern musste auch mir selbst verzeihen, mir, dem fünfzehnjährigen Mädchen, das von ihrem ersten Freund schwanger wurde und keinerlei Unterstützung der Eltern bekam.

Meine Töchter hatten viele Gründe, sich mir gegenüber so zu verhalten, wie sie es taten. Sie wuchsen in dem Glauben auf, dass ihre Mutter sie vernachlässigt hätte. Denn das war die Geschichte, die die Familie ihres Vaters ihnen erzählt hatte. Jedoch war es ihr Vater, der mit ihnen über Jahre verschwunden war, nachdem er sich hinter meinem Rücken von mir hat scheiden lassen: Er hatte dem Richter erklärt, ich sei verschollen. Als ich sie endlich wiederfand, waren zehn Jahre vergangen. In der Zeit hatte ihr Vater eine neue Familie gegründet, und letztendlich wuchsen sie bei den Großeltern auf, ohne einen Vater oder eine Mutter. Damals war ich nach Argentinien gezogen und hatte Eduard geheiratet. Ich habe keine Kinder mit ihm, denn es erschien mir unfair, einem neuen Kind das zu geben, was ich meinen Kindern nicht sein konnte, nämlich eine Mutter, die für sie da war. Das war meine ganz persönliche Strafe, nie wieder eine neue Familie zu gründen.

***

Kurz nach der Geburt meiner Enkelin zog Paola nach Brasilia zu ihrem Großvater und ihrer Schwester. Nach dem Verkauf des Hauses meiner Mutter zog ich nach Buenos Aires. Bis heute weiß ich nicht, ob Paola mir unsere Auseinandersetzung und die Tatsache, dass ich sie als Kind verlassen hatte, komplett verziehen hat. Ich blieb über das Internet mit ihnen in Kontakt und konnte so über Skype zusehen, wie meine Enkel und meine Enkelin aufwuchsen.

Es war gar nicht so einfach wie gedacht, mich wieder in Buenos Aires einzuleben, zumindest beruflich nicht. Ich wechselte drei Mal in zwei Jahren meinen Arbeitsplatz. Obwohl mein letzter Job bei einer amerikanischen Gesellschaft war, wusste ich bereits im ersten Monat, dass ich nicht in der Personalabteilung arbeiten wollte. Der einzige Grund, weshalb ich ein Jahr dort blieb, war die Tatsache, dass ich ohne eine Mindestanstellungszeit von einem Jahr in derselben Firma niemals das Darlehen bekommen hätte, um mir die Wohnung zu kaufen, in der ich lebte.

»Mama, Isabela wurde ins Krankenhaus eingeliefert; es ist etwas Ernstes.« Naty sprach mit erstickter Stimme am Telefon. Isabela war gerade zwei Jahre alt und hatte gerade ein Jahr Chemotherapie hinter sich. Zum ersten Mal hatte sie jetzt einen Rückfall.

»Ich komme sofort zu euch.«
»Mama, das kannst du nicht. Was ist mit deiner Arbeit?«
»Ich werde um ein paar Urlaubstage bitten. Mein Chef wird das schon verstehen.«
Im vergangenen Jahr wurde Isabela mit einer Chemotherapie behandelt. Das war eine sehr schwere Zeit für die Familie, besonders für Paola, die für länger mehr Zeit im Krankenhaus als zu Hause verbringen musste. Isabelas Vater ist halb Engländer, halb Amerikaner und lebte zu der Zeit in den USA. Als ich ihn das erste Mal sah, verstand ich sofort, wieso Paola ihn mochte. Stefan war größer als ich, sehr schlank, hatte blondes Haar und grüne intelligente Augen. Er meldete sich oft aus den Staaten und half finanziell für seine Tochter, aber Paola trug die ganze Verantwortung für das Wohlergehen der kleinen Isabela. Überraschenderweise wurde sie eine liebende, geduldige, umsorgende Vorzeigemutter, obwohl sie kein geeignetes Vorbild hatte, von dem sie hätte lernen können.

Naty fuhr mich zum Krankenhaus, das eine Stunde von ihrem Wohnort entfernt war. Sie bot mir an, sie anzurufen, wenn ich abgeholt werden wollte. Aber ich hatte vor, im Krankenhaus zu übernachten. Als ich ankam, schlug mir das Herz bis zum Hals, denn ich wusste nicht, was ich tun konnte, um zu helfen. In solchen Situationen, wenn es um Krankheit oder Tod ging, war mein Verhalten den geistigen Fähigkeiten einer Maus nicht unähnlich. Als ich das Krankenzimmer betrat, in dem meine Enkelin lag, sah ich Paola und Isabela im Bett liegen. Sie las ihr aus ihrem Lieblingsbuch *Peppa Pig* vor. Ich hatte das Buch viele Male beim Skypen gesehen, als Isabela, strahlend vor Glück, Beifall klatschte.

Paola stand auf und zeigte mir mit Küssen und Umarmungen, wie sehr sie sich über meine Anwesenheit freute. »Mama, ich muss das Mittagessen besorgen, kannst du bitte kurz bei Isabela bleiben?«

»Oh Paola, was ist, wenn sie mich nicht mag und anfängt zu weinen?« Es war das erste Mal seit ihrer Geburt, dass ich meiner Enkelin persönlich gegenüberstand. Ich war mir nicht sicher, ob sie sich an unsere Skype-Treffen erinnerte.

»Sie wird dich mögen, Mama.«

»Und wenn sie weint, weil Du nicht hier bist?«

»Es wird schon klappen mit euch beiden. Du musst nur mit den Hygienevorschriften sehr vorsichtig sein«, antwortete sie und ging weg.

Isabelas Brustkasten war mit einer Sonde verbunden, durch die sie ihre Medizin erhielt. Auf ihren Armen war

Heftpflaster mit Cartoon-Motiven. Ihre Haare waren relativ lang, was bedeutete, dass seit ihrer letzten Chemotherapie bereits einige Monate vergangen waren. Vom Körperlichen her kam sie auf ihren Vater, von der Mutter hatte sie die Augen- und Haarfarbe geerbt. Ich setzte mich auf die Bettkante neben sie; sie schaute mich an und sagte »Tantchen«; dann wand sie sich wieder dem zu, was sie gerade machte; sie suchte sich eine CD aus mit Geschichten von Peppas Familie.

»Ich bin nicht die Tante, ich bin deine Großmutter, Isa«, sagte ich lachend und fühlte mich gleich ein wenig jünger.

»Großmutter«, wiederholte sie.

»Möchtest du, dass Großmutter dir beim Abspielen der CD hilft?«

»Nein!« Sie wippte mit ihrem Zeigefinger hin und her. Das war für mich ein klares Zeichen. Zu meiner Überraschung öffnete sie den CD-Player, legte die Scheibe ein und drückte den Play-Knopf mit einem stolzen Lächeln. *Sie ist schon ganz schön selbstbewusst!* – dachte ich mit einiger Genugtuung.

Dann machte ich den Fehler und steckte den Strohhalm in die Box mit der Schokoladenmilch, aber das wollte sie nicht. Ich musste diese Box fortwerfen und ihr eine ungeöffnete neue bringen. Niemand durfte den Strohhalm da reinstecken; das war ganz alleine ihre Aufgabe!

In diesen drei Tagen, in denen ich im Krankenhaus war, stellte ich fest, dass Isabela extrem clever und geschickt war. Da ich ein wenig unbeholfen bin, verschüttete ich einmal ein wenig Saft auf ihren Arm. Als sie das sah, zog sie ein missbilligendes Gesicht und hörte erst wieder damit auf, als ihr Arm wieder sauber war. Ich beobachtete gern ihre Missfallensbekundungen, die aus der Kombination eines »Nein«, wenn es hochkam, und der Hin-und-Her-Bewegung ihres Zeigefingers und Kopfes bestanden. Und das alles auf einmal. Das Einzige, was sie mir zu tun erlaubte, war, ihre Fingernägel anzumalen, und das musste in Pink sein.

Mutter und Tochter waren stets in guter Stimmung und lachten, für Tieftrauriges war da gar kein Platz. Paola machte immerzu ihre Späßchen, und so blieb die Atmosphäre rund um ihre Tochter freundlich. Das einzige Mal, dass ich meine Enkelin protestieren sah, war, als eine Krankenschwester ihr Blut abnehmen wollte. Sie ließ ihren Körper auf die Matratze fallen, schüttelte ihre Füße hin und her und weinte. Es brach mir das Herz, sie so zu sehen.

Wenn die beiden stets ein positives Verhalten an den Tag legten, was anderes sollte ich dann tun, als mich auch so zu verhalten. Mit einem etwas erleichterten Herzen kehrte ich nach Buenos Aires zurück, aber das hielt nicht lange an. Bald nämlich wurde entdeckt, dass der Krebs sich mit der Chemotherapie verändert hatte und jetzt noch aggressiver war. Die einzige Möglichkeit, die sie zum Überleben hatte, war eine Transplantation, mit der Wahrscheinlichkeit von 30 % Heilungschance. Wenn das nicht gemacht würde, wären die Aussichten gleich null.

Buddhisten glauben, dass alles geschieht wegen unseres Karmas, alles, was wir durchleben, hat einen Sinn. Trotzdem war es für mich schwierig zu akzeptieren, dass ein Kind so viel Leid erleben musste. Immerhin leistete die Energie des Universums ihren Teil, indem sie meine Enkelin mit dem richtigen Knochenmarkspender in Verbindung brachte. Die Transplantation war dann wenige Monate später, eine Rekordzeit für ein öffentliches Krankenhaus in Brasilien.

Am 1. Februar 2015 wurde Isabela drei Jahre alt. Sie war im Krankenhaus noch auf der Intensivstation. Zwei Tage nach ihrem Geburtstag wurde ich wach von einer Nachricht meiner Tochter Naty. *Mama, ruf mich dringend auf meinem Handy an.*

Zu der Zeit kümmerte ich mich gerade um Agnes und ich musste sie um Erlaubnis fragen, ihr Telefon benutzen zu dürfen. Da sie die Geschichte meiner Enkeltochter kannte, war das kein Problem. Ich wählte die Nummer meiner Tochter und hörte ein »Hallo« am anderen Ende.

»Hier ist deine Mama. Was ist los?«, fragte ich nervös, da ich das Schlimmste befürchtete.

»Isabela ist gestorben, Mama!«, antwortete sie weinend. »Das Begräbnis ist morgen.«

Auch unter Tränen sagte ich: »Ich werde ein Flugticket buchen und ich sage dir Bescheid, wann ich ankomme.«

»O.k. Gib mir Bescheid und ich hole dich vom Flughafen ab.«

Ich rief die Tochter von Agnes an, um mich für meine so plötzliche Abreise zu entschuldigen und um ihr zu erklären, was vorgefallen war. Man konnte Agnes nicht alleine lassen, und deshalb musste ihre Tochter Cristina jemanden in aller Eile finden, der mich ersetzen konnte. Sie sagte mir auch noch, dass ich mir keine Gedanken zu machen brauche und jetzt tun sollte, was zu tun sei. Da es bei Agnes keine Internetverbindung gab, konnte ich online kein Flugticket kaufen. Ich rief meinen zweiten Ex-Mann an und bat ihn, mir bei diesem Problem zu helfen. Wir waren neun Jahre verheiratet und jetzt schon seit vielen Jahren »beste Freunde«. Für mich war es nicht leicht gewesen, immer mal wieder seinem guten Aussehen – etwa wie Bruce Willis – zu erliegen. Jetzt mit achtundvierzig sah er irgendwie noch besser aus als vorher. »Eduard, Isabela ist tot.«

»Kathy, das tut mir sehr leid!«

»Die Beerdigung ist morgen, und ich muss so schnell wie möglich an ein Flugticket kommen, habe hier aber keine Internetverbindung und auch keine Kreditkarte bei mir. Könntest du bitte das Ticket für mich kaufen?«

»Natürlich. Das erledige ich sofort.«

Jetzt musste ich noch jemanden finden, der auf Mimosa aufpasste. Sisy war nicht mehr bei uns, da sie mich nicht als ihr »Frauchen« akzeptiert hatte. Ich hatte sie zu ihrer alten Familie zurückgebracht. Die perfekt geeignete Person, die ich anrufen könnte, wäre mein Freund Hernán. Ihm konnte ich meine Hausschlüssel und meine Katze anvertrauen. Außerdem kannte Mimosa ihn schon, und das würde ihr Zusammenleben einfacher machen.

Als er hörte, was passiert war, war seine Antwort sofort ein klares »Ja«. Das war also erledigt. Jetzt brauchte ich nur noch ein Flugticket. Ich rief Eduard erneut an, und er erklärte mir, dass für morgen nur noch ein Ticket verfügbar war. Die Ankunft wäre um 17:00 Uhr in Brasilia, und das wäre zu spät, um an Isabelas Beerdigung teilzunehmen, die um 14:00 Uhr war. Deshalb rief ich Naty noch einmal an: »Meine Süße, mit dem einzigen verfügbaren Flug wäre ich morgen erst um 17:00 Uhr in Brasilia. Ich weiß nicht, ob ich den nehmen soll oder nicht, denn das Begräbnis wird dann schon vorüber sein.«

»Mama, du musst kommen. Paola wartet auf dich.«

»Wenn das so ist, dann nehme ich den Flug. Wir sehen uns dann morgen am Flughafen. Ich liebe dich!«

»Ich liebe dich auch, Mama, bis morgen.«

Nachdem ich meine Buchung noch einmal bestätigt hatte, ging ich nach Hause, um meinen Koffer zu packen und die letzten Sachen zu organisieren. Hernán kam, um den Schlüssel zu holen und mich zum Flughafen zu bringen. Er war nicht besonders groß, einige Zentimeter kleiner als ich, aber die Kombination von weißer Hautfarbe, schwarzem Haar und einem gewissen Selbstbewusstsein machte aus ihm einen sehr attraktiven Mann, wenn man einmal von dem uniformierten Nerd-Stil absah.

Der Flug war verspätet, und als ich schließlich in Brasilia ankam, war von Naty keine Spur. *Ich hätte sie um die Adresse bitten sollen, wohin ich gehen sollte.* Eine halbe Stunde später sah ich sie auf mich zukommen. Wir umarmten uns und weinten. Wir trösteten einander wegen des Schmerzes und des Verlustes.

»Mama, es tut mir leid, aber ich bin spät dran. Das

Begräbnis ist gerade vorbei.« Nach einer kleinen Pause fuhr sie fort: »In der Nähe von Paola darfst du nicht weinen.« Wir gingen ganz langsam zum Auto, hielten uns dabei umarmt. »Niemand durfte weinen, auch nicht bei der Beisetzung. Paola wollte, dass Isabela voll Freude und nicht in Trauer gedacht würde.«

»Ich möchte Isa so gerne mein letztes Wiedersehen sagen, aber ich glaube nicht, dass ich meine Tränen zurückhalten kann.«

»Das Wichtigste ist, Paola dabei zu helfen, dass sie nicht noch trauriger wird«, sagte sie mit dem üblichen Ton, mit dem Schwestern sich helfen und schützen.

»Wo werde ich bleiben?«, fragte ich.

»Im Haus meines Onkels Paul mit Paola, obwohl ich nicht glaube, dass du sie heute noch sehen wirst. Sie hat den Wunsch geäußert, sich in ihrem Zimmer einzuschließen und zu schlafen.«

»Und wo bist du untergebracht?«

»Bei Reverend Naomi«, antwortete sie.

»Warum kannst du nicht bei uns sein?«

»Es sind da zu viele Leute. Ich komme morgen ganz früh, um den Tag mit euch beiden zu verbringen.«

Ein paar Minuten nach unserer Ankunft erschien Paola mit Stefan. Ich konnte die Müdigkeit auf ihren Gesichtern sehen, entdeckte aber auch so etwas wie Frieden. Ich hatte ja keine Vorstellung, wie es war, ein Kind zu verlieren. Wie konnte ich überhaupt wissen, wie sie sich fühlten? Ist das wirklich Frieden, was ich da zu entdecken glaubte? Ich ging hinüber und umarmte Paola. Sie drückte mich auch, schaute mich an und rang sich ein Lächeln ab. Die nächste Umarmung galt Stefan, dem das offenbar gut tat.

»Ich gehe ins Bett, Mama, ich muss schlafen.«

»O.k., ruh dich aus.«

»Sollen wir nicht zusammen etwas essen?«, fragte sie noch, bevor sie wegging.

»Das wäre schön.«

Zu meiner Überraschung ließ sich Paola am nächsten Morgen beim Frühstück blicken. Stefan kam auch ein paar Minuten später. Die Stimmung war heiter und harmonisch. Niemand erwähnte den Namen meiner Enkelin, und seine Trauer behielt ein jeder für sich. Nach dem Frühstück kam Paola zu mir: »Mama, nächsten Monat möchte ich durch Europa reisen, Weshalb kommst du nicht mit mir?«

»Bist du dir da ganz sicher?«

»Ja, ich möchte ein Jahr reisen, um den Kopf frei zu bekommen.«

»Möchtest du nicht in Argentinien zur Universität gehen? Du könntest bei mir wohnen«, bot ich an.

»Ich könnte mich jetzt nicht konzentrieren und studieren.«

»Ich verstehe.« Ich hatte jetzt die Sorge, dass sie depressiv werden würde, wenn sie noch hier bliebe.

»Wenn ich zurückkomme, dann werde ich mit der Universität beginnen.«

Ich fragte nun skeptisch: »Eine Reise nach Europa ist teuer. Wie willst du das finanzieren?«

»Ich habe etwas gespart.«

»O.k., wohin willst du in Europa gehen?«, fragte ich,

denn ich versuchte, etwas mehr über ihre plötzlichen Pläne zu erfahren. Ich wollte mir einfach einen Reim auf ihre Entscheidung machen.

»Ich möchte zuerst nach Deutschland gehen und dann in die Niederlande. Ich habe dort ein paar Freunde.«

»Hast du schon ein festes Datum für deine Reise?« Es wollte mir immer noch nicht richtig eingehen, wie sie die Reise finanzieren wollte.

»Ich muss mir noch die Flugpreise genauer ansehen, aber ich schätze in etwa einem Monat.«

Ich bin in dem Glauben aufgewachsen, dass alles im Leben das Ergebnis harter Arbeit und vieler Jahre des Sparens war, aber bei meiner Tochter war das nicht der Fall. Ich war kurz davor ihr zu sagen, dass die Reise, von ihren finanziellen Möglichkeiten her besehen, unerreichbar war, aber ich hielt mich dann doch zurück. Wie könnte ich ihre Träume zerschlagen, nach allem, was sie durchgemacht hat? Paola legte eine Willenskraft an den Tag, die ich niemals erwartet hätte. Hinzu kam noch ihr fester Glaube daran, dass sie ihre Ziele erreichen kann, wenn sie nur positiv denkt. Würde das der Fall sein? Ich entschied mich, Paola bei ihren Träumen zu unterstützen und meine ursprünglichen Gefühle zu vergessen, was den Erfolg der Reise anbelangte. »Nichts würde mich glücklicher machen, als Zeit mit dir zu verbringen. Lass mich nur schauen, was ich machen kann.« Ich drückte sie fest in meine Arme.

Die nächsten zwei Tage verbrachte ich in Brasilia damit, Bilder von meinen Töchtern und Enkeln zusammenzustellen, die ich schon seit Jahren auf meinem Computer gespeichert hatte. Jeder von meinen Töchtern gab ich eine CD mit allen Bildern, die ich gefunden hatte. Bevor ich abreiste, wollte ich noch die Geistliche besuchen und ihr für all ihre Hilfe danken. Sie unterstützte Paola mit viel Liebe, mit Ratschlägen und sogar finanziell. Sie tat, was ich nicht tun konnte: für sie da zu sein.

Naty fuhr mich dorthin. Die halbe Strecke über schwiegen wir. Mir war zu traurig zu Mute, um zu bemerken, wie sonnig der Tag war, wie weit auseinander alles in Brasilien lag oder wie ärmlich das Grün in diesem Teil der Stadt war. »Stefans Mutter hat heute Blumen für Isabela an ihrem Haus in London gepflanzt«, kommentierte Naty ganz unvermittelt.

»Wie schön von ihr«, antwortete ich höflich. Ich wollte nicht, dass meine Tochter merkte, dass ich mich verärgert fühlte. *Warum hatte ich nicht daran gedacht? Isabela hatte ein ganzes Universum von pinkfarbenen Blumen verdient. Sie hätte ein Leben verdient, und zu wachsen wie die Blumen, bevor sie sterben.*

Bis ich Noami traf, hatte ich keinen Respekt vor Geistlichen. Sie aber veränderte in einer zweistündigen Unterhaltung meine Ansichten. Überrascht war ich, dass ich als Buddhistin eine gemeinsame Basis mit ihrem Blick für Religion hatte. Bevor ich wieder ging, fragte sie noch: »Bist du geschieden?«

»Ja, das bin ich.«

»Nach Gottes Ansicht bist du noch verheiratet. Wäre es o.k. für dich, wenn ich nun in deinem Namen bete, um deine Ehegelübde zu brechen? In diesem Fall wirst du in der Lage sein, mit Gottes Segen mit einer neuen Familie zu beginnen.«

»Ja, natürlich«, antwortete ich, obwohl ich nicht an Gott glaubte.

Nach ihren Gebeten überraschte sie mich mit einer letzten Frage. »Bist du bereit, mit dem richtigen Mann eine Beziehung einzugehen? Denn Gott trägt uns nichts auf, das wir nicht bewerkstelligen können.«

Ich verließ ihr Haus mit dieser Frage im Kopf. Ich wusste nicht, was ich sagen sollte. *Bin ich bereit?* Ich wusste es nicht, aber möglicherweise war ich es noch nicht.

Als es Zeit zur Abreise war, fuhren mich meine Töchter zum Flughafen. Die Verabschiedung bestand aus Küssen, Umarmungen und dem Versprechen, sich so bald wie möglich wieder zu sehen. Beim Check-in wies mich eine Offizielle darauf hin, dass ich einen Tag vorher hätte fliegen müssen. Ich war einfach einen Tag zu spät.

Ich sagte: »Das ist unmöglich, mein Flug ist am 6., und das ist heute!«

»Ja, das stimmt, ihr Flug ist am 6., aber heute ist der 7.«, war ihre sichere Antwort.

Ich hatte noch nie einen Flug verpasst. Hernán hatte also recht, als er mich anrief und fragte, ob ich gestern angekommen wäre. Und ich dachte, er hätte das falsche Datum im Kopf gehabt und nicht ich. Ich wusste auch nicht, welcher Tag war. Ich sah alles mit einem verlangsamten Blickwinkel, und mein Gehirn war nicht in der Lage, eine einfache Aufgabe wie die Kalenderfrage zu lösen. Der Tod meiner Enkelin hat ein tiefes Loch in mein Leben gerissen. Mir war nach einer starken Schlaftablette zu Mute.

Ich kaufte mir ein neues Ticket und während ich nach Buenos Aires zurückflog, versuchte ich mir vorzustellen, wie es wäre, mit Paola nach Europa zu reisen. Ich wollte dort wirklich für sie da sein, so, wie ich hätte da sein müssen für meine Enkelin. Ich hatte nur meine Ersparnisse, und der Wechselkurs Real/Euro bedeutete noch weniger Geld und so ein finanzielles Risiko, also etwas, was ganz sorgfältig überlegt sein wollte. Mein derzeitiger Gemütszustand gab es nicht her, das in dem Moment zu entscheiden. Ich hatte von verschiedenen Leuten gehört, wie klar, korrekt und strukturiert die Deutschen sind, und dass sie mit Frauen keine Spielchen spielen. *Genau das, was ich brauchte!*

Kapitel 4

Beziehungen in Übersee

Wolfgang, Deutschland

Mein Flugzeug kam zehn Minuten früher an als im Zeitplan vorgesehen. Während ich auf Hernán an der Eingangstür des Aeroparque Flughafens in Buenos Aires wartete, blitzten in meinem Kopf Erinnerungen an ihn auf. Er und ich wurden Freunde, seit wir uns nicht mehr auf die romantische Art besuchten. Ich traf ihn vor einem Jahr, als ich eine Gruppe von Jurastudenten zu einem juristischen Problem, das ich mit meiner Krankenkasse hatte, befragte. Er bot mir seine E-Mail-Adresse an, falls ich weiterer Hilfe bedürfe. Monate später kontaktierte ich ihn und bat ihn um Rat wegen meiner Idee, eine Organisation zu gründen, die Menschen bei Problemen des Verbraucherrechts helfen sollte, so wie die, bei der ich anfänglich Rat gesucht hatte. Solch eine Organisation in Argentinien zu gründen, bedeutete ein Jahr Papierkram und wöchentliche Treffen, an denen er gerne teilnahm, da er mich doch nur sehen wollte.

»Ich habe hier einen Entwurf für den ganzen Papierkram deiner Organisation (NGO), aber ich habe die ganze Woche über das Haus nicht verlassen; deshalb möchte ich dich gerne in einem Park treffen und ein Picknick machen, während wir die Unterlagen durchsehen – was hältst du davon?«, fragte er mich, sicherlich mit dem Versuch, seine wirkliche Absicht, mich zu treffen, nicht aufzugeben. Obwohl er erst 31 Jahre alt war – ich war damals 41 –, war er entschlossen, alles zu tun, um mich zu erobern. Das zweite Treffen war während einer Bustour durch Buenos Aires, und das hat mir wirklich gefallen. Eines Tages, als wir gerade in meinem Apartment saßen und über Geschäfte sprachen, küsste er mich ganz spontan. So kam es, dass wir uns für einige Monate trafen und auch zusammen arbeiteten, was uns fast immer dazu führte, uns hinreißen zu lassen. Einmal saßen wir auf meiner Couch und diskutierten über unsere Beziehung. Er war sehr angespannt und redete ununterbrochen, als ich mich an einen Abschnitt aus einem Buch von Steve Santagati erinnerte: *Mannual. So funktioniert der Mann.* In diesem Buch erklärt er, wie Frauen alle Kämpfe gewonnen haben, ohne es zu merken. Im Grunde sagt er, dass wir nur unsere Shirts ausziehen müssen, um den Kampf mit unseren Freunden zu gewinnen. Als er das sagte, lachte ich über diese Theorie. Trotzdem war jetzt eine gute Gelegenheit, seine Theorie auszuprobieren.

»Es ist so heiß hier«, sagte ich, während ich mein Shirt auszog. Er hörte sofort auf zu reden, packte mich und warf sich auf mich. Der Kampf war vorüber, und ich hatte gewonnen.

***

Als meine Uhr auf 15:35 Uhr zeigte, waren nur fünf Minuten unserer vereinbarten Zeit vorüber. Er stoppte mit seinem Wagen direkt vor mir. Ich fühlte mich gut, ihn zu sehen. Er lächelte, als er mich sah. Auf dem Weg zu mir nach Hause erzählte er mir, wie er seine Beziehung zu Mimosa verbessert hatte, die ihm nun immer entgegenkam, um ihn zu begrüßen.

»Jeden Tag musste ich in deinem Wohnzimmer niederknien, musste meine Arme öffnen und rufen: ›Komm, Mimo, komm!‹, sonst wäre sie nicht gekommen.«
Hernán erklärte das alles auf die ihm übliche theatralische Art.

Ich lachte und sagte: »Du musst nicht auf den Knien herumrutschen. Du hättest einfach nur dasitzen können, du bist ein Riese für sie, wenn du aufrecht stehst«, erklärte ich ihm, nachdem er nun genau beschrieben hatte, wie er das Vertrauen meiner Katze gewonnen hatte. »Es gibt nicht viele Freunde, denen ich Mimosa anvertrauen würde.«

»Wozu sind Freunde denn überhaupt da?«, sagte er mit einem breiten Lächeln. »Aber wie geht es dir eigentlich?«, fragte er, wobei er besorgt die Stirn runzelte.

»Mir geht's gut, doch irgendwie anders.«
»Wie anders?«
»So wie gelähmt oder starr.«
»Was meinst du denn damit?«, fragte er mich, wobei er

mich kurz aus den Augenwinkeln ansah, hauptsächlich sich aber auf die Straße konzentrierte.

»Ich kann nicht klar denken, ich weiß, dass ich hier bin, aber ich fühle mich nicht richtig lebendig – ich fühle mich wie in einem Zwischenreich.«

»Es ist alles noch so frisch. Das geht vorbei«, sagte er, als er anhielt, um gegenüber vor meinem Appartementhaus zu parken.

***

Ein Monat ging vorbei, und ich war immer noch nicht davon überzeugt, mit meiner Tochter nach Europa zu gehen. Die Dinge liefen in Buenos Aires nicht so, wie ich es erwartet hatte. Ich war mit der Regierung nicht einverstanden. Der Präsident war für eine zweite Amtsperiode gewählt worden, und wenn ich geblieben wäre, hätte ich versuchen müssen, eine gewaltige Rezession und Frustration zu überleben, die mich ansonsten aufgefressen hätten. Hinzu kam noch, dass es mir nicht richtig erschien, meine jüngste Tochter auf einem anderen Kontinent zu wissen, nach dem, was sie alles durchgemacht hatte. Aber alles zu verlassen und nach Europa zu gehen war auch ein gewaltiger Schritt, den ich nicht so einfach auf die leichte Schulter nehmen konnte. Mein Handy klingelte und zog mich so von diesen Gedanken ab.

»Möchtest du nicht ein wenig spazieren gehen?, fragte Jade.

»Da habe ich jetzt keine Kraft für.«

»Aber der Tag ist so schön, und außerdem habe ich dich noch nicht gesehen seit du aus Brasilien zurück bist«, protestierte Jade.

»Ja gut, dann bin ich in einer Stunde bei dir.«

Jade und ich trafen uns 1998 in einem Internet Chatroom, als in Argentinien gerade der Internetboom herrschte. Sie war fast zehn Jahre jünger als ich. Als ich sie zum ersten Mal traf, kam es mir so vor, als ob ich eine berühmte Person vor Augen hätte; sie war das genaue Ebenbild von Neve Campbell, damals meine Lieblingsschauspielerin.

Sie wohnte nur etwa zehn Blocks von mir entfernt, daher beschloss ich zu Fuß zu gehen. Und wie üblich hielt ich mein Handy in der Hand, die Ohrstöpsel in den Ohren, wobei ich meine Lieblingsstücke von *R&B* hörte. Kein Mensch war in den Straßen. Es war Wochenende, und die Stadtmitte lebte nur an den Wochentagen. Das kam mir gerade recht. Als ich drei Blocks gegangen war, stand plötzlich ein Typ vor mir, der wie aus dem Nichts zu kommen schien.

»Gib mir dein Handy oder ich mach dich kalt«, sagte er. Er hatte keine Waffe in der Hand.

»Nein«, sagte ich laut, wobei ich ihn auch anstarrte. Der Knabe war so um die zwanzig, schlank und ein wenig kleiner als ich. Als er verstand, dass ich ihm mein Handy nicht so ohne Weiteres hergab, versuchte er, es mir aus der Hand zu reißen. Es dauerte ein paar Minuten, und wir rissen das Handy hin und her, bis er schließlich gewonnen hatte. Die Stöpsel hingen mir noch aus den Ohren, als ich sah, wie er die Straße herunterlief. Ich hatte das Handy erst vor einem Monat gekauft und ich dachte jetzt: meine Kontakte, meine Musik, meine Fotos, und ich muss es noch abbezahlen! Es dauerte ein paar Sekunden, bis ich überhaupt reagieren konnte. Ich begann zu laufen, um dem Dieb nachzujagen, der nun mein wertvolles Handy hatte. Während ich lief, schrie ich: »Dieb! Er hat mich beklaut!« Einen Block weiter entschloss sich ein Pizzalieferant, der die Verfolgungsjagd beobachtete, mir zu helfen. So verfolgte nicht mehr ich den Dieb, sondern der Pizzajunge, der wesentlich schneller als ich laufen konnte.

Der Dieb nahm den ersten besten U-Bahn-Eingang, rannte über die Treppe dem Eingang zu. Ich sah, wie er über das Drehkreuz sprang, der Pizzaboy hinter ihm her, aber vor dem Kreuz stoppte er ab. Ich sprang so schnell ich konnte die Stufen hinunter und setzte über das Drehkreuz, filmreif. Während ich sprang, brüllte ich dem Ticketverkäufer zu, er solle die Polizei rufen. Die Station war voller Menschen, als ob dort ein magischer geheimer Bahnsteig wäre wie in dem *Harry-Potter*-Film, der das plötzliche Auftauchen von so vielen Menschen erklären könnte. Ich hetzte nicht mehr, sondern ging durch den Zugang zum Hauptbahnsteig, der zwei Ausgänge hatte, die in verschiedene Richtungen führten. Ich wollte gerade aufgeben, weil ich nicht entscheiden konnte, durch welchen Ausgang er verschwunden war, als ich ihn sah, wie er sich gerade eine Jacke überzog, genau zwischen den beiden Ausgängen. Ich rannte auf ihn zu, packte ihn bei der Jacke, schüttelte ihn und schrie: »Dieb! Gib mir mein Handy zurück!« Der Knabe, offensichtlich überrascht, begann rückwärts zu gehen, um mir zu entkommen. Wir standen mitten in der Bahnsteighalle, als ich ihn dann schließlich losließ, um uns herum eine Traube von Männern und Frauen.

»Ich bin das nicht – Sie verwechseln mich mit jemandem anderen.«

»Ich weiß genau, dass du es bist«, schrie ich zurück.

»Schauen Sie doch in meinen Rucksack, da ist kein Handy drin«, sagte er als er den Rucksack öffnete und zeigte, dass da nur ein Pullover war, den er aber getragen hatte, als er mich beklaute.

»Ich habe schon die Polizei gerufen – du gehst hier nicht weg, bis die kommen«, gab ich ärgerlich zu verstehen.

Die Leute um uns herum schauten schon etwas beruhigter zu, und ihre Anwesenheit war schon eine gewisse Hilfe; denn niemand konnte genau wissen, wie der Dieb reagieren würde. Ich weiß gar nicht, wie lange es dauerte, alles in meinem Kopf bewegte sich sehr schnell, bis er mein Handy aus der Gesäßtasche seiner Jeans kramte und es mir gab.

Als ich dann endlich bei Jade ankam, erzählte ich ihr, was gerade passiert war. Ich war weder physisch noch emotional in der Lage, mit ihr einen Spaziergang zu machen.

»Mädchen, bist du verrückt? Was wäre gewesen, wenn er dich geschlagen hätte? Und dann noch eins: diese Typen arbeiten niemals alleine«, sagte Jade und machte dabei ein völlig erstauntes Gesicht.

»Er hatte nichts in seinen Händen, und ich wusste überhaupt nicht, was los war, ich habe da nur so reagiert«, antwortete ich.

»Und wenn er dich geschlagen hätte?«

»Du hast recht. Ich kann froh sein, dass nichts passiert ist und der Typ seinem eigenen Drehbuch folgte«, sagte ich.

»Seinem Drehbuch?«, fragte sie mit einem neugierigen Unterton.

»Ja doch, denn meistens läuft es doch so ab: Er reißt mir das Handy aus der Hand, ich leiste Widerstand und habe Zeit, ihm ins Gesicht zu sehen. Und dann konnte ich ihn doch nur stellen, da er anhielt, um seinen Pullover gegen eine Jacke auszutauschen – so, wie es in seinem Drehbuch steht, Klamotten wechseln nach dem Raub, damit niemand ihn wiedererkennt«, sagte ich mit einem verzerrten Gesicht, da ich mir vorstellte, wie erschrocken der Gauner war, nachdem ein verrücktes Weib, nämlich ich, ihn verfolgt und wegen des Handys angegriffen hatte.

»Ja tatsächlich, das hat er nicht erwartet«, und sie fügte mit einem bettelnden Gesichtsausdruck hinzu: »Versprich mir, dass du das niemals wieder tun wirst.«

Ich war eigentlich nicht in der Lage, das zu versprechen.

Die nächsten beiden Wochen lag ich mit einer augenscheinlich starken Grippe im Bett. Ich hatte hohes Fieber und schreckliche Gliederschmerzen. Ich war so schwach, dass ich kaum aufstehen konnte. Ich nahm an, dass die Symptome von dem Raubtrauma herrührten, da ich mich auch ungeschützt und unsicher fühlte. Mir wurde bewusst, dass ich auf den Gauner genauso reagiert hatte wie gegen sexuelle »Raubtiere«: impulsiv und ohne an meine Befindlichkeiten und meine Sicherheit zu denken.

Ich werde es nie vergessen: Eines Abends – ich lebte damals auch in Buenos Aires, so vor zehn Jahren – spazierte ich über eine ruhig gelegene Straße zwischen einem Park und einer Allee, in der Gegend von Palermo. Es war schon dunkel, und ich war der einzige Fußgänger, dachte ich zumindest. Plötzlich höre ich ein unheimliches Geräusch hinter mir. Ich drehe mich um, bewege mich hin und her, neugierig wie ich bin, und sehe einen Mann, der mit offener Hose hinter mir her spaziert und sich dabei einen runterholt. Es war wohl offensichtlich, dass ich das mitbekommen sollte. Ich schaue wieder nach vorne und stiere auf den Boden. Ich weiß nicht, was ich machen soll. Ich sehe einen Ast liegen, der wohl von einem Baum gebrochen war. Den hebe ich auf und drehe mich nach dem perversen Schwein um.

»Komm her, du Hurensohn!«, schreie ich und renne auf ihn zu mit dem Knüppel in der Hand. Ich habe noch niemals jemanden so schnell laufen gesehen. Er überquerte die Avenida Santa Fé inmitten der vielen Autos und verschwand. Ich habe meine Zweifel daran, ob er das jemals wieder in Gegenwart einer Frau getan hat!

Während ich krank im Bett lag, dachte ich immer wieder über den Vorschlag meiner Tochter nach, eine Europareise zu starten; ich wunderte mich selbst, was mich überhaupt noch in Buenos Aires hielt. Finanziell konnte ich nicht recht weiterkommen, zum anderen ärgerte ich mich über das chauvinistische Verhalten der argentinischen Männer; und jetzt noch obendrein: ich fühlte mich nicht sicher. Es stimmte, dass ich die Stadt Buenos Aires irgendwie liebte während der 14 Jahre, aber es kam mir auch wie eine Ewigkeit vor. Und obwohl ich auch sieben Jahre in Nordamerika gelebt hatte, kamen fast alle meine Freunde aus Buenos Aires. Ich muss gestehen, dass Argentinien mehr Heimat für mich war als Brasilien, sogar mein Spanisch war inzwischen besser als mein Portugiesisch. Aber zu dem Zeitpunkt hatte ich keinen rechten Grund mehr zu bleiben. Der Hauptgrund, weshalb ich nach Buenos Aires zurückgekehrt bin, waren meine Töchter und der Besuch einer Juristenschule. Doch nichts klappte so, wie ich mir das vorgestellt hatte. *Sobald ich meinen ganzen Kram hier verkauft habe, werde ich nach Europa gehen, um bei Paola zu sein, wenn sie mich braucht.*

***

»Hi Kathy, ich habe deine E-Mail bekommen – willst du wirklich nach Europa gehen?«, fragte Lore mich am Telefon.

»Ja, ich will. Möchtest du etwas von der Liste haben, die ich dir zugeschickt habe?«

»Immer läufst du weg«, sagte Lore.

»Ich laufe nicht weg. Es gibt hier für mich nichts mehr zu tun.«

»Ja wenn du das so sagst … es gibt da ein paar Sachen, die mich interessieren könnten. Ich komme in den nächsten Tagen bei dir vorbei«, antwortete sie.

Lores Kommentare gingen mir nicht aus dem Kopf. War ich dabei, aus meinem Leben zu flüchten? Aus welchem Teil meines Lebens? Ich dachte eigentlich nicht, dass es so war, außerdem bekam ich Unterstützung aus dem Universum für meine Entscheidung zu gehen, denn in Rekordzeit hatte ich alles verkauft. Ich kaufte mir ein Flugticket für Anfang August nach München, Deutschland. *Was für eine aufregende Sache: meine erste Reise nach Europa!*

Seit Lore mich mit dem Online-Dating vertraut gemacht hatte, wurde das mein zuverlässiger Weg, um Männer zu treffen. Trotzdem dachte ich noch immer nicht so recht, dass das der beste Weg sei, um Leute zu treffen. Ein riesiger Anteil der männlichen Bevölkerung im Internet suchte nach Sex, ich nehme an, dass ich auch sagen könnte, dass Männer immer nach Sex suchen, Punkt! Einige von ihnen, so wie Elliot, waren noch nicht einmal

Single. Wie auch immer: In ein paar Monaten würde ich nach Europa reisen, und im Grunde kannte ich nur eine Person dort: meine Tochter. Ich wollte ihr auf gar keinen Fall zur Last fallen, indem ich mich in meinen Beziehungen von ihr abhängig machte. Sie war in den Zwanzigern und wollte sicher Zeit mit ihresgleichen verbringen. Und das ist der Grund, warum ich während der letzten vier Monate in Argentinien im Internet-Chat einige Männer aus Europa getroffen hatte. Es wäre möglich, dass ich auf diese Weise nicht abhängig von meiner Tochter gewesen wäre. Außerdem erschienen mir die Männer vertrauenswürdig: Wolfgang und Paul aus Deutschland, Pepe aus Frankreich und Bernard aus der Schweiz.

Ich lernte die Eckpfeiler ihrer Lebensgeschichten kennen: Wolfgang war Mediziner, zwei Jahre getrennt lebend und hatte eine vierzehn Jahre alte Tochter, die immer am Wochenende bei ihm war. Paul war selbständig, mitten in einem schrecklichen Scheidungskrieg mit seiner brasilianischen Ex-Frau, mit Sohn und Tochter von sechs und acht Jahren. Pepe: ein junger Flugbegleiter, Single und ein unkomplizierter Typ. Bernard war Ingenieur und so etwa in meinem Alter, aber eigentlich zu alt, um noch niemals verheiratet gewesen zu sein! Die alle wollte ich näher kennenlernen, wenn ich in Europa war; denn wenn ich dann noch andere Personen als nur meine Tochter kennen würde, so gäbe mir das ein beruhigendes Gefühl. Ich erwartete nicht, dass meine Tochter so bald wieder in eine neue Beziehung gehen würde; ich hatte das aus einem Telefongespräch mit ihr herausgehört. Paola reiste

Anfang März, einen Monat nach dem Begräbnis, nach Deutschland, so, wie sie es vorhatte. Sie wurde von einem Freund eingeladen, den sie zuvor in Buenos Aires kennengelernt hatte, ein Mann aus Tschechien, der in München lebte. In den vier Monaten seit Buenos Aires hatten sie eine Beziehung begonnen.

»Ich zähle die Tage … In drei Tagen werde ich bei dir sein«, erzählte ich aufgeregt meiner Tochter Paola via Skype.

»Mama, du wird hier bei uns nicht bleiben können, wir sind in einen kleinen Ort gezogen. Du kannst aber in einem nahe gelegenen Hotel wohnen.«

»Ich glaube nicht, dass ich mir auf einer so langen Europareise jetzt ein Hotel leisten kann«, antwortete ich traurig und enttäuscht.

Mit solch einer kurzen Ansage von ihr konnte ich nicht viel anfangen. Ich hatte beschlossen, nach Europa zu gehen in der Hoffnung, mit ihr einige Zeit zu verbringen. Dennoch: die Sache war jetzt in Bewegung; es war zu spät, um abzuspringen. Ich trat mit Wolfgang in Verbindung und fragte ihn, ob ich bei ihm bleiben könnte, da ich doch jetzt nirgendwo sonst hinkonnte. Ich wollte ihn eigentlich gar nicht direkt treffen, denn nach einigen Monaten unserer Unterhaltungen hatte ich den Eindruck, dass er eine Beziehung mit jemand anderem begonnen hätte. Und da ich ihn mochte, hatte ich nicht die Absicht, wieder mit einem Mann zusammen zu sein, der mir doch nicht zur Verfügung stand. Aber ich wusste auch nicht, was ich tun sollte nach diesen überraschenden Nachrichten meiner Tochter. Dann kam noch dazu: Wolfgangs Wohnort lag zu weit von München entfernt, wo Paola lebte.

Einen Tag vor meinem Flug antwortete Wolfgang auf meine besorgte E-Mail mit »Kein Problem!« und »Mach dir mal keine Gedanken – du wirst ein Zugticket am Informationsschalter nach deiner Ankunft vorfinden. – Ich werde dich am Bonner Hauptbahnhof abholen.« Das war die Antwort auf meine Frage »Wie kommt man am günstigsten dorthin?« Ich nahm sein Angebot hocherfreut an. Es schenkte mir ein erleichterndes Ruhegefühl, dass ich nun eine Bleibe hatte in einem so weit entfernten und fremden Land.

Ich brauchte 36 Stunden, um von Buenos Aires nach Bonn zu reisen. Dann sah ich Wolfgang, der auf mich am Hauptbahnhof wartete, eine rote Rose in seiner Hand. *Wow ... wie romantisch!*

»Hi Kathy, ich freue mich, dich nun persönlich zu sehen«, sagte er und überreichte mir die Rose.

»Hi, vielen Dank!«, sagte ich, nahm die Blume und versuchte, meine Gefühle zu kontrollieren. *Der sieht ja in natura besser aus als auf der Videokamera!*

»Brauchst du irgendetwas?«, fragte er.

»Ich weiß nicht. Ich habe weder gegessen noch geschlafen noch war ich auf der Toilette den ganzen Tag über.«

»Was möchtest du als Erstes tun?«, fragte er mit einem Lächeln.

»Ich bin soooo müde, ich kann noch nicht einmal darüber nachdenken.«

»Lass uns nach Hause fahren, da können wir uns um dich kümmern.«

Während er mein Gepäck in seinem BMW verstaute, schaute ich ihn mir genauer an. Er war ein bisschen größer als ich. Er hatte nicht die blonden Haare und grünen Augen, von denen ich ausging, dass alle Deutschen sie hätten, aber er war ganz sicher gutaussehend mit seinen grau durchzogenen Haaren und braunen Augen. Sein Körper war durchtrainiert, obwohl er 49 Jahre alt war; seine Brille ließ ihn aussehen wie ein Nerd.

Wolfgang fuhr uns nach Ahrweiler, wo er wohnte. Ich saß neben ihm und schaute mir durch das geöffnete Fenster Bonn an. Diese »Metropole« war total anders als Buenos Aires, und wegen ihrer geringen Größe konnte man das auch gar nicht vergleichen. Ich sah mehr Bäume, als ich zählen konnte, und einen Fluss, der neben der Straße dahinfloss. Ich sah überhaupt keine Hochhäuser, und die Gebäude hatten mehr ein mittelalterliches Aussehen. Viele junge Leute spazierten umher, Studenten der Universität, wie ich später erfuhr, die mitten in der Stadt lag.

»Zum ersten Mal bin ich jetzt hier, aber es gefällt mir schon«, sagte ich, und ein Gefühl, zu Hause angekommen zu sein, erfüllte mich.

Er schaute mich an und lächelte freundlich: »Ich bin so froh, dass du da bist.«

»Es ist komisch, aber es fühlt sich für mich an wie ein Zuhause«, sagte ich und lächelte auch.

Wir brauchten eine halbe Stunde bis zu seiner Wohnung. Unterwegs erzählte er mir, wie sehr ihn das Verhalten seiner Ex-Frau störte. Ich hatte das alles schon gehört, aber ich hörte ihm zu, höflich wie ich war.

»Meine Frau will, dass ich ein Boot kaufe, weil der Mann ihrer Schwester auch eins hat – ich habe da bessere Ideen, wie ich mein Geld ausgeben könnte.«

»Bist du nicht von ihr getrennt?«, fragte ich, da das Wort »Frau« in meinem Kopf hämmerte.

»Ja, schon zwei Jahre«, antwortete er.

»Deshalb ist sie deine Ex-Frau und nicht deine Frau, es sei denn, ihr habt vor wieder zusammenzukommen.«

»Auf keinen Fall«, antwortete er.

Das gefällt mir schon besser!, dachte ich.

Seine Wohnung lag an einer Hauptstraße. Das Gebäude sah von außen phantastisch aus, und an den Türklingeln standen zu meiner Überraschung die Nachnamen und nicht die Stockwerk- oder Wohnungsnummern. Ich sah seinen Namen »Dr. Haare«. Ich hatte vergessen, dass er Arzt war. Es machte Eindruck, seinen Titel direkt neben der Türklingel zu sehen. Als wir im Aufzug waren, drückte er auf einen Knopf und sagte: »Denk dran, dritter Stock.« Wir gingen zu einer Tür, auf der auch sein

Titel und Nachname stand; das war jetzt keine Überraschung mehr. Seine Wohnung war modern von innen und von außen. Die Eingangstür eröffnete eine schmale Diele. Durch eine offene Tür sah ich links einen modernen weißen Tisch mit einem Computer und einem schwarzen Stuhl davor. Direkt daneben auf dem Boden eine große Matratze, darüber ein buntes Laken, das mich annehmen ließen, dass es wahrscheinlich das Zimmer seiner Tochter war. Daneben konnte ich schon das große Wohnzimmer ausmachen. Rechts war noch eine kleine Toilette, und am Ende der Diele führte eine Treppe, wie ich annahm, zu seinem Schlafzimmer.

»Du kannst in dem Zimmer meiner Tochter schlafen oder oben in meinem Zimmer. Das ist deine Entscheidung«, sagte er und deutete auf das Zimmer links und dann in Richtung auf die Treppe.

Wow! Das war ein flotter Umzug! »Dieser Raum ist für mich o.k.«, sagte ich und betrat das Zimmer seiner Tochter mit einem meiner Gepäckstücke. Ich wollte sicher sein, dass er verstand, dass wir nicht zusammen schlafen würden – wenigstens jetzt noch nicht so bald.

Sein Wohnzimmer hatte die Form eines L und war eingerichtet mit einer großen schwarzen Ledercouch und einer kleineren direkt daneben, mit einem weichen grauen Teppich in der Mitte, darauf ein weißer moderner Couchtisch. Gegenüber von all dem stand ein mindestens 100 cm Plasma-TV. Auf der anderen Seite des Raumes, neben der Glastür, die zum Balkon führte, war ein rechteckiger Esstisch aus Glas, an dem sechs Personen Platz hatten. Von drei Stühlen konnte man auf die integrierte Küche blicken, die mit weißen Schränken ausgestattet war.

Es war eine gute Entscheidung, im August zu reisen, denn in Europa war noch Sommer. So konnte ich die verschiedensten Städte besuchen ohne die störende Kälte. Der Tag nach meiner Ankunft war ein sonniger Dienstag. Ich wachte spät auf, und Wolfgang war schon weg zur Arbeit. Ich fand einen Zettel: »*Guten Morgen, Kathy! Hier hast du eine deutsche SIM-Karte und ein Handy, das du leihen kannst.*« Unten auf dem Zettel war ein Smiley.

Ich versuchte die Balkontüre zu öffnen, um frische Luft hereinzulassen, aber ich wusste nicht, wie das geht. *Wie schwierig kann es doch sein eine Tür zu öffnen!* Ich versuchte es des Öfteren mit demselben Ergebnis: nichts! Es hätte ja auch sein können, dass die Türe kaputt war; deshalb versuchte ich das Fenster zu öffnen, aber das ging auch nicht. Ich war frustriert, nahm das Handy und sandte ihm eine Message:

Guten Morgen, danke für das Handy.
  Hi, das ist nicht der Rede wert. Das war seine Antwort ein paar Minuten später.
  Ich kann weder eine Tür noch ein Fenster öffnen. Und ab die Post!
  Antwort: *Ich bin wahrscheinlich so gegen fünf zu Hause.*

Dann zeige ich dir, wie das geht. Auf dem Tisch liegt ein Schlüssel für dich, falls du weggehen möchtest.

Ich saß gerade auf der kleinen Couch und las in einem Buch, als er nach Hause kam. Es war fünf Uhr, genau so wie er gesagt hatte. Er kam auf mich zu, sagte Hallo und gab mir einen kleinen weichen Kuss auf den Mund, so als ob ich seine Freundin wäre, die zu Hause auf ihn gewartet hat. Er erwischte mich total unvorbereitet. Nicht, dass ich das nicht mochte; ich war ja der Ansicht, dass er attraktiv und interessant sei seit ich ihn zum ersten Mal auf Skype gesehen hatte, aber jetzt, da er als Person vor mir stand, waren diese Gefühle plötzlich stärker. Wie dem auch sei, als ich noch in Argentinien war, gab mir meine Intuition Warnzeichen bezüglich anderer Frauen, nicht unbedingt im Blick auf seine Ex-Frau. »Wie war dein Tag?«, fragte ich, die Kusssituation schob ich beiseite.

»Gut! Bist du aus dem Haus gegangen?«, fragte er, nachdem er sich auf der großen Couch niedergelassen hatte und mich mit einem breiten Lächeln ansah.
    »Du siehst glücklich aus«, sagte ich.
    »Es wartet nicht jeden Tag eine wunderbare brasilianische Frau auf mich zu Hause.«

Ich entschied mich, seine Flirtversuche erst einmal zu ignorieren. »Ich bin nicht aus dem Haus gegangen, weil der Schlüssel genauso wenig funktionierte wie die Türen und die Fenster. Gott sei Dank gab es was zu essen im Eisschrank«, sagte ich aus Spaß und gab ihm den Schlüssel.

»Das ist nicht mein Hausschlüssel … wo hast du den dann her?«

»Vom Kaffeetisch. Es ist schon o.k. so; ich war zu müde, überhaupt rauszugehen.«

»Ich habe meinen Hausschlüssel auf den Esstisch gelegt.«

»Und wofür ist dann dieser Schlüssel?«, fragte ich neugierig.

»Das ist Annes Hausschlüssel.«

»Wer ist Anne?«

»Ein Mädchen, mit dem ich befreundet bin.«

Bingo! »Aha, du hast eine Beziehung?« Ich war jetzt gespannt, wann die Bestätigung meiner Intuition herauskommen würde. Wann würde ich endlich lernen, dass ich mit meinem Bauchgefühl niemals falsch liege?

»Das ist nichts Ernstes. Sie ist nicht die Richtige«, antwortete er mit einem Achselzucken.

Ich schoss zurück: »Wenn du einen Schlüssel zu der Wohnung einer Frau hast, mit der du schläfst, dann ist das doch wohl eine Beziehung.«

»Sie gab mir den Schlüssel einmal, falls sie später käme. Dann hätte ich nicht draußen warten müssen«, rechtfertigte er sich.

»Klar«, sagte ich einfach nur sarkastisch.

»Wie kommst du darauf, dass wir miteinander schlafen?«

»Tust du es denn?«

»Wir sind schon ein Jahr befreundet; vor einem Monat

haben wir beschlossen, dass wir einmal in der Woche gemeinsam Abend essen. Das ist alles.«

Genau vor einem Monat begann er etwas Abstand zu halten. »So, so, kein Sex? Nur Abendessen?«

»Manchmal bleibe ich über Nacht, und es ist dann passiert, als ihr sechs Jahre alter Sohn schon schlief, aber nicht immer.«

»Wolfgang, nach ihrem Verständnis seid ihr beide in einer Beziehung und deshalb hat sie dir auch einen Schlüssel gegeben.«

»Ich sehe sie aber nur als eine gute Freundin an und ich habe ihr vor einem Jahr gesagt, dass ich für eine Beziehung noch nicht bereit wäre.«

Wenn Männer sagen: »Ich bin noch nicht bereit für eine Beziehung«, dann bedeutet das, dass sie keine Beziehung wollen. Wann werden Frauen das endlich lernen?

»Sie ist ganz offensichtlich verliebt und sie wartet darauf, dass du über deine Ex-Frau hinwegkommst – du musst ihr die Wahrheit sagen.«

»Ich möchte ihr nicht das Herz brechen.«

»Liebst du sie oder planst du eine Zukunft mit ihr?«

»Nein«, antwortete er scharf.

»Du kannst nicht verlangen, dass sie ewig auf dich wartet.«

»Möchtest du gerne zum Essen ausgehen?«, fragte er. Der plötzliche Themawechsel gab mir den Hinweis, dass wir genug über Anne gesprochen hatten, und so war es o.k., denn ich mochte das Thema ohnehin nicht. »Ja, das würde ich gerne; ich sterbe vor Hunger«, antwortete ich.

Bevor wir das Haus verließen, zeigte er mir noch, wie man die Fenster und Türen öffnete. Es wäre so einfach gewesen, wenn ich gewusst hätte, dass ›Handgriff nach unten‹ *geschlossen* bedeutet und nicht *offen*, wie in Südamerika. Dann lernte ich auch, dass ›Handgriff nach oben‹ bedeutete, dass man das Fenster kippen konnte und es oben einen Spalt offen war. Ich kannte dieses System nicht, auch in den USA hatte ich es nicht gesehen. Ich fühlte mich wie eine Höhlenfrau, die zum ersten Mal mit einer Fernbedienung konfrontiert wird. Nachdem wir uns versichert hatten, dass ich meinen Zweitschlüssel benutzen konnte, fuhren wir zum Abendessen nach Bonn.

Er machte mit mir eine Stadtbesichtigung. Wir hielten an, um ein Foto außerhalb von einer Kirche zu machen, vor der zwei große Steinköpfe lagen. Warum liegen da Köpfe auf dem Boden vor der Kirche? Ich dachte, es wäre besser, nicht zu fragen.

»Möchtest du eine *Bratwurst* probieren? Es ist ein typisch deutsches Essen«, fragte Wolfgang.

»Ja, sicher«, antwortete ich gespannt.

Eine Bratwurst ist eine große, gebratene Wurst, in einem Brötchen serviert, ähnlich einem Hotdog. Aber die Wurst war doppelt so groß wie eine amerikanische. Es war lustig, diesen Größenunterschied zu sehen. Ich aß sie ganz auf und trank eine Cola dazu. Dabei saßen wir auf einem Platz in der City (ich nehme einmal an, dass das Wort City für eine so kleine Stadt wie Bonn noch so gerade angemessen ist).

»Wenn du die Cola-Flasche dorthin zurückbringst, wo ich sie gekauft habe, kriegst du 25 Cent zurück«, sagte er mit einem verwegenen Gesichtsausdruck.

»Wirklich?«, fragte ich zweifelnd.

»Ja, möchtest du es ausprobieren?«

Ich ging mit der leeren Flasche zum Laden; ich war auf einen Streich vorbereitet. Wenn man bedenkt, dass ich kein Deutsch sprach, tat ich das für mich einzig Mögliche in dieser Situation: Ich übergab die Flasche der Person, die dort arbeitete mit einem »Hallo«, dem deutschen Wort für »hello«. Er nahm die Flasche und gab mir tatsächlich 25 Cent zurück. Wolfgang erklärte mir später, dass jedermann 25 Cent extra bezahlen muss für die Flasche, und dass er diese wiederbekommt, wenn er die Flasche für das Recycling zurückgibt. »Mein erster verdienter Euro«, sagte ich kichernd.

Am zweiten Tag war ich genauso müde wie am Tag zuvor. Immerhin hatte ich fünf Stunden Verlust, nachdem ich den Äquator überquert hatte. Ich hatte vom Jetlag gehört, als Ergebnis des drastischen Zeitunterschiedes, aber jetzt machte ich zum ersten Mal eine wirkliche Erfahrung damit.

Ich rief Paola morgens an, um zu hören, wie es ihr geht, und um ihr meine neue Telefonnummer zu geben. Aber: Ich hätte nicht sagen können, ob sie in Ordnung war oder nicht. Wie üblich war sie höflich, aber sie ließ mich nicht an ihrem Leben teilhaben. Ihre Emotionen und Gefühle waren Privatsache. Danach schnappte ich mir eines von Wolfgangs Fahrrädern und fuhr durch den Ort. Eigentlich war da gar nicht viel zu sehen, aber alles war neu für mich. Der Fluss, der durch den Ort floss, war so schmal, dass ich ihn nicht einmal Fluss nennen würde, allenfalls Bach. Als ich das ihm gegenüber erwähnte, sagte er: »Vor hundert Jahren starben Menschen durch die Überschwemmungsfluten dieses Flusses.« Das überzeugte mich nicht so recht. Meine Vorstellung von einem Fluss war dergestalt, dass da eine Menge Wasser drin sein musste.

Wir kamen an diesem Abend aus einem Restaurant, als er beim Fahren meine Hand hielt und mich mit diesen *Ich liebe dich*«-Augen ansah. »Du hast eine Ex-Frau, die du noch Ehefrau nennst, und eine Freundin, die du gute Freundin nennst – du hast alle Hände voll zu tun, nicht wahr?« Ich nahm meine Hand von der seinen.

Meine Absicht war es eigentlich, nicht so sehr auf ihn einzugehen, zumindest nicht bis er sein Leben geregelt hatte. Aber Nacht für Nacht wurde das schwieriger. Jeden Tag bekam ich die Freundschaftsküsschen, wenn er nach Hause kam. Jede Nacht blieb er lange auf, redete und hielt mich auf der großen Couch in seinen Armen. Wie konnte ich meinem Traummann nur widerstehen? Er war großzügig, hübsch, elegant, schlau, reich und vom Alter her o.k., er hatte einen muskulösen Körper und, was das Wichtigste ist, er zeigte mir, dass er mich schätzte. Und ich wollte das, einen Mann, der sich um mich kümmerte.

Paola rief ich jeden Tag an. Ich hatte kein gutes Gefühl bei dem Typen, den sie traf. Ein paar Sachen erzählte sie mir über ihn. Mich erinnerte er an einen Psychopathen, mit dem ich vor Jahren mal zusammen war. Aber wie das so ist, was ich sagte, hatte keine Bedeutung, meine Töchter hören da nicht drauf. Mütter generell leiden an dem Cassandra-Malison-Fluch, wie ich ihn nenne. Cassandra ist eine Prinzessin aus der griechischen Mythologie. Wie ein Gottesgeschenk hatte sie die Macht verliehen bekommen, die Zukunft voraussehen zu können, aber auch den Fluch, dass ihr niemals jemand Glauben schenkte. So fühlte ich mich als Mutter meistens.

»Wie geht es denn mit Wolfgang?«, fragte sie eines Tages, um das Thema zu wechseln.

»Na ja, in den letzten Tagen habe ich seinem Charme schon widerstanden, aber ich habe auch beschlossen, dass ich heute Nacht mehr als nur seine Freundin sein will«, sagte ich mit einem Lächeln, das sie ja gar nicht sehen konnte.

»Mütterchen, du bist verrückt, mit deinem Gastgeber ins Bett zu gehen! Was ist denn, wenn er dich hinterher aus dem Haus schmeißt?«

»Er ist dabei, sich in mich zu verlieben, und mir geht es genauso.«

»Du solltest erst einmal einen Monat warten, um zu sehen, ob da was dran ist.«

»Er ist schon verliebt«, ignorierte ich ihren Ratschlag. Obwohl … wenn es sich um Männer drehte, waren meine Töchter immer klüger als ich.

»Dann ist er eben in einem Monat noch verliebter«, und nach einer kleinen Pause ließ sie verlauten: »Ehrlich, ich würde das Risiko nicht eingehen.«

Der Ratschlag meiner Tochter ging mir den Rest der Nacht im Kopf herum: Ich hatte vier Tage Distanz bewahrt. Aber als ob er meine Gedanken lesen könnte, wollte er diese Nacht mit mir aufbleiben und absolut nicht ins Bett gehen. So lagen wir nun ziemlich unbequem auf der Couch im Wohnzimmer, hielten uns aneinander fest, aber es geschah nichts, außer dass er mir diese flüchtigen Küsschen gab, die ich auch bekam, wenn der Herr nach Hause kam.

Schließlich sagte ich: »Wolfgang, geh ins Bett.«

Er antwortete, unnachgiebig, aber mit sanfter Stimme: »Nein, nein, ich bleibe hier bei dir.«

Er tat mir leid, wie er da so unbequem auf der Couch lag. Einen Moment später sagte ich: »Ich komme dann und lege mich oben zu dir.« Wir gingen gemeinsam in sein Schlafzimmer, legten uns auf sein großes Bett. Er nahm mich in seine Arme. Ich konnte nicht einschlafen, da ich mich dermaßen zu ihm hingezogen fühlte. Dann wartete ich noch eine Stunde, um sicher zu sein, dass er schlief. Dann ging ich hinunter in das Zimmer seiner Tochter.

Es war ein wunderschöner Sonntag. Ich wachte erschöpft auf. Die Kirchturmglocken läuteten. Es war schon 10:00 Uhr. Ich öffnete seine Schlafzimmertür und sah da einen Zettel auf dem Boden liegen. Ich hob ihn auf und las:

Ich habe dich letzte Nacht in meinem Bett vermisst. – Bin zum Supermarkt und bald zurück.
Wolfgang

Mein Herz schlug schneller … *Oh mein Gott. Ich liebe dich.* Ich konnte nichts dafür, aber ich musste an Elliot denken. Ich konnte mir immer noch nicht erklären, welche Gefühle ich ihm gegenüber hatte. Trotzdem hätte ich jetzt Spaß daran, eine »erwachsene« Beziehung mit Wolfgang zu haben. Ich habe wunderbare Dinge über deutsche Männer gehört, jedenfalls dass sie keine Chauvis wären oder Spielernaturen wie Latinos. *Ich muss mir über deutsche Männer keinen Kopf machen!*

Nach dem von ihm sorgfältig vorbereiteten Brunch machten wir eine gemeinsame Radtour, um uns die Weinberge von Ahrweiler anzusehen. Ich fuhr hinter ihm her und war ganz angetan von seinem breiten Kreuz in seiner engen Sportkleidung. Wie könnte ich ihm nur noch eine Nacht widerstehen? Meine Erinnerung daran, wann ich das letzte Mal Sex hatte, bezog sich auf das letzte Treffen mit Elliot. Aber ich war mir nicht sicher, ob das wirklich Sex war, denn es passierte nicht viel.

»Nach dem Duschen werde ich ein Schläfchen halten«, eröffnete ich ihm, als wir wieder zu Hause waren.
»Ich auch, lass uns ein Nickerchen zusammen ma-

chen«, waren seine Worte; dabei schaute er mich mit seinen sanften Augen an, die ich nun schon kannte.

»Aber du hast mir doch erzählt, dass du nie ein Mittagsschläfchen machst«, war meine Antwort, mit der ich versuchte, aus seiner Falle zu entwischen.

»Heute aber doch«, sagte er fest entschlossen.

Nach dem zweistündigen Nickerchen erwachte ich in Wolfgangs Armen und kapitulierte nun gänzlich. Ich ließ alle meine Befürchtungen hinter mir und auch die Alarmglocke, die mir von Anfang an läutete: »Lass dich nicht emotional auf ihn ein!«

Für ein paar Tage ging ich Paul besuchen, der in Düsseldorf wohnte, und begann so langsam mit meiner Deutschlandtour. Paul sprach sehr gut Portugiesisch. Er hatte einmal in Brasilien gearbeitet. Die Sprache und die Kenntnis meiner Kultur halfen dabei, dass wir eine praktische Freundschaft entwickelten. Wolfgang bestand darauf, mich dorthin zu bringen. Es dauerte eineinhalb Stunden mit dem Auto. Nachdem ich nun meinen neuen Freund getroffen hatte, küsste er mich zum Abschied und fuhr davon. Zwanzig Stunden später – ich hatte es eilig wegzukommen – rief ich Wolfgang an, ob es in Ordnung sei, dass ich Donnerstag statt Freitag zurückkäme. Von Ausnahmen einmal abgesehen, waren achtundvierzig Stunden die längste Zeit, die ich mit jemand unter einem Dach verbringen konnte, aber ich fühlte mich irgendwie unbehaglich, länger als vierundzwanzig Stunden bei Paul zu bleiben.

Obwohl ich Wolfgangs Hausschlüssel hatte, hielt ich es nicht für angemessen, dort unangemeldet aufzukreuzen, und das einen Tag, bevor wir das ursprünglich geplant hatten.

»Geht das in Ordnung, wenn ich morgen wiederkomme? Ich glaube, ich kann hier nicht länger bleiben.« Das war meine Frage am Telefon.

»Du hast mir gesagt, dass du Freitag zurückkommst; ich habe mit Anne schon eine Radtour vereinbart.«

»Triffst du dich weiter mit Anne?«, fragte ich enttäuscht von diesen neuen Nachrichten.

»Ich habe noch nicht mit ihr gesprochen und außerdem sind wir befreundet. – Ich möchte doch nicht meine Freundschaft mit ihr beenden.«

»Sehr gut, ich habe einen Schlüssel. Du brauchst dann gar nicht da zu sein.«

»Anne hat kein Fahrrad; deshalb werden wir hierhin kommen, um die Räder abzuholen – ich bin aber nicht der Ansicht, dass ihr beide euch begegnen solltet.«

»Ich möchte hier nicht noch einen Tag bleiben. Morgen werde ich in ein Hotel gehen.«

»Sei doch nicht blöde – wie wäre es, wenn du einen Zug nach Köln nähmest, und ich hole dich dann da um fünf ab?«

»Schön«, sagte ich und versuchte erfreut zu klingen. Aber dieser Kuddelmuddel um Anne machte mich unglücklich. Ich hatte wohl kapiert, dass alles sehr schnell gegangen war und dass er Zeit brauchte, um festen Boden unter den Füßen zu bekommen. Bei mir war es so, dass Verstand und Gefühl in zwei völlig unterschiedliche Richtungen liefen.

Um drei Uhr nachmittags kam mein Zug in Köln an. Ich hatte zwei Stunden Zeit, herumzulaufen und ein wenig von der Stadt zu sehen. Mir wurde empfohlen, das Gepäck in ein Schließfach zu geben, und das tat ich. Unglücklicherweise regnete es und es erschien blödsinnig, der nassen Stadt einen Besuch abzustatten, zudem ich auch gar nicht genau wusste, wo ich hingehen sollte. So lief ich schon fast eine Stunde durch den Hauptbahnhof, als ich merkte, dass ich bereits alle Geschäfte gesehen hatte. Ich hatte noch fünf Minuten, um mein Gepäck abzuholen, ansonsten würde eine weitere Stunde fällig.

Ich war frustriert an dem Tag und, ich gebe es zu, auch eifersüchtig. Zum ersten Mal seit meiner Ankunft hatte Wolfgang mir keine SMS geschickt, noch nicht einmal seinen »Guten Morgen«-Text. Meine Enttäuschung wuchs mit jeder Minute an. Dann erhielt ich seine erste Nachricht. Ich nehme mal an, nachdem er s i e abgesetzt hatte. Es war genau eine Stunde, bevor er mich abholen wollte. Ich hatte mich selbst so nervös gemacht, als ich daran dachte, dass die beiden zusammen waren, dass ich außer mir war, als er kam.

Die Komplikationen mit dem Schließfach halfen auch nicht herunterzukommen. Das automatische System nimmt das eingegebene Gepäck und schickt es ›weiß

Gott wohin‹. Wenn man will, rückt es die Sachen nach einem eingegebenen Code auch wieder heraus. Das Problem war hier, dass das System wohl irgendwie kaputt war, nachdem ich mein Gepäck eingecheckt hatte. Dieses würde auf unbestimmte Zeit einbehalten werden, während man versuchte, das System zu reparieren. Ich wartete eine Stunde, und die Schließfächer funktionierten immer noch nicht. Das automatische System aber kassierte von jedem die Extrazeit, die das dauerte.

»Ich bin draußen. Wo bist du?«, fragte mich Wolfgang am Telefon, da ich seine SMS nicht beantwortet hatte.

»Könntest du bitte den Wagen parken und hereinkommen? Ich brauche deine Hilfe, um mein Gepäck wiederzubekommen. Ich bin bei den Schließfächern.«

»No problem«, schrieb er zurück.

Einen Moment später sah ich ihn auf mich zukommen. Er hatte eine grüne Hose an, Sneakers und ein schwarzes Hemd. Er sah so süß aus. Aber ich begann sofort zu denken, dass er sich so für Anne angezogen hatte, und war sofort wieder stinksauer.

»Kathy, was ist los?«, fragte er, als er näher kam.

»Das Schließfachsystem funktioniert nicht – ich wusste ja gar nicht, dass mein Gepäck irgendwo anders hingeschickt würde, und jetzt kann ich es nicht zurückbekommen«, und aufgeregt stammelte ich weiter: »Ich werde nicht für deren Fehler bezahlen. Wir kommen noch nicht einmal hier weg.«

Er schlug Folgendes vor: »Wir könnten uns Köln ansehen und später zurückkommen, um zu sehen, ob es repariert ist.«

»Ohne mein Gepäck gehe ich nirgendwohin.« Ich führte hier ein kleines Drama auf, das wusste ich. Ich wusste aber auch, dass das Problem nicht in erster Linie das Schließfach war.

Weil ich eine Beschwerde aufgeben musste, brachte mich Wolfgang zum Bahnhofsbüro. Zehn Minuten nach unserer Beschwerde »arbeiteten« die Schließfächer glücklicherweise wieder und wir konnten gehen. Auf dem Weg zum Auto schaute er mich an. Ich warf nur einen kurzen Blick auf ihn, wütend wie ich war. »Du siehst verstimmt aus«, sagte er mit einer besorgten Stimme.

»Ja, das bin ich auch – fragst du dich eigentlich, ob es wegen meines Gepäcks ist oder wegen dir?« Ich hielt eine Sekunde inne und fuhr dann fort: »Es ist wegen dir.«

»Was ist denn los?«, fragte er mit erschrockenem Gesicht.

»Ich schlage vor wir reden darüber, wenn ich ein wenig heruntergekommen bin«, erklärte ich ihm in dem Bewusstsein, dass Schweigen besser ist als irgendetwas Blödes zu sagen.

Auf der Rückfahrt sagte keiner von uns ein Wort. Ich hatte einen Sturm in mir drinnen, und der wollte heraus. Ich verwandte meine ganze Energie darauf, die stürmische Kathy unter Kontrolle zu halten.

Sobald wir zu Hause waren, zog ich meine Sportklamotten an. »Ich gehe laufen«, sagte ich, als ich auf die Wohnungstüre zuging. Ich nahm nicht den Aufzug, sondern ging die drei Stockwerke über die Treppe hinunter, und als ich Parterre war, lief ich wieder rauf. Ich lief immer schneller rauf und runter, eine halbe Stunde lang, bis ich keine Kraft mehr hatte. Ich kam wieder in die Wohnung und sah ihn im Wohnzimmer. »Ich mache gerade Abendessen für uns. In einer Viertelstunde ist es fertig«, verkündete er lächelnd.

Das Wasser spülte den Rest der negativen Gefühle von mir ab. Ich war jetzt nicht mehr die ärgerliche Kathy und ich konnte wieder klar denken. Ich setzte mich an den gedeckten Tisch und wir fingen an die *Wurst* zu essen, die er vorbereitet hatte mit etwas, was so aussah wie gekochter Spinat. Mir wurde klar, dass ich vorhin überreagiert hatte. Nach dem Essen dankte ich ihm dafür und entschuldigte mich für mein Verhalten am Nachmittag. Und alles fand sich wieder da ein, wo es vorher war.

Endlich bekam ich meinen funkelnagelneuen deutschen Laptop. Ich hatte ihn mit Wolfgangs Hilfe online gekauft, da die Internetseiten keine Englischoption hatten. Endlich konnte ich mit meinen Freunden in Argentinien skypen. Greta war die Erste, die mir antwortete. »Hi, wo bist du und wie geht es dir?« Sie fragte das, als ihr Gesicht auf dem Bildschirm erschien.

Ich berichtete ihr über alle Neuigkeiten, besonders über Wolfgang. Ich sagte: »Noch nie bin ich glücklicher gewesen. Magst du glauben, dass ich sogar Früchte für ihn zum Nachtisch mit einem lächelnden Gesicht zubereitet habe?«

»Du solltest mehr mit ihm ausgehen und weniger die Hausfrau spielen«, sagte Greta mit protestierendem Gesichtsausdruck.

»Warum? Ich mag das so.«

»Meine Schwester war einmal mit einem Deutschen verheiratet, und das ging nicht gut aus. Wir werden sehen, wie das ausgeht zwischen einer heißblütigen Brasilianerin und einem kaltblütigen Deutschen«, meinte sie lachend.

Die nächsten zwei Wochen lebte ich wie im siebten Himmel. Jeden Abend wartete ich begierig darauf, dass er von der Arbeit nach Hause kam und mich liebte. Wir hatten so viel Sex, dass mein Körper eine Latexallergie anzeigte. Eines Nachts verbrachten wir Stunden damit, hypoallergene Kondome in jeder nur offenen Apotheke der Gegend zu suchen.

Kathy, möchtest du heute zum Abendessen ausgehen? Ich las Wolfgangs Text. Ich dachte, es wäre schöner, zu Hause zu Abend zu essen und nicht die Zeit mit Herumfahren zu verschwenden. Am nächsten Tag wollte ich für zehn Tage nach Paris und deshalb wollte ich an diesem Abend lieber zu Hause sein. *Was hältst du davon, wenn ich uns etwas Schönes koche?* Nachdem er zugestimmt hatte, fing ich an, unser romantisches Dinner zu planen. Da er gerne »außerhalb« aß, verlegte ich das Dinner auf den Balkon. Jetzt hatte er keinen Anlass mehr zu sagen, dass er lieber draußen zu Abend isst.

Ich bereitete nach Familienrezept *Chicken Stroganoff* vor, mein Lieblingsessen, und dazu deckte ich den kleinen Tisch draußen auf dem Balkon mit Kerzenlicht und Wein. In meinem Kopf spielte ich meine Version einer perfekten Nacht durch. Wir würden ein romantisches Abendessen auf dem Balkon einnehmen, gefolgt von einer freundlichen Konversation; danach würde er mich nach oben tragen und mich lieben. Abgesehen davon, dass wir nach dem Abendessen eine nette Unterhaltung hatten, verlief der Abend nicht genau so, wie ich es geplant hatte. Er bestand darauf, sich um das Geschirr zu kümmern, während ich mich um das Essen bemühte. Ich ignorierte seinen Protest dagegen, dass ich mich um den Abwasch kümmerte. Als wir fast fertig waren, meldete sich sein Handy. Er antwortete mit »Hallo Anne« und verließ die Küche. Den Rest des Abwasches erledigte ich selbst. Dann setzte ich mich ins Wohnzimmer und wartete darauf, dass er sein Gespräch mit seiner, wie ich mittlerweile annahm, Ex-Freundin beendete.

Ich hörte ihn aus dem Schlafzimmer seiner Tochter reden und lachen. Ich wartete vierzig Minuten, doch er war noch immer am Apparat, wurde dabei von ihr unterhalten oder umgekehrt, sie unterhielt ihn. Ich konnte von ihrem Deutsch kein Wort verstehen. Ich war des Wartens müde. Ich hatte wieder diese schlechte Empfindung wie an dem Tag, als er mich am Kölner Bahnhof abholte. Ich ging in sein Schlafzimmer, zog meine Nachtsachen an und legte mich hin.

Ich war nicht sicher, wie viel Zeit verstrichen war, bis er im Schlafzimmer aufkreuzte; es mag eine halbe Stunde gewesen sein. Aber das war mir auch egal. Ich konnte es einfach nicht verstehen, dass er sich hinterher so benommen hatte wie jemand, der sich überhaupt nicht um mich scherte, nachdem ich die ganze Zeit und Energie darauf verwendet hatte, das Abendessen für ihn zuzubereiten.

Ich lag da mit geschlossenen Augen, als ich Wolfgang fragen hörte: »Kathy, bist du noch wach?« Ich tat so, als ob ich schliefe. Ich hatte nur die Hoffnung, dass ich am nächsten Tag ruhiger wäre und in der Lage, mich klar auszudrücken. Doch unglücklicherweise konnte ich nicht schlafen; dass er mich in seinen Armen hielt, half auch nicht. Er war so grob! Auch wenn wir nicht miteinander schlafen würden und das Mädchen am Telefon wäre nicht seine Ex-Freundin, er hätte weder mich noch sonst jemanden so lange warten lassen dürfen!

Ich stand auf und ging in Magdalenas Zimmer, in der Hoffnung, dort schlafen zu können. Kurze Zeit später tauchte er in dem Zimmer auf und setzte sich neben mich auf die Matratze. »Kathy, ist irgendetwas nicht in Ordnung? Ich möchte darüber reden.«

Ich bewegte mich nicht und schaute ihn auch nicht an. »Geh ins Bett. Es gibt nichts zu bereden«, antwortete ich barsch. Gleichzeitig spürte ich seine Enttäuschung, als er das Zimmer verließ.

Am nächsten Morgen begegneten wir uns in der Diele. Er hatte schon gefrühstückt und war bereit, zur Arbeit zu gehen.

»Ich habe dir eine Nachricht geschrieben, sie liegt auf dem Tisch.«

Ich ging ins Wohnzimmer, nahm den Zettel und las seine Entschuldigungen. Ich fragte ihn:

»Für was entschuldigst du dich denn jetzt genau?«

»Ich weiß es nicht; ich habe von meiner Ex-Frau gelernt, dass immer ich falsch lag.« »Ex-Frau! Was denkst du eigentlich, weshalb ich letzte Nacht gekränkt war?«

»Ich nehme einmal an, weil du nicht wolltest, dass ich mit Anne redete. Ich habe ein Recht, mit ihr zu sprechen.«

»Ich war nicht sauer, weil du mit ihr gesprochen hast – Ich war verletzt, weil du mich so lange hast warten lassen, nachdem ich für dich gekocht hatte.«

»Du hast für u n s gekocht«, gab er zurück.

»Ja, ja … für uns – aber es war unhöflich von dir, mich so lange warten zu lassen. Ich bezweifele, dass du dich so bei jedem benehmen würdest, den du magst, bei Magdalena zum Beispiel.«

»Du hast ja recht. Es tut mir leid.«

»Hast du der Anne eigentlich von mir erzählt?«

»Ich möchte ihre Gefühle nicht verletzen«, antwortete er verlegen.

»Du hast also vor, dich mit uns beiden zu treffen?« Ich atmete tief durch und fügte hinzu: »Du machst dir um ihre Gefühle gar keine Gedanken. Wenn du das wirklich tätest, würdest du ihr die Wahrheit sagen – dich interessiert doch nur, was sie von dir denkt.«

»Ich kann das nicht, Kathy – ich habe letzte Nacht kapiert, dass ich für eine Beziehung noch nicht in der Lage bin.«

»Ich fahre heute nach Frankreich – du hast zehn Tage Zeit, das alles noch einmal zu überdenken. Wenn du mit mir zusammen sein willst, musst du die Sache mit Anne klären.«

Pepe und Paris

Mein französischer Freund erwartete mich am Charles-de-Gaulle-Flughafen in Paris. Ich schaute mir Pepe an in seinen Jeans und seinem pinkfarbenen Hemd und dachte bei mir, wie sicher er sich seiner Männlichkeit wohl sein müsste, dass er gegengeschlechtliche Farben bevorzugte. Er war 1,72 m groß, hatte eine helle Gesichtsfarbe und einen muskulösen Körper, braune Augen und braune Haare. Er trug sein Haar kurz und modisch, so, wie ich es mochte. Alles in allem: ein attraktiver Mann.

Es war bereits dunkel, als wir bei ihm ankamen, und ich war erschöpft, weil ich letzte Nacht nicht genug Schlaf bekommen hatte. Direkt als ich in sein Ein-Zimmer-Appartement kam, ließ ich mich auf sein Bett fallen und schloss die Augen.

»Möchtest du später ausgehen?«, fragte Pepe, der auf einer schmalen Couch saß, die dem Bett gegenüber stand, in der Nähe zu einem großen Fenster. Er zündete sich eine Zigarette an.

Pepe war nicht sein richtiger Name. Ich gab ihm diesen Namen wegen des romantischen Cartoons »Pepé le Pew«, Pepe das Stinktier, den ich mir als Kind häufig anschaute.

»Müssen wir denn?«, fragte ich in der Hoffnung, dass die Antwort ›Nein‹ sein würde.

»Es kommt auf dich an«, sagte er mit relaxter Stimme.

»Heute Nacht muss ich mich ausruhen und, da wir gerade davon reden, schlafen wir hier zusammen?« Dabei zeigte ich auf das Bett.

»Ja, aber keine Angst, ich beiße nicht, es sei denn, du willst das.« Wir lachten über diesen anzüglichen, aber harmlosen Spaß, und nachdem wir seinen leckeren französischen Willkommenssalat gegessen hatten, schlief ich sofort ein.

Es regnete in Strömen an meinem ersten Tag in Paris. Er hatte eine Bootstour durch die Stadt geplant. Daraus wurde nichts, und wir blieben zu Hause. Wir lagen den ganzen Tag im Bett rum. Er studierte Russisch und kritisierte meine Null-Deutsch-Kenntnisse. Ich beschloss die Zeit totzuschlagen und mit dem Deutschlernen zu beginnen. Bevor ich nach Europa kam, hatten wir uns für gewöhnlich fast jeden Tag via Skype unterhalten. Einmal hatten wir auch einen Videochat, als er bei einem Treffen im Haus eines Freundes war. Das war das erste Mal, dass ich ihn angeheitert sah nach einer Menge Champagner, seinem Lieblingsgetränk. Damals sprachen wir auch über meine Reise nach Paris, auch darüber, dass wir eine Menge unkomplizierten Sex haben könnten. Seitdem haben sich die Dinge aber verändert. Jetzt war ich in jemand anderen verliebt, jemand, von dem ich nicht genau wusste, ob er mich auch schätzte ... oder ob er nichts Ernstes mit mir vorhatte ... der noch Spaß mit einem anderen Mädchen hatte, selbst wenn ich da war. Wenigstens erschien mir das alles so. *Jetzt war ich einmal dran, Spaß zu haben.* Das waren meine Gedanken, aber ich war mir nicht sicher, ob ich das wirklich tun wollte.

Pepe lag auf dem Bauch neben mir, ich lag auf dem Rücken und schaute mir auf YouTube einen Deutschkurs an. Er spielte gerade *Candy Crush,* als ich ihn ganz leicht gegen seinen Fußknöchel trat, damit er mir Aufmerksamkeit schenkte. Er hatte sofort verstanden. Er legte sein Handy zur Seite, und wir umarmten uns. »Ich muss dir etwas sagen.« Er hörte auf, mir den Rücken zu streicheln und machte ein *Ich-höre*-Gesicht.

»Du weißt, dass du mir alles erzählen kannst«, sagte er, nachdem er mein Zögern bemerkt hatte.

»Ja, ja, schon klar«, antwortete ich und legte eine Pause ein, um herauszufinden, wie ich ihm am besten »Ich kann keine normalen Kondome vertragen. Ich reagiere hyperempfindlich auf Latex« sagen könnte.

»Wo können wir denn hypoallergenische Kondome kriegen?«

»Ich glaube, nur in Sexshops.« Ich wunderte mich nicht schlecht darüber, wie er das Problem lösen wollte. Aber genau das gab mir Zeit zu überlegen, ob ich genau diesen Weg mit ihm gehen wollte.

Er war sehr attraktiv, schlau und ehrlich. Er war einer der geradlinigsten Menschen, die ich je getroffen habe. »Ich bin noch in Arbeit, aber du, mein Freund, bist bereits ein fertiges Produkt«, sagte ich, nachdem wir aufgehört hatten herumzualbern.

»Warum sagst du das?«, fragte er mit neugierigem Blick.
»Weil du ehrlich, klar und gefühlvoll bist, nicht nur mit dir selbst, sondern auch mit anderen.«
»Wow, vielen Dank. Ich werde niemals vergessen, dass du das zu mir gesagt hast.« Ich war nicht überrascht, dass er mit Frauen gut und lustig umgehen konnte. Jedoch war ich mir noch nicht sicher, ob ich einen anderen Mann in mich aufnehmen könnte. Es fühlte sich an wie ein Betrug an Wolfgang. Und gerade der Typ hatte mir beim Abschied gesagt: »Ich bin noch nicht so weit für eine Beziehung.« Und dann hatte er noch möglicherweise eine Beziehung zu einer anderen Frau.

Meine zehn Tage in Paris gingen schnell vorüber. Zwei Tage nach meiner Ankunft musste Pepe aus beruflichen Gründen verreisen und er kam erst zwei Tage vor meinem Abflug nach Deutschland zurück. »Du bist diejenige, die für die Spezialkondome verantwortlich ist und sie hier bereithält, wenn ich zurückkomme«, sagte er, bevor er zur Arbeit ging. Naiv wie er war, hatte er wirklich geglaubt, ich hätte das getan.

Mit »Ja sicher, Pepe« nahm ich aber die Herausforderung an, aber es war bestimmt nicht meine Absicht, in Ahrweiler mit einer angebrochenen Schachtel Kondome aufzulaufen. Mein Gedanke war: *Tu es nicht, Kathy.*

Bevor ich abreiste, wollte ich eigentlich Pepe von Wolfgang erzählen, aber was gab es da zu berichten? Bis zum jetzigen Zeitpunkt war da nichts. Ich war mir bewusst, dass ich noch eine Menge an mir selbst arbeiten musste. Mein wunderbarer französischer Freund hatte das längst kapiert. Er war eben eine geradlinige Person, ohne versteckte Problemchen, wie ich sie hatte.

Überraschenderweise schickte mir Wolfgang eine E-Mail, in der er seinen Plan kundtat, mich am Frankfurter Flughafen abzuholen. Eigentlich waren mein Kopf und mein Herz in den letzten zwei Tagen bereits in Deutschland, wo vielleicht die Liebe auf mich wartete. Ich war mir nicht ganz sicher, warum er mich abholen wollte. Vielleicht wollte er »Beziehung« üben, vielleicht wollte er aber auch nur nett sein. Jedenfalls schuldete er mir einen Gefallen. *Vielleicht haben wir eine Chance als Paar. Auf keinen Fall kaufe ich Kondome!*

Wieder Wolfgang

Es war 13:00 Uhr, und der Tag war sonnig und warm in Frankfurt. Ich strebte dem Ausgang zu. Ich schwankte zwischen Befürchtung und Freude. Mein Herz war übervoll von Erwartungen. Deshalb war ich sogleich enttäuscht, als ich Wolfgang nicht auf mich warten sah. Ich schaute mich gerade nach einer Toilette um, als er mich anklingelte: er suchte mich. Ich sagte ihm, wo ich sei, und wartete dort auf ihn. Ich war schon ein bisschen nervös, ihn wiederzusehen. Wie würde er sich wohl verhalten? Wird er Hallo sagen mit einem Kuss auf die Wange oder auf den Mund? Sein Begrüßungskuss wird zeigen, was er für uns beide beschlossen hat.

Ich stand in der Halle neben dem Aufzug und sah ihn auf mich zukommen. Mein Herz schlug so laut, dass er es aus hundert Metern Entfernung hätte hören können, befürchtete ich. »Hi, hattest du einen angenehmen Flug?«, fragte er – nachdem er mich auf den Mund geküsst hatte. Ich sagte auch »Hi« und nickte mit dem Kopf. Er nahm den Rucksack von meiner Schulter und wir gingen schweigend zu seinem Auto. Ich versuchte, ihm seine Gefühle aus dem Gesicht abzulesen. Seine Augen hatten nicht mehr diesen »Ich liebe dich«-Blick, sein Gesicht gab mir keinerlei Hinweise.

»Möchtest du gerne die Innenstadt von Frankfurt besuchen und dort zu Mittag essen?«, fragte er höflich.

»Das wäre schön«, gab ich zur Antwort.

Er parkte irgendwo an der Straße und wir gingen nun nebeneinanderher, als er meine Hand nahm und sie festhielt.

»In zwei Wochen habe ich eine Medizinerkonferenz in Essen – würdest du gerne mitkommen?

»Ja, das würde ich liebend gerne tun«, sagte ich lächelnd.

Ich fühlte mich entspannter, als ich nun erfahren hatte, dass seine Absicht mit mir wirklich auf eine Beziehung hinauslief, denn zum ersten Mal bezog er mich in seine Zukunftsplanung ein. Auf der anderen Seite wusste ich nicht, was nun mit Anne geschehen war. Und ich musste das jetzt von ihm hören. Ich atmete tief ein und … »Was ist mit Anne?«.

»Ich habe ihr erzählt, dass ich mich mit jemand treffe. Sie möchte mit mir nicht mehr reden.« Das war seine Antwort. Mein Herz leuchtete auf in Flammen, vor Glück.

Nachdem wir etwas in Frankfurt herumgelaufen waren, nahmen wir in einem Restaurant ein spätes Mittagessen ein. Dann fuhren wir nach Ahrweiler zurück. Zum zweiten Mal schon überkam mich nun das Gefühl, zu Hause zu sein.

Es war nun Zeit, in Deutschland sesshaft zu werden. Der erste Schritt war die Eröffnung eines Bankkontos. Es dauerte mehr als einen Monat, um herauszufinden, wie das ging. Meine geringen Deutschkenntnisse trugen auch dazu bei, dass es schwierig war, eine so einfache Aufgabe zu regeln. Das entpuppte sich als Barriere und führte mich zu einem zweiten Schritt: Einschreiben für einen Deutschkurs. Schritt drei: Studentenvisum.

Nach meiner Ankunft sind die Wochen sehr schnell verflogen. »Es ist sehr unbeschwerlich, mit dir zu leben«, sagte Wolfgang eines Tages. Wir kamen wirklich gut zurecht. Jeden Abend liebten wir uns und schliefen dann die ganze Nacht Arm in Arm. Seine vierzehn Jahre alte Tochter verbrachte die Wochenenden mit uns. Sie hatte ja jetzt ihr Zimmer zurück.

Obwohl mein Leben in Deutschland doch irgendwie positiv voranging, war ich noch nicht recht bei mir selbst angekommen. Ein großer Teil meines Selbst versteckte sich noch irgendwo nach dem Tod meiner Enkelin. Vielleicht war in dieser von uns gegangenen Seele auch mein wirkliches Ich. Ich war mir da nicht ganz sicher. Ich versuchte, meinen Schmerz vollkommen wegzudrücken. Dann war da noch das Schuldgefühl, was ich hätte tun können, die Trauer, die ich nicht empfand – und dann auch noch darüber reden … das war mit Wolfgang nicht möglich, noch nicht.

An einem verregneten Samstagnachmittag kamen wir in Essen an. Es schien so, dass Regen ein sehr verbreiteter Wettertyp in dieser Gegend Deutschlands war. Ich mochte die Stadt nicht besonders, jedenfalls das nicht, was ich durch das Autofenster sah. Die einzige empfohlene Sehenswürdigkeit war ein altes Kohlebergwerk, das jetzt als Touristenattraktion fungierte. Ich gehöre eher zu der Sorte von Leuten, die an Menschen interessiert sind, weniger an Orten, wenn es darauf ankommt. Es ist nicht so bedeutsam, wo ich hingehe oder was ich tue als vielmehr mit wem. Ich konnte hier niemanden besuchen, und Wolfgang hatte bis Sonntagmorgen Konferenzen. Daher beschloss ich, das Wochenende über im Hotel zu bleiben.

Das Hotel war kleiner, als ich vermutet hatte, und auch nicht sehr gemütlich. Wolfgang benutzte eine Magnetkarte, um unsere Zimmertür zu öffnen und die Elektrizität zu aktivieren. Von der Tür aus konnte ich das große Doppelbett mit den weißen Laken sehen. Gegenüber ein ca. 90 cm Plasma-Fernseher befestigt an einer vanillefarbenen Wand. Am anderen Ende des Zimmers stand ein kleiner Holztisch an einem großen Fenster, durch das das natürliche Morgenlicht den Raum füllte. Ich öffnete die Tür neben der Eingangstür und fand ein kleines, aber einladendes Badezimmer vor.

Um mich ein wenig zu zerstreuen, begann ich eine Web-Seite zu entwerfen. Vor einigen Tagen war nämlich eine Geschäftsidee in meinem Kopf aufgeblitzt. Drei Stunden später – ich saß gerade auf dem Bett mit dem Computer in bevorzugter Arbeitsstellung auf dem Schoß – hörte ich, wie die Tür geöffnet wurde.

»Hey, hast du das Zimmer überhaupt schon mal verlassen?«, fragte Wolfgang, küsste mich und setzte sich neben mich auf das Bett.

»Nein, nicht wirklich. Es regnet, und ich bin da eher wie eine Katze«, sagte ich und lächelte von einem Ohr zum anderen, weil er so unerwartet früh gekommen war. »Ich bin dabei, eine Web-Seite zu entwerfen – was hältst du davon?« Ich drehte den Computer in seine Richtung und erwartete seine Meinungsäußerung.

»Hast du das gemacht?«, fragte er überrascht, nachdem er meine Arbeit für einen Moment analysiert hatte.

»Ja. Natürlich, ich arbeite gerade an einer Geschäftsidee – hast du jetzt nicht einen Vortrag?«

»Ja, ich habe noch einen, aber ich habe meinen USB-Stick hier vergessen – wie wäre es denn später mit einem Abendessen irgendwo?«

»Klingt gut! Um wie viel Uhr?«

»Ich hole dich etwa gegen 19:00 Uhr ab«, sagte er, bevor er wieder verschwand.

Um 18:50 Uhr war ich angezogen und bereit. Ich trug meine Stretchjeans und ein T-Shirt mit einem kleinen Ausschnitt. Als ich eine halbe Stunde auf ihn gewartet hatte, ging ich runter an die Rezeption, um ihn zu suchen. Schon als die Fahrstuhltür sich öffnete, konnte ich durch die Glaswand des Restaurants sehen, dass er an einem großen Tisch mit seinen Kollegen am Essen war. Mir ging ein Schmerz durch den Magen. Ich kenne mittlerweile diese Art von Schmerz schon, wenn etwas Übles passiert oder gerade passieren will. Dieses Bild schockierte mich. Ich bediente den Aufzugsknopf Nr. 4

und huschte zurück in das Zimmer. *Wie konnte er mich vergessen und alleine essen gehen?* Um 20:00 Uhr spazierte Wolfgang ins Zimmer und fragte, ob ich fertig sei. Ich fragte ihn, ob er schon zu Abend gegessen hätte. Seine Antwort war: »Ich habe ein bisschen mit meinen Kollegen gegessen, der Höflichkeit halber.« Da dachte ich so bei mir: *Er hat doch immer wieder gute Entschuldigungen, um seine Handlungen zu rechtfertigen.*

Er sah gut aus in seiner schwarzen Hose und seinem »Guess«-Hemd. Er nahm meine Hand, und gemeinsam gingen wir in ein Restaurant, das ich aussuchte. *Lass keine schlechten Gefühle zu, Kathy! Es war nur ein Missverständnis bezüglich des Restaurants. Aber war es das wirklich?* Ich versuchte die negativen Gedanken loszuwerden und schüttelte leicht meinen Kopf.

Da es nicht viele Wahlmöglichkeiten gab, entschied ich mich für ein griechisches Restaurant. Es war zwar nicht das beste Essen, das ich in meinem Leben probiert hatte, aber auch nicht das schlechteste. Nach dem Restaurant wählte er eine Bar für einen Drink aus. Es war ein Irish Pub. Die Bar war voll von Leuten allen Alters, und man spielte Rock-'n'-roll-Lieder. Es dauerte seine Zeit, bis wir unsere Getränke bekamen, aber das störte uns nicht, denn wir genossen die heitere Atmosphäre. Ich war nie die große Trinkerin, aber jetzt fühlte sich das gut an, nachdem ich den ganzen Tag im Zimmer verbracht hatte. Er lächelte häufig, sprach aber nicht viel. *Hat meine Anwesenheit ihn nicht dazu motiviert?*

Und so fühlte ich mich irgendwie alleine, obwohl ich dicht bei ihm war und auch zwischen den Leuten um uns herum. Um Mitternacht waren wir zurück im Hotel, denn er hatte noch eine Konferenz am nächsten Morgen. Wir lagen im Bett und ich … ich wollte Sex, aber ich war immer diejenige, die den Anfang machte. Manchmal hatte ich den Eindruck, dass da etwas in unserer Beziehung nicht stimmte, vielleicht fühlte er sich nicht so zu mir hingezogen. Dieses Mal nun blieb ich einfach so liegen und wartete darauf, dass er sich bewegte. Aber Pustekuchen: Über dem Warten schlief ich ein.

Als ich erwachte, war ich alleine. Der Sonntagmorgen war schon fast rum. Wolfgang war bei seiner Morgenkonferenz, und ich hatte eine Stunde Zeit, um zu duschen und zu frühstücken. Um 12:00 Uhr sollten wir aus dem Hotel sein. Als wir schon im Auto waren, fragte er mich, ob ich die Kohlegruben besichtigen wollte, bevor wir zurückfuhren. Ich sagte Ja.

In der Stadt gab es zwei Gruben, beide in entgegengesetzten Richtungen und weit voneinander entfernt. Die erste Grube war klein, aber alles war mit blauen und roten Lampen ausgeschmückt, was cool aussah. Im Innern war ein großer Bereich zu einer Discothek umgebaut, mit Techno-Musik und einem beleuchteten Boden, der aus einer angestrahlten Konsole bestand, auf der sich konstant schwarze Linien bewegten. Das alles gab dem Ort ein futuristisches Aussehen. Wir blieben aber nicht, um zu tanzen, denn wir wollten die Zeit nutzen, um uns die andere Grube anzusehen.

Die zweite Grube war riesig. Um sie ganz zu besichtigen, hätten wir den ganzen Tag oder mehr gebraucht, wir hatten aber nur ein paar Stunden, bis es dunkel wurde. Wir entschieden uns für eine Besichtigung, und der Führer erklärte, wie alles früher einmal funktionierte. Die Tour war sehr interessant, und alles war so belassen, wie es früher einmal war, ebenso das geschmackvolle Restaurant, in dem wir später aßen. Als unsere Gerichte kamen, schaute ich auf seine Ente, die mit einem exotischen Salat serviert wurde, und auf mein gegrilltes Steak mit gemischtem Salat. Ich dachte mir, dass ich an einem solchen Ort gar nicht alleine essen könnte. Eigentlich hätte ich mich glücklich fühlen müssen, aber dem war nicht so. Als wir fertig gegessen hatten, fuhren wir nach Ahrweiler. Die zweite Nacht in Folge sah ich keinerlei Anzeichen oder Verlangen von seiner Seite, mit mir zu schlafen.

Ich saß auf der Couch und sah, dass der Tag sich nun in Nacht verwandelt hatte. Ich versuchte, mich auf mein Sprachstudium zu konzentrieren *Wie ging das mit der Zahl 24 noch mal?* Ich musste die Antwort im Buch nachlesen: zwei und vier geschrieben, aber gelesen und gesprochen: vier und zwei, vierundzwanzig: also rückwärts. Meine Gedanken waren woanders. *Ich hätte letzte Nacht mit ihm etwas anfangen sollen!* Als Wolfgang von der Arbeit nach Hause kam, hatte mein Körper Anzeichen einer zweitägigen Sex-Enthaltung. Es galt nun schon für viele Jahre, dass ich diejenige war, die mehr Sex in einer Beziehung verlangte als der Mann, und das ärgerte mich. Ich konnte nie die Karte ausspielen, auf der stand: »Ich verlasse dich, ohne Sex gehabt zu haben.« Und das wussten die Männer. Ich spürte, dass dieser Rollenwechsel für mich nicht passend war.

Er machte sich an seinem Laptop auf dem Esstisch zu schaffen, und ich saß auf der großen Couch und lernte Deutsch. Ich wartete darauf, dass er dort fertig würde, als ich aus seinem Computer ein »ping« hörte, ein Ton, den ich zur Genüge kannte. Es war der Online-Chat, der ihn darauf hinwies, dass ihm jemand gerade eine Nachricht geschickt hatte. Er stellte sofort den Ton aus, doch: zu spät! Ich wusste schon, was er da vor seinem Computer trieb. *Ich bin ein Idiot*, dachte und fühlte ich auch. Es wurde Zeit, dass Kathy nun wieder die böse Kathy wurde. Ich sprang von der Couch hoch und hechtete aus dem Zimmer mit den Worten: »Ich gehe mal spazieren.«

Ich hörte gerade meine »*R & B*«-Musik, als ich den Fluss von Ahrweiler erreichte. Ich setzte mich auf einen Ast und begann langsam zu schreien. Der Schrei war sanft und kurz. Es war ganz offensichtlich, dass er immer noch nach Weibern suchte. Ich war nicht gut genug für ihn. Ich konnte aber auch nicht verstehen, was ich falsch machte. Ich hatte heute mein Studentenvisum per Post bekommen, und der Unterricht sollte nächste Woche beginnen. Das Beste wäre, ihm weniger Aufmerksamkeit zu schenken. Ich sollte meine Energie auf das Deutsch-lernen konzentrieren und mir überlegen, wohin ich in den Unterrichtsferien reisen könnte.

Ich ging am Ufer des Flusses entlang und organisierte meine Gedanken, als ich ein kleines, ebenes und beto-niertes Plätzchen zwischen den Bäumen fand, perfekt dafür, um einige Tanzbewegungen auszuführen. Ich tanzte eine Zeit lang für mich alleine, denn tanzen hat mich noch immer glücklich gemacht. Eine Stunde spä-ter fühlte ich mich wieder o.k. und ging zurück nach Hause. Ich war mir nicht sicher, in welcher Gemüts-verfassung ich ihn vorfinden würde, wahrscheinlich auf Distanz gehend, aber ehrlich gesagt war mir das in dem Moment auch egal. Ich betrat das Wohnzimmer, und Wolfgang empfing mich mit Küssen, Umarmungen und einem Abendessen, das auf dem Tisch arrangiert war. Der von mir abgerückte Mann, der auf einer Online-Da-ting-Seite nach Frauen suchte, war verschwunden. Dieser hier war süß, aufmerksam und besorgt. Wieder einmal hatte er mich durch seine plötzlichen und drastischen Stimmungswechsel überrascht. Aber ich sagte nichts. Ich erwähnte noch nicht einmal sein Online-Dating und was ich dabei fühlte. Was könnte ich denn auch sagen? Hey, warum siehst du dich nach anderen Frauen um, wo ich doch hier bin; brauchst du mehr Sex, als du mir geben kannst? *Das gibt nichts!*

Es war bereits September, und die Zeichen des Som-mers waren vorbei. Kühle Luft kündigte den Herbst an, und bald würde der Winter kommen. Seine Tochter Magdalena verbrachte jetzt jeden Donnerstag und jedes Wochenende mit uns. Physisch war sie die weibliche Ausgabe von ihm mit einem charmanten Nerd-Look. Sie hatte nicht nur das Glück, die Intelligenz ihrer beiden Elternteile geerbt zu haben, sondern auch noch reiche Eltern zu haben. Sie verbrachte jede Sommerferien mit ihrer Mutter auf Ibiza und später, als die Eltern geschieden waren, mit ihrem Vater in Barcelona; die Winterferien in den österreichischen Alpen. Ohne dass ich darüber Bescheid wusste, war sie kein normaler Teenager. Sie hatte hervorragende Zeugnisnoten, und alles, was sie haben wollte, bekam sie auch.

Aber es ist noch nicht lange her, da hat die Mutter ihrer Tochter verboten zu kommen, bis ich fort sei. Sie hatte nämlich herausgefunden, dass Wolfgang die Scheidungspapiere eingereicht hatte; darüber war sie natürlich nicht sehr glücklich. Dazu kam noch, dass eine andere Frau jetzt bei ihm wohnte. Wolfgang war durch diese Neuigkeit am Boden zerstört. Er liebte seine Tochter mehr als alles auf der Welt; aber das führte ihn wieder einmal zu einem Gefühlseinbruch.

Die Beziehung zu Wolfgang kann man auch als Achterbahnfahrt bezeichnen. Alle zwei Wochen ging seine Stimmung rauf und dann wieder nach unten. Ich hatte nur Zugang zu ihm, wenn ich emotionale Distanz wahrte oder wenn ich selber versuchte weiterzukommen.

Der Kalender zeigt den 25. September, meinen Geburtstag. »Nein, Wolfgang, das brauchst du nicht.« Das war meine Antwort auf seine Frage, ob er seinen Arbeitsplan ändern müsse, um bei mir zu sein. Und seit ich ihm gesagt hatte, dass er das nicht brauche, tat er es auch nicht. Ich zog es eher vor, den Tag alleine zu verbringen, anstatt ihm zu sagen: »Ja, du solltest mich an meinem Geburtstag nicht alleine lassen.« Und gerade in dieser Nacht arbeitete er bis 23:00 Uhr und kam um Mitternacht nach Hause. Er traf mich an, wo ich immer war: auf der großen schwarzen Couch.

»Happy Birthday, Kathy«, sagte er und stolzierte mit einem verpackten Paket in der Hand ins Wohnzimmer.

»Hi, dankeschön«, sagte ich, gespannt wie ein Kind auf mein Geschenk. Ich brauchte ein neues Handy, und das, was ich am liebsten hätte, hatte ich ihm gezeigt. Und gerade das hoffte ich, in dem Paket zu finden.

Das legte er mir gegenüber auf den Kaffeetisch und mit der anderen Hand streckte er mir ein Schokotörtchen mit einer Kerze darauf entgegen. Nachdem ich die Kerze ausgeblasen hatte, nahm ich das Paket und öffnete es, begierig, mein neues Galaxy-Handy zu sehen. Stattdessen kam ein pinkfarbener Vibrator zum Vorschein. *NOOOOOOO!!!!!!!* Und damit noch nicht genug der Überraschung: Ich fand in der Kiste noch alle möglichen Sexspielzeuge.

Eines Nachts versuchte ich, mehr über seine sexuellen Vorlieben herauszufinden, um unser Sexleben ein wenig zu würzen. Ich schlug vor, einen Online-Sex-Shop zu besuchen. Die Ironie der ganzen Sache war aber: Ich wusste nicht, dass das auch noch zu meinen Geburtstagsgeschenken gehören würde.

»Oh danke«, sagte ich auf Deutsch, aber auch total enttäuscht.

»Worauf wartest du, mach auf«, drängte er mich.

Ich nahm den Vibrator aus seiner Plastikhülle mit einem »Danke nochmals« und legte ihn zurück in das Paket, mit der Ausrede, dass ich einen Film zu Ende schauen wollte. Als ich dann wieder alleine im Wohnzimmer war, weinte ich und konnte nicht aufhören zu weinen. Ich verbrachte die Nacht damit, die Couch mit meinen Tränen nass zu heulen. *Ich wünschte mir Happy Birthday!*

Ich wachte auf, als Wolfgang mich an der Schulter rüttelte. »Warum hast du hier geschlafen?«, fragte er, nachdem ich mich aufgesetzt hatte.

»Ich war zu traurig, um mit dir ins Bett zu gehen. – Kannst du bitte diese ganzen Sexspielzeuge zurückgeben? Ich möchte die nicht.«

»Das geht jetzt nicht mehr. Die Kiste ist schon geöffnet worden – was ist denn da falsch dran?«

»Wenn ich es nicht meiner Familie und meinen Freunden zeigen kann, bedeutet das, dass das kein angemessenes Geburtstagsgeschenk ist«, gab ich zur Antwort und machte eine Pause, um meine Tränen zu trocknen, die mir wieder aus den Augen flossen. »Außerdem hatte ich es nicht erwartet, den ganzen Tag mit mir alleine zu verbringen.« Jetzt war ich geradeheraus.

»Es tut mir leid, ich dachte, du wolltest das. Ich habe für den Rest der Woche zu arbeiten und morgen Abend muss ich Magdalena bei ihrer Hausarbeit helfen, aber am Sonntag werde ich dich zu einem schönen Geburtstagsabendessen ausführen.« Aber das Kind war schon in den Brunnen gefallen, ich hatte meinen Geburtstag alleine verbracht, heulend, und das konnte er nicht mit einem Abendessen ungeschehen machen. *Kathy, siehst du nicht, dass er dich nicht liebt? Warum bist du noch mit ihm zusammen?* Das waren meine Gedanken.

Nachdem er am Sonntag Magdalena zu ihrer Mutter gebracht hatte, kam er zurück, erwähnte aber überhaupt nicht das Abendessen außer Haus. Ich fand den Mut und fragte ihn, ob wir nun gingen oder nicht, und er sagte ja. An diesem Abend führte er mich in ein sehr teures Restaurant aus, das auf einem Berggipfel gelegen war. Während wir aßen, schaute ich ihn nachdenklich an. Ich war unglücklich mit uns. Ich hatte die halbe Woche damit zugebracht, darüber nachzudenken, während ich mich auf das Geburtstagsessen vorbereitete. Eines Morgens, als er zum Duschen ging, hatte er seinen Laptop angelassen. Ich schaute einmal schnell in seinem Internet-Verlaufsprotokoll nach. Ich sah Bilder von verschiedenen Frauen, mit denen er im Internet chattete. Es waren mehr Frauen, als ich überhaupt zählen konnte. Sein Browser zeigte mir, wie aktiv er bei seinen Suchaktionen war. Ich hatte mir vorgenommen, bei meinem Geburtstagsessen nicht darüber zu reden. Aber nachdem ich dreimal angesetzt hatte, um ein Stück meines teuren argentinischen Steaks herunterzuwürgen, spuckte ich doch die Worte aus: »Ich weiß, dass du immer noch nach Frauen suchst.« Und dann, kurz nachgedacht: »Ich möchte nur wissen, warum.« Als ich das raushatte, nahm ich wieder einen Bissen vom Steak. Das zarte Fleisch hatte in meinem Mund denselben Effekt wie ein Stein. Die letzten beiden beschissenen Wochen, zusammengerechnet mit den bescheuerten Wochen vorher, würgten mir im Hals. Da blieb kein Platz mehr, um das Essen zu genießen.

»Ja, ich suche immer noch nach einer Frau, weil … du bist nicht meine Prinzessin«, sagte er und schaute mich dabei an. »Es tut mir leid«, fügte er kategorisch hinzu.

Schockiert hörte ich die Worte wiederholt durch meinen Kopf donnern »Du bist nicht meine Prinzessin.« Was dachte er eigentlich, wer er sei? Welcher Mann mit fünfzig suchte immer noch nach einer Prinzessin? Ich fühlte mich irritiert und benutzt, und unfähig, meine Zunge im Zaum zu halten, sagte ich: »Du solltest aufhören Disney-Filme zu schauen und mehr Pornos gucken.«

Danach unterhielten wir uns nicht mehr; nur Verlegenheit umkreiste jede Minute. Die Restaurantrechnung belief sich auf 100 € für zwei Vorspeisen und zwei Getränke. Ich konnte davon nichts genießen. *Bin ich jetzt zu meiner Mutter mutiert, auf einen Mann wartend, nur um geliebt zu werden? Wann ist aus mir diese pathetische Frau geworden?*

Ich bin mit meiner eigenen privaten Hölle aus Argentinien gekommen und ich ließ es zu, dass Wolfgang mich manipulierte und meinen Schmerz überhöhte. Vielfach habe ich mich schon gefragt, warum ich ihn nicht schon längst verlassen hätte. Dabei dachte ich an das Naheliegendste: meine Liebe zu ihm? Oder bezog sich meine Schwäche auf das, was ich schon alles durchgemacht hatte? Was steht hinter der Angst, alleine zu sein? Immer wieder, wenn das Achterbahngefühl auftaucht, kralle ich mich an der Hoffnung fest, eine stabile Beziehung mit ihm zu haben. Und jedes Mal, wenn »es« wieder in sich zusammenfällt, hat »es« ein Stück meiner Kraft und meiner Selbstachtung mit sich gerissen. Aber, noch konnte ich ihn nicht verlassen.

Als wir von dem Restaurant zurückkamen, sagte ich ihm, dass ich in Magdalenas Zimmer schlafen würde und mir nun etwas Zeit nähme, herauszufinden, was ich mit meinem Leben vorhätte. Ich bin nach Europa gekommen, um nahe bei meiner Tochter zu sein, und bis jetzt hatte ich sie noch nicht einmal gesehen. Auch hatte ich für meinen Deutschunterricht bis zum Ende des Jahres bezahlt, so, wie das Studentenvisum es vorsah. Das wollte ich nicht einfach wegwerfen. Das sagte ich ihm, und es war ja auch keine Lüge, aber ich überging den Punkt, an dem ich die Hoffnung hatte, dass er sich ändern würde und dass ich nicht die Kraft und den Mut hätte, ihn zu verlassen.

Den nächsten Tag brachte ich damit zu, zu überlegen, was ich tun sollte und ich entschied, bis Dezember zu bleiben und meinen Deutschkurs zu beenden. Ich fragte ihn, ob es o.k. wäre, dass ich bis Dezember im Zimmer seiner Tochter bliebe, worauf er antwortete: »Ja, aber du nimmst mein Zimmer und ich werde Magdalenas Zimmer nehmen.«

Ich stritt mich mit ihm über die Zimmerfrage, verlor aber wegen seiner Sturheit.

Drei Tage waren nun vergangen, seit wir nicht mehr zusammen schliefen, und die waren großartig. Ich fühlte mich wieder glücklich. Das Gefühl, nicht geliebt zu werden, war verschwunden. In der Woche wurde Wolfgang wieder charmant und aufmerksam. Er zeigte durch kleine Gesten, wie sehr er mich vermisste. Eines Morgens, als wir beieinander lagen, wechselten wir wieder einmal in den Modus »Beziehung«. Aber keine drei Wochen später kehrte er zu seinem wankelmütigen Verhalten zurück.

»Sie sind hier.« Ich wiederholte, was der Lehrer auf Deutsch sagte. Aber ich wusste auch, dass ich das meiste wieder vergessen würde, wenn ich aus dem Klassenzimmer war. Zweimal die Woche ging ich zur Schule, um Deutsch zu lernen, aber ich lernte nicht viel mehr als »Wie geht es dir?«. Meine ganze Energie wurde dazu verwendet, den emotionalen Kummer zu überwinden, den Wolfgang mir bereitet hatte. Fürs Studieren blieb da keine Zeit mehr übrig. Ich konnte keine neue Information mehr verarbeiten. Ich fing auch an, Schlafprobleme zu bekommen. In manchen Nächten starrte ich die weiße Decke über meinem Bett an. Ich hatte weder Lust zu lernen noch zu leben, und trotzdem verließ ich ihn noch nicht. Verzweifelt hoffte ich, dass sich die Dinge ändern würden. Zum ersten Mal verstand ich die Gefühle meiner Mutter, denn ich trat genau in ihre Fußstapfen, was Männer anging. Ich ließ es zu, dass sie, oder wenigstens er, mich emotional misshandelten und mich manipulierten im Namen der Liebe. Sie tat mir leid, und ich selbst schämte mich meiner.

Zu jeder Jahreszeit in Deutschland gibt es Schulferien. Meine ersten Ferien waren im Herbst, etwa Mitte Oktober. Wolfgang und Magdalena fuhren nach Barcelona, und ich nahm die Gelegenheit wahr, Bernard in der Schweiz zu besuchen. Es war eine Tour von zehn Tagen, die einen Venedig-Besuch einschloss. Ich musste zunächst bis Zürich kommen, wo ich vier Tage bleiben wollte, und dann zusammen mit Bernard sechs Tage nach Venedig reisen.

Eine Pause von Wolfgang war erwünscht. Andere Länder in Europa zu besuchen, war schon mein Hauptanliegen, bevor ich ihn traf. Aber bevor ich das Flugticket kaufte, versicherte ich mich, dass mein Schweizer Freund auch verstanden hatte, dass es kein Zusammen-ins-Bett-Gehen gab und auch kein Herumspielen.

Mit Bernard über die Alpen

Bernard wartete auf mich am Flughafen. Wir waren gleich alt, aber er sah wesentlich älter aus als ich und war auch fünf Zentimeter kleiner. Was seinen speziellen Fall anbelangt, erschienen mir sein ziemlich bescheuertes Aussehen und seine Brille überhaupt nicht attraktiv. Obwohl ich sein höfliches Verhalten bei unseren Internetgesprächen mochte, sagte mir eine innere warnende Stimme, dass ich noch nicht genug von ihm wusste und vorsichtig sein sollte. Nachdem wir uns begrüßt hatten, fuhren wir zu seiner Wohnung, wo ich meine Tasche abstellte. Dann gingen wir sofort nach draußen und begannen unsere Citytour, denn das Wetter war an diesem Freitag zu schön, um drinnen zu bleiben.

Zürich erinnerte mich ein wenig an die Städte in Deutschland: Es floss ein Fluss dadurch, und kleine elektrische Straßenbahnen fuhren mitten durch die Innenstadt. Man sprach dort ebenfalls Deutsch; und das Nebeneinander von historischer und moderner Architektur gab mir das Gefühl, Deutschland nicht verlassen zu haben. Einen Unterschied bemerkte ich: die Berge. Es gab Berge mitten in der Stadt, die ihr ein außergewöhnliches Aussehen verliehen. Wir gingen überall entlang, begannen am Paradeplatz, dem Herz der Bahnhofstraße, dann das berühmte Großmünster mit bunten Glasfenstern und Bronzetüren. Die St. Peters Kirche am Bürkliplatz beheimatet an ihrer Uhr das größte Ziffernblatt Europas. Die Stadt war ausgesprochen schön. Trotzdem fühlte ich mich nicht zu Hause wie in Deutschland, obwohl ich glücklich war, dort zu sein und das Glück zu haben, Teile von Europa zu bereisen und so viel alte Kultur zu sehen, die so verschieden von der meinen war.

Wir kehrten am Abend zu seiner Wohnung zurück, müde von den Spaziergängen den ganzen Tag über. Jetzt sah ich mir seine Wohnung zum ersten Mal richtig an. Er hatte drei Zimmer zur Verfügung, aber die waren so vollgestopft, dass man die Größe nicht ausmachen konnte. Wie schon in den Wohnungen in Deutschland, trat man zunächst in eine Diele ein, von der das Wohnzimmer, das Esszimmer, das Schlafzimmer, das Badezimmer und die Küche ausgingen.

Die Wohnung war voll mit alten Sachen. Im Wohnzimmer sah ich eine alte schmale Couch und einen Stuhl, gegenüber einem in die Jahre gekommenen kleineren Schrank aus Holz. Im nächsten Zimmer sah ich einen großen, rechteckigen, hölzernen Esstisch, der den ganzen Raum beherrschte. Alle diese Möbel hatten etwas gemeinsam: Alle sahen aus, als ob sie aus einem Museum stammten. In der ganzen Wohnung hingen viele alte Bilder an den Wänden. Die Szenerie hielt mehr Informationen vor, als meine Augen und mein Geist aufnehmen konnten.

In dieser Nacht gelang es uns irgendwie, eine Matratze ins Wohnzimmer zu schaffen, auf der ich dann tief schlief. Am nächsten Tag wachte ich um 9:00 Uhr auf. Bernard war weg, um sich seinen Kaffee zu kaufen, den er gewöhnlich trank, wie ich von ihm hörte, als er nach einer halben Stunde wiederkam. Ich hatte Tee und Toast zum Frühstück; dabei musste ich eine Oper anhören, ganz gegen meinen Willen, denn diese Art von Musik ließ den Wunsch in mir aufkommen, vom Balkon des vierten Stocks zu springen. Das Wetter war freundlich und warm, als wir an diesem Morgen die Wohnung verließen. Es war noch wärmer als in Ahrweiler, perfekt für eine Bootstour. Wir nahmen einen Ausflugsdampfer über den Zürich-See. Die spektakulärsten Blicke waren die auf das elegante Opernhaus, die Tonhalle Zürich und auf den Marktplatz an der Seeseite des Bürkliplatzes. Trotz alledem, an meinem dritten Tag hier war ich nicht so glücklich. Das Wetter wechselte dramatisch von warm nach kalt. Es waren plötzlich 10° C oder weniger, und dieser Wechsel reichte aus, um mir eine Erkältung zu verpassen. Deshalb gingen wir zurück in seine Wohnung, nachdem wir ein paar Kirchen und Kunstgalerien besucht hatten. Ich verbrachte den Nachmittag und den nächsten Tag im Bett, schaute mir online Filme an, schlief und versuchte, wieder auf die Beine zu kommen.

Es war mein vierter Abend in Zürich. Bernhard lud zum Abendessen eine gute Freundin ein. Er war ziemlich frustriert, dass ich ihm keine Aufmerksamkeit schenkte. Als ich das hörte, beeilte ich mich den Rest der Suppe vom Vorabend aufzuessen. Ich bat ihn um Erlaubnis, mich in sein Bett legen zu können. Es erschien wohl peinlich, mitten im Wohnzimmer zu liegen, wenn ein neuer Gast angesagt war. Übrigens: wenn ich krank war, waren meine sozialen Fähigkeiten auf einer Skala von 0 bis 10 mit 0 sicherlich im Keller. Etwas später schleppte ich mich in die Küche, von wo ich Stimmen hörte, sagte Hallo und stellte mich selbst seiner Freundin vor, wie sich das so gehört. Bernard bereitete gerade eine Beilage für die Ente zu, die, nach dem Geruch zu urteilen, bereits im Backofen war. Seine Freundin stand an der Küchentür. Ich hatte ihren Namen schon vergessen, kurz nachdem sie ihn mir genannt hatte. Leider ist mir das vorher schon des Öfteren passiert, im Namenmerken war ich schrecklich. Nach dieser Einführung ging ich zurück in sein Schlafzimmer, wo die TV-Sendung »Game of Thrones« auf mich wartete. Es war mitten in der Sendung, als mir ein Ton vom Skype her anzeigte, dass Greta mich anrief.

Weniger als zehn Minuten später öffnete Bernard die Schlafzimmertür und verkündete, dass man auf mich am Esstisch wartete. Durch seinen Tonfall gab er zu verstehen, dass ich keine andere Wahl hatte. Ich sagte Greta auf Wiedersehen, stand auf und schleppte mich ins Esszimmer. Als sie mich sahen, wechselten sie höflicherweise die Sprache von Deutsch nach Englisch, so dass ich am Gespräch teilnehmen konnte. Sie sprachen über Kunst, etwas, über das ich nicht viel bzw. gar nichts wusste. Dann, als das Unterhaltungsthema dahin wechselte, dass mein Lebensstil diskutiert wurde, wünschte ich mir verzweifelt, dass man zum vorigen Thema zurückkehren möge.

Bernard schaute besorgt auf mich und bestand darauf, dass ich etwas essen möge. Ich lud mir etwas auf den Teller, und nach der ersten Gabel spielte ich mit dem Essen herum, um geschäftig auszusehen. Eigentlich schmeckte die Ente gut, aber ich war nicht hungrig genug, um etwas zu essen. Mein Körper schmerzte, und ich fühlte mich schrecklich.

Eine Stunde später standen die beiden auf. Sie wollten auf dem Balkon rauchen gehen. Ich nahm die Gelegenheit wahr und stand schnell auf, um aus dem Zimmer zu gehen. Bei ihr entschuldigte ich mich wiederum dafür, dass ich krank war, und erklärte, dass ich mich hinlegen müsse. Ich schleppte mich in sein Schlafzimmer.

Für den nächsten Tag hatten wir geplant, um 8:00 Uhr unsere Reise nach Italien anzutreten. Ich war schon froh, dass die Reise mit dem Zug war; so konnte ich noch ein bisschen schlafen und mich von der Erkältung erholen. Jetzt aber legte ich mich wieder in Bernards Bett, schaltete den Computer ein und schaute weiter meine Fernsehshow. Dann meldete sich wieder mein Skype. Es war mein Ex-Mann Eduard, der anrief um etwas über meine Reise ins Land des Wohlstands zu erfahren. Bevor ich Argentinien verließ, hatte er sich über meine geringe Aufmerksamkeit ihm gegenüber beschwert, wenn ich gerade einen Freund hatte. Ich versprach damals, dass das nicht wieder passieren würde, und seitdem haben wir wöchentlich via Skype miteinander gesprochen. Ich hatte ihn gebeten, während meiner dreimonatigen Reise durch Europa auf meine Katze aufzupassen. Er war damit einverstanden und freute sich, dass er auch Anteil an der Fürsorge für Mimosa hatte. Die beiden hatten eine enge Verbindung, als wir noch verheiratet waren und in Florida, wo wir Mimosa fanden und mit ihren drei Kätzchen »adoptierten«.

Wieder einmal öffnete Bernard die Schlafzimmertür, nur dass jetzt sein Tonfall viel aggressiver war als vorher, und man könnte sagen, dass er ein wenig betrunken war. »Wenn du dich gut genug fühlst, um zu skypen, dann fühlst du dich auch gut genug, um mit uns im Wohnzimmer zu sein«, sagte er mit einem scharfen Blick durch seine Brille.

»Ist deine Freundin noch da?«, fragte ich. Ich wollte

nicht herumdiskutieren, wenn sie dabei war, obwohl er derjenige war, der besorgt sein sollte, in Gegenwart seiner Freundin und seines Gastes eine Szene zu machen.

»Ja, sie ist noch da.«

»Wir können uns unterhalten, wenn sie weg ist, aber nicht jetzt«, sagte ich mit fester Stimme, um zu dem Ergebnis zu kommen, das ich haben wollte, nämlich mir wenigstens eine seiner Verlegenheitsgesten zu ersparen.

Es war nach ein Uhr nachts, als ich schließlich seine Freundin gehen hörte. Ich ging aus dem Zimmer und setzte mich an den Esstisch, genau wie er. Ich begann die Unterhaltung mit »Wo ist das Problem?«.

»Du hast gesagt, du würdest dich in meinem Schlafzimmer aufhalten, weil du krank seist, aber wenn du das wirklich wärst, hättest du nicht mit deinen Freunden in Argentinien geplaudert«, schoss er zurück.

Wenn er vorhin noch ein wenig betrunken klang, so hörte er sich jetzt total daneben an. »Ich war krank und bin krank, aber im Bett zu liegen und sich zu unterhalten, erfordert nicht viel Energie«, sagte ich, um eine einigermaßen vernünftige Unterhaltung mit jemandem zu führen, dessen Alkoholpegel leicht mit einem einfachen Funken die Wohnung in die Luft gejagt haben könnte. »Ich sehe noch immer nicht das Problem«, sagte ich perplex.

»Ich habe meine Freundin eingeladen, damit sie dich kennenlernt, aber anstatt mit ihr zu reden, ziehst du es vor, mit Freunden zu sprechen, die in einem ganz anderen Land sind«, antwortete er, wobei er ärgerlich klang und sich wiederholte. Ich wusste nicht, was ich sonst noch tun konnte, außer mich zu entschuldigen.

»Es tut mir leid, Bernard. Ich wusste nicht, dass dir das so aufstoßen würde. Wenn ich krank bin, bin ich nicht gesellschaftsfähig, und ich wusste auch nicht, dass ich dazu verpflichtet war.«

»Für meine Kunst oder meine Musik hast du kein Interesse gezeigt. Meine Freundin hat so viel mitzuteilen, neue Dinge für dich, aber du hast dich nicht darum geschert.« Seine Stimme war lauter geworden.

»In meinem Land ist das alles kein großes Problem, außerdem habe ich mich schon entschuldigt.« Ich fühlte mich nicht nur krank, sondern jetzt auch gestresst. »Lass uns unsere Reise ausfallen lassen. Ich fahre morgen nach Deutschland zurück.«

»Ich habe eine Woche Urlaub genommen, um hier zu sein und mit dir zu reisen – weißt du eigentlich, wie viel Geld ich in der Zeit verdient hätte?« Er stolzierte aus dem Zimmer und kam mit einem großen Buch zurück, das er auf den Tisch warf. Es krachte, und der Knall erschrak mich. »Kontrollier doch mein Gehalt!«, bellte er. Offensichtlich gibt es in der Schweiz ein Buch, in dem die Berufe und Gehälter aufgelistet werden, aber ich machte das nicht auf. *Was kümmert es mich, wie viel er verdient!* Seine geballte Arroganz konnte ich nicht verstehen. Ich sagte ihm, wir sollten die Debatte morgen fortführen, denn es war schon fast 2:00 Uhr. Es machte keinen Sinn, mit einem Betrunkenen zu diskutieren. Nachdem er schlafen gegangen war, legte ich mich auf meine Matratze. In dieser Nacht konnte ich nicht schlafen. Ich stierte an die Decke, hörte ihn heftig schnarchen und dachte, dass das nicht die Person war, wie ich ursprünglich gedacht hatte. Er war nicht jemand, mit dem ich meine Zeit verbringen wollte. Wie auch immer; was mich wach hielt, war die Befürchtung, was er wohl tun könnte, wenn ich schliefe. Nach allem, was ich so wusste, könnte er auch ein verrückter Psychokiller sein.

Als ich die 6:00 auf meiner Uhr sah, stellte ich meinen Computer an und checkte die Flüge nach Deutschland. Es gab da noch einige, die ich hätte kaufen können. Ich rief German Wings an und bat darum, meine Flugzeiten zu ändern, jedoch der Angestellte überraschte mich mit den Kosten. Das Flugdatum zu ändern, hätte den gleichen Preis wie der Kauf eines neuen Tickets. Ich entschied aber, auf jeden Fall abzureisen. Als ich versuchte, das Ticket mit meiner Kreditkarte online zu kaufen, wurde ich nach dem Kaufcode gefragt, der an mein Handy geschickt worden war. Doch das war nicht betriebsbereit, seit ich hier angekommen war. Das Einzige, was ich tun konnte, war, direkt zum Flughafen zu gehen, wo ich in bar bezahlen konnte.

Ich weckte Bernard auf, indem ich ihn an der Schulter rüttelte. Er öffnete die Augen, und ich sagte schnell: »In einer Stunde bin ich weg zum Flughafen.« Ich ging zurück ins Wohnzimmer, um meine Sachen zusammenzupacken.

»Du kannst nicht weg, ich habe schon alles bezahlt«, sagte er und folgte mir ins Wohnzimmer.

»Tut mir leid, aber so geht das nicht … mag sein, dass ich unwillentlich etwas grob war, aber du warst bewusst unhöflich und aggressiv.« Dabei packte ich den Rest ein.

»O.k., es tut mir leid. Ich war betrunken, aber es ist alles bezahlt … lass es uns doch bitte versuchen«, sagte er, wobei er mich anstarrte, auf eine Antwort wartend.

Einerseits wollte ich die Reise nach Italien nicht versäumen, die schon bezahlt war, wie er sagte. Da war auch noch die Tatsache, dass es mich extra kosten würde, das Flugticket zurück nach Deutschland zu ändern. Andererseits, ein Teil der Reise war ein Trip von einem Tag in die Schweizer Alpen, und die Idee, mit ihm dort alleine zu sein, gefiel mir gar nicht. Was ist, wenn er mich kaltmacht und im Schnee verbuddelt? Mag sein, dass ich gerade überreagierte, aber besser sicher, als den Schaden zu haben. Ich unterlag der Versuchung dieser Italienreise, aber bitte nicht in die Alpen. Ich habe noch niemals Schnee gesehen, aber es würde mich nicht umbringen, wenn ich dieses Jahr keinen sähe. Vielleicht würde diese Entscheidung mich gerade noch am Leben halten. Wenn er sich noch einmal sonderbar benehmen würde, könnte ich von Italien aus direkt nach Deutschland.

»Alles klar, ich werde nach Italien gehen, aber nicht in die Alpen … und jetzt brauche ich noch ein paar Stunden Schlaf. Letzte Nacht habe ich nicht geschlafen und ich bin auch noch krank«, antwortete ich. Jetzt war ich dran, ihn aufmerksam anzuschauen, auf eine Antwort wartend.

»Ja sicher, kein Problem. Ich werde das Zugticket auf 13:00 Uhr wechseln. Ist das o.k.?«

»Ja, das ist nett.«

»Ich werde mittags wieder hier sein. Du kannst dich noch ein bisschen ausruhen.« Damit schloss er die Wohnzimmertür hinter sich, und ich schlief ein.

Als die Tür geöffnet wurde, wachte ich auf. »Hi, es ist Zeit, zu gehen«, sagte er und schloss die Tür wieder hinter sich.

Ich hetzte ins Badezimmer und nahm eine schnelle Dusche. Zehn Minuten vor 13:00 Uhr saßen wir bereits bequem in unserem Zug.

Ich hatte den Fensterplatz, und Bernard saß neben mir. Ich hatte nicht die Absicht, das Fenster zu benutzen, um herauszuschauen, sondern ich wollte meinen Kopf dagegen lehnen und so viel wie möglich schlafen, bis wir am Ziel wären.

Der Zug wackelte mehr, als ich vorausgesehen hatte, was meine Schlafpläne schwierig machte. Sie wären mir aber doch gelungen, wenn nicht mein Schweizer Freund mich alle fünfzehn Minuten geschüttelt hätte, um mir jedes Gebäude, an dem wir vorbeikamen, zu zeigen, einhergehend mit einer langen mündlichen Beschreibung über Dinge, um die ich mich nun überhaupt nicht kümmern wollte. Wen würde es schon interessieren, mit wem die Frau des Architekten geschlafen hat und mit wem sie zum Abendessen war? Ihn tat es das offensichtlich.

Ich versuchte es ernsthaft, mit ihm nicht aneinander zu geraten. Ich war auf mein Schlafvorhaben festgelegt oder, wenn nichts mehr ging, Schlaf vorzutäuschen. Ich hatte vorher noch niemals einen Mann getroffen, der so hilfsbedürftig und lästig war. Anderer Leute Privatraum bedeutete für ihn so viel, wie seine Storys, die er mir erzählte, mir bedeuteten, nämlich nichts. Unser erster Halt war in Lugano, einer Schweizer Stadt an der italienischen Grenze. Wir mussten dort eineinhalb Stunden auf unseren nächsten Zug nach Mailand warten, dann kam Verona, dann Treviso, von wo aus wir Venedig besuchen wollten.

Wir warteten in einem Restaurant oben auf einem Felsen, das eine spektakuläre Aussicht hatte. Unterhalb konnte ich den Luganer See sehen, türkisfarben. Weiter weg konnte ich die schneebedeckten Alpen ausmachen. Der Kontrast zwischen See, Alpen, den alten Häusern und den verschiedenen Farben war eine der schönsten Szenerien, die ich auf meiner ganzen Reise erlebt hatte. Auf Grund dieses Blickes verstand ich, weshalb die Schweizer, die hier mit Italienern vermischt lebten, so wunderbare Leute waren; alles passte irgendwie gut zusammen, wie dieser Blick!

Das Einzige, was ich in Mailand sah, war der große Hauptbahnhof. Ich bemerkte auch, wie kultiviert sich die Italiener kleideten, und das gefiel mir. Es war fast Mitternacht, als unser Taxi gegenüber einem großen alten Haus ankam. Auf einem grünen Schild stand *Hotel Serenamente* in schwarzen Lettern. Ich wäre nicht überrascht gewesen, wenn dieses Hotel das preiswerteste in der Stadt gewesen wäre. Aber das war noch nicht das Ende meiner Überraschungen in dieser Nacht. Bernard hatte nur ein Zimmer für uns reserviert, aber er beeilte sich, mir zu erklären, dass es zwei getrennte Betten hatte.

So lag ich in meinem Bett in dieser Nacht und hörte ihn so laut wie nie zuvor schnarchen. Wieder einmal starrte ich gegen die dunkle Holzdecke. An Schlaf war nicht zu denken.

Ich erwachte, als er meinen Namen rief: »Kathy, wir müssen gehen.« Als Letztes erinnerte ich mich daran, dass es 5:45 Uhr auf meiner Uhr war, bevor ich kurz eingeschlafen war. Ich setzte mich auf und schaute ihn an. Er war schon angezogen und beobachtete mich von der kleinen Badezimmertür aus, die gegenüber meinem Bett war. »Wie spät ist es?«, fragte ich, wobei ich mich schrecklich müde fühlte. Mein Körper tat mir überall weh.

»Es ist 8:00 Uhr morgens«, antwortete er.

»Ich fühle mich nicht gut. Ich muss mich noch wenigstens bis 12:00 Uhr ausruhen.« Ich nahm ein *Ibuprofen* vom Nachttisch und schluckte es mit einer Menge Wasser herunter, in der Hoffnung, dass ich mich später besser fühlen würde.

»Das wird zu spät sein, um nach Venedig zu fahren. Ich werde einmal rumfragen, ob es in dieser Stadt irgendetwas zu sehen gibt. Mittags bin ich wieder zurück.« Er nahm etwas aus dem Schrank und ging hinaus. Erleichtert legte ich mich wieder hin und fiel sofort in einen tiefen Schlaf.

Ich hörte die Tür gehen, dachte, es wäre schon Mittag. Eigentlich wollte ich den ganzen Tag über schlafen.

»Steh auf, du Schlafmütze«, sagte er neckisch, während ich noch überhaupt nicht bei mir war.

Ich stand auf und duschte. Mein Körper tat mir nicht mehr weh, aber mein Magen knurrte wie ein Löwe. Gestern auf der letzten Zugfahrt hatte ich zum letzten Mal etwas gegessen.

Länger als dreißig Minuten brauchte ich nicht, um mich fertig zu machen. Bernard wartete auf mich in der Lobby. Er las in der lokalen Tageszeitung. Wir gingen in das Restaurant nebenan, das noch zum Hotel gehörte, und nahmen ein frühes Mittagessen, oder wie in meinem Fall, ein spätes Frühstück zu uns. Während wir auf das Essen warteten, fragte ich ihn, wieso sein Italienisch so fließend war. Er erzählte mir von seinen italienischen Wurzeln, beginnend mit seiner geliebten Großmutter. Das Problem war, dass er keine Ahnung hatte, wie man eine Geschichte erzählt und dabei die Details weglässt, die nur ihm von Bedeutung sind. Jede Frage ging also mit langen Erklärungen einher. Nach dem Essen nahmen wir einen Bus, um in den alten Teil der Stadt zu gelangen. Nach fünfzehn Minuten kamen wir bei einer großen Steinmauer mit einem Torbogen in der Mitte an. Das war der Eingang nach *Treviso,* der im Mittelalter den Stadtkern vor Eindringlingen schützte. Dieser Blick führte meine Erinnerung zurück nach Bonn. Der Stadteingang dort war auch ein Torbogen in der Stadtmauer, die aber jetzt verputzt und gelb angestrichen war. Dieser Bogen war nun mit der Universität Bonn verbunden, deren Gebäude einmal ein Schloss war.

In *Treviso* gab es nicht viel zu sehen, aber das störte mich nicht. Ich fühlte mich noch nicht gut genug, um eine große Tour zu unternehmen. Ich war glücklich, als es Zeit fürs Abendessen war. Das bedeutete, dass ich wieder Energie tanken konnte. Er schlug ein japanisches Restaurant vor, an dem wir vorher vorbeigekommen waren. Vom Hotel aus waren es nur zehn Minuten zu gehen; deshalb war ich einverstanden. Das Restaurant sah von außen sehr viel kleiner aus, als es in Wirklichkeit war. Einige Bereiche des Fußbodens unter den Tischen waren aus Glas. Wir konnten dort Fische schwimmen sehen. Wir warteten auf unser Essen, und Bernard war wie immer geschwätzig. Ich schaute auf den schwarzen Fisch, der gerade unter dem Tisch herschwamm. Bezüglich der Unterhaltung heuchelte ich Interesse. Ich war glücklich, als das Essen kam, denn ich war sehr hungrig. Außerdem hoffte ich, dass er für einen Moment den Mund halten würde.

Wir hatten entschieden, beide das gleiche Essen zu bestellen: gesalzene Shrimps und Gemüse. Es war schon
erstaunlich, dass ich zweimal bestellte und auch beide
Portionen aufaß.

Eine Zeit lang sprachen wir nur über das Essen. Offensichtlich hatte mein Freund dasselbe Vergnügen an seinem Essen wie ich. Dann wechselte die Unterhaltung zu
Lektionen in europäischer Geschichte. Dann, ganz un-
vorhergesehen, wechselte er das Thema und fragte mich
über mein Leben aus. Kann sein, dass der Alkohol daran
schuld war – er hatte schon eine halbe Flasche Rotwein
ohne meine Hilfe getrunken –, aber er war jetzt irgendwie nett und versuchte, etwas über mein Leben zu erfahren. Aber unglücklicherweise wollte er mehr wissen, als
ich mit ihm zu teilen bereit war. Ich beantwortete seine
Erkundigungen so vage wie möglich, denn die Verbrei-
tung meiner Lebensgeschichte war nicht wirklich mein
bevorzugtes Thema. Nach dem Abendessen waren wir
beide sehr müde und gingen zurück ins Hotelzimmer,
wo er unverzüglich einschlief und ein Schnarchkonzert
folgen ließ. In dieser Nacht stellte ich fest: je weniger
Beachtung ich ihm schenkte, desto mehr trank er und
umso mehr schnarchte er danach.

Noch einmal: Ich fühlte, dass mein ganzer Körper mir
wehtat. Ich nahm eine Pille von den Tabletten, die noch
auf dem Nachttisch lagen, und versuchte, mich auszuruhen. Ich drehte mich in meinem Bett von einer Seite
auf die andere und versuchte einzuschlafen. Ich zog mir

das Kissen über den Kopf in der Hoffnung, das lästige Schnarchgeräusch zu dämpfen, das aus dem Bett neben mir herüberkam. Aber es gelang mir nicht. Ich stand auf und ging mit meinem Leinentuch leise zur Rezeption und legte mich auf die Couch, die an der Eingangstür stand. Ich versuchte dort zu schlafen, aber das Tick-Tack der Uhr und die Sexgeräusche aus den oberen Räumen verhinderten das auch. Ich ging zurück in mein Zimmer und akzeptierte meine Strafe.

Am nächsten Morgen folgten wir demselben Ritual wie am Tag zuvor: Um 8:00 Uhr war er ausgeruht und ausgehbereit, und ich, die ich die ganze Nacht nicht geschlafen hatte, fühlte mich nicht mehr wie ein menschliches Wesen.

»Kathy, es ist Zeit, zu gehen«, sagte er mit Abenteuererschwung.

»Ich muss noch zwei Stunden schlafen.« Ich drehte meinen Kopf zur Wand.

»Wow, du schläfst ziemlich viel«, kam es überrascht aus ihm heraus.

Seine Bemerkung störte mich und daher sagte ich: »Du hast die ganze Nacht geschnarcht, und ich habe bis 6:00 Uhr wach gelegen.«

»Tut mir leid. Dann lasse ich dich jetzt schlafen. Um 10:00 Uhr bin ich wieder zurück, aber nicht später, sonst kämen wir nicht rechtzeitig nach Venedig.«

Er war pünktlich zurück wie eine Schweizer Uhr; um Punkt 10:00 Uhr weckte er mich auf und reichte mir eine Schokoladenmilch und ein Sandwich. Dieses Mal konnte ich mich so gerade eben anziehen, meine Zähne putzen und mit ihm das Haus verlassen. Wir nahmen einen Bus bis zum Eingang von Venedig und dann ein Boot bis fast in die Stadt hinein. Offensichtlich war es für ihn zu spät für seine Kunstausstellung, die auf einer anderen Seite der Stadt stattfand. Ich aß gerade etwas und hörte seinen Plänen zu, die auch einschlossen, dass er mich diesen ganzen Tag alleine ließ. Die neue Information erfreute mich, aber mein Gesicht war so ruhig und distanziert wie meine letzten Tage. Er war gar nicht so übel und auch kein Killer, aber er ärgerte mich immer noch. Wir huschten schnell durch die Gassen von Venedig, und ich folgte ihm einfach, ohne genau zu wissen, wohin. Ich konnte den Blick auf diese wundervolle Stadt aus zweierlei Gründen nicht genießen, erstens: da ich das erste Mal hier war, hatte ich nicht mehr als zwei Sekunden, um das anzuschauen, was an meinem Weg lag, und ich benötigte mehr Zeit für angemessene Beobachtungen; zweitens: er sprach ununterbrochen und erklärte mir die Geschichte von allem und jedem, und das ganze Geplapper tötete meine Stimmung für die angemessene Wertschätzung. Wegen seines unaufhörlichen Redens war ich noch nicht einmal in der Lage, für meinen bezahlten Urlaub nach Italien dankbar zu sein. Bei meiner Tour nach Paris weinte ich, als ich den *Eiffelturm* zum ersten Mal sah. Ich weinte, weil ich nicht erwartet hatte, ihn je zu sehen, und weil ich mir gewünscht hatte, jemanden zu haben, der den Blick mit mir teilen würde. Doch das hatte ich nicht, nicht einmal meine Tochter.

Und die Begleitung jetzt hatte meine Phantasie zerstört. *Ich muss sorgfältiger mit meinen Wünschen sein oder wenigstens präziser.*

Eigentlich hätte ich mich glücklich fühlen müssen, da ich meine Traumstadt Venedig mit jemandem besuchte, aber stattdessen hätte ich aus Frust schreien oder sagen mögen: »Halt einmal dein Maul!« Ich habe in Zürich gelernt, wie heftig er sein konnte, wenn die Dinge nicht so liefen, wie er es erwartet hatte. Ich setzte mein »Zuhörer-Gesicht« auf und zählte insgeheim die Minuten, bis er mich alleine ließ.

Plötzlich kamen wir an einen großen offenen Bereich. Wir blieben stehen, und von dort aus, wo ich stand, konnte ich einen Dom sehen.

»Das ist die Basilica di San Marco«, erklärte er und sah mein erfreutes Gesicht.

»Wow … das ist beeindruckend und wunderschön«, war mein Kommentar. Jetzt blickte ich rund, und jedes Mal, wenn sich mein Kopf drehte, sagte er: »Das ist der Canale Grande, der Dogenpalast und hier ist der Markusplatz.«

Er hatte mich die halbe Strecke dahin geführt, wo sein Event stattfand und wo wir uns am Ende des Tages wiedertreffen sollten.

»Um wie viel Uhr und wo genau sollen wir uns wieder treffen?«, fragte ich, wobei ich nicht vorauseilte, ihn wiederzutreffen.

»Um 17:00 Uhr am Canale Grande, wo die Boote losfahren. Ich muss gehen. Bis später«, sagte er winkend
und sich in Eile entfernend. Ich winkte zurück, fröhlich,
alleine zu sein. Meine Ohren waren gemartert worden
durch einen zwölfstündigen Unsinnsmonolog. Hinzu
kamen weitere acht Stunden Schnarchkonzert an jedem
der letzten sieben Tage. Da ich jetzt alleine war, beschloss
ich, den ganzen Weg bis zum Ankunftspunkt zurückzu-
gehen und die ganze Strecke bis zum Markusplatz erneut
zu gehen. Der Unterschied war jetzt, dass ich langsam
gehen und die Ausblicke genießen würde.

Das Problem war nur, dass ich mir die verschiedenen
Zugangstore, durch die ich schon gekommen war, anschaute, und die sahen alle gleich aus. Ich suchte mir
eines aus und begann meine Expedition. Die Gasse war

eng und kurz, sie führte zu anderen Toren, die zu anderen Kanälen führten und so weiter und so weiter. Dreimal versuchte ich zurückzufinden, aber es war unmöglich, auch wenn ich auf die Straßennamen achtete, die an den Wänden angebracht waren. Jedes Mal war Schluss auf einer unterschiedlichen Seite des Markusplatzes und jedes Mal musste ich den Drang kontrollieren, eine Venedig-Maske in einem der zahlreichen Geschäfte, an denen ich vorbeikam, zu kaufen, eine Maske oder irgendein anderes unpraktisches Souvenir.

Es war Mittwoch, und die Stadt hatte mehr Besucher als begehbaren Platz. Die gesamte Stadt war eine Festung, die auf der Canale-Grande-Seite von Mauern und Häusern umgeben war. Diese schützten die Einwohner seit Jahrhunderten vor Fremden. Ich hörte, wie ein Reiseführer einer Gruppe von Touristen erzählte, dass Venedig aus 117 kleinen Inseln bestand, die alle mit Brücken verbunden waren. Das erklärt auch die Wasserstraßen durch die Innenstadt. Die Stadt hat denselben mittelalterlichen Anblick und die gleiche Dynamik erhalten, wie bei der Gründung. Nachdem ich meine Gedanken beendet hatte, fand ich mich selbst – ironischerweise – gegenüber einem *Mango-* und *H&M*-Geschäft wieder. Für einen Moment war ich mir nicht im Klaren, ob das schade oder schön war. Und trotz dieser merkwürdigen Sache ging ich hinein und setzte mich eine halbe Stunde hin, um meinen Füßen eine Pause zu schenken, die mich vom vielen Laufen fast umbrachten.

Ich ging zurück zum Markusplatz. Ich versuchte immer noch, den gleichen Weg durch das Labyrinth zu finden. Meine Versuche, genau den gleichen Weg zu begehen, wurden zu einem spaßigen Spiel. Ich kam an einem großen Kanal entlang und sah zwei einheimische Männer. Sie hatten schwarze Hosen an, langärmelige, schwarz-weiß gestreifte Hemden und Hüte. Sie nahmen Touristen auf eine Gondelfahrt mit. Die meisten der interessierten Touristen waren Pärchen; für Singles wie mich wäre das wohl zu romantisch gewesen. Ich machte ein Foto und ging dann weiter.

Eine von Bernards Venedig-Geschichten blitzte in meinem Kopf auf: »In alten Zeiten musste jeder ein schwarzes langes Cape mit Kapuze und auf der Straße eine Maske tragen.« Als ich ihn fragte, warum das so gewesen sei, antwortete er: »Im Allgemeinen, um ihre Identität und ihren sozialen Stand zu verstecken. Die Maske erlaubte es dem Träger, viel freier zu agieren, und durch das verborgene Gesicht waren sie in der Lage, Kontakt mit den verschiedensten Personen in den unterschiedlichsten Positionen aufzunehmen. Aber sie wurden auch für andere Zwecke benutzt, wie etwa für kriminelle Handlungen oder für persönliche Zwecke wie romantische Treffen.« Ich stellte mir die Touristen auf diese Weise gekleidet vor und musste selbst lachen.

Der Tag ging schnell herum, und es war fast an der Zeit, ihn wiederzutreffen. Ich hatte nur noch eine halbe Stunde für mich. Überall schon hatte ich Fotos gemacht und alles gesehen, was an diesem Tag möglich war. An einem der Stände kaufte ich eine Cola, schlenderte zu unserem Treffpunkt, setzte mich, um eine Pause zu machen, und erfreute mich an dem Seeblick.

Bernard ließ sich pünktlich blicken, damit wir das 18:00-Uhr-Boot erreichten, das uns direkt zum Festland brachte. Ich war erleichtert, dass wir nicht einen Teil des Weges laufen mussten wie vorhin. Die Müdigkeit und Krankheit kam nun wieder über mich. Ich nahm eine Tablette aus meiner Tasche und schluckte sie mit dem Rest Cola. Auf dem vollgepackten Boot gab es keinen Sitzplatz mehr. Bernard stand direkt neben mir und war begeistert von den Antiquitäten, die er gekauft hatte. »Ich habe ein altes Bild und eine Skulptur gefunden«, sagte er mit triumphierendem Lächeln. Ich nickte mit dem Kopf und setzte mein »Ich-höre-dir-zu-Gesicht« auf, blockierte aber alle Informationen, die von seiner Seite kamen. Zwei Stunden später kamen wir in *Treviso* an. Es war 20:00 Uhr, Zeit fürs Abendessen. Wir wählten wieder den Japaner und auch das gleiche Essen.

Am nächsten Tag begannen wir unsere Reise zurück nach Zürich. Wir verließen das Hotel etwa um 11:00 Uhr. In Verona mussten wir 40 Minuten warten auf den Zug nach Mailand. Bernard ging sich nach deutschen Tageszeitungen umsehen, während ich mich auf einer Bank niederließ und versuchte, mich wach zu halten nach all diesen schlaflosen Nächten, inklusive der letzten.

Ich fühlte mich deprimiert und begann darüber nachzudenken, wie ich mich am besten umbringen könnte. Meine erste Idee war die gewöhnlichste: Pulsadern aufschneiden in der Badewanne. Die zweite war Gift, aber was für eines? Dann erinnerte ich mich an ein zurückliegendes Gespräch mit Wolfgang über giftige Blumen in Deutschland. Mir wurde aber ganz schnell klar, wie viel Ärger er bekommen würde, wenn ich Ernst machte. Denn er hatte ein Dokument unterschrieben, dass er die verantwortliche Person für mich in Deutschland war. Und obendrauf dachte ich dann noch, wie diese blödsinnige Aktion meine Tochter und meine Enkelkinder treffen würde.

In einer Papiertüte hatte ich noch Brot. Ich schnitt ein kleines Stück ab und warf es den vier Tauben zu, die umherstolzierten und nach Futter Ausschau hielten. Nachdem ich das fünfmal gemacht hatte, hatte ich fünf Tauben vor mir. Ich bemerkte eine besonders dicke, die die meisten Krümel aufpickte. Den anderen Tauben gegenüber nahm sie eine Stellung ein, als ob sie ausdrücken wollte: »Legt euch nicht mit mir an.« Um die Futterverteilung auszubreiten, warf ich das nächste Brotstück so weit wie möglich von dem »Arschlochvogel« entfernt, aber der schaffte es immer wieder, das Brot abzuschirmen und regelmäßig für sich selbst zu behalten. Die Tauben lenkten mich von meinen depressiven Gedanken ab. Ich begann ihr Verhalten zu studieren. Ich war fasziniert; solch ein territoriales Verhalten hätte ich mir von denen nicht vorgestellt.

Mein Ziel war es, herauszufinden, ob eine der Tauben dem Anführer den Kampf ansagen würde. Es war verblüffend zu beobachten, wie Menschen und Tiere das gleiche egoistische Verhalten haben konnten. Der dicke fette Vogel war darauf festgelegt, das Fressen mit seinen Kumpels nicht zu teilen. Der einzige Vogel, der aß, war ein Spatz, der von der Decke hergeflogen kam und das Brot aufpickte, bevor er wegflog. Bald waren da fünfzehn Vögel versammelt. Da meine Brottüte aber nicht mehr hergab, beendete ich mein Experiment.

Die Reise nach Mailand war einfach. Bernard sprach nicht viel, und ich versuchte zu schlafen. Nach unserer Ankunft aßen wir Pizza und schauten uns um. Die Stadt war voller Menschen und schmutzig. Bis wir unseren Direktzug nach Zürich nehmen konnten, warteten wir drei Stunden. Dieses Mal waren unsere Sitze durch den Gang getrennt. Ich setzte mich auf einen freien Sitzplatz. Bernard fing mit einer alten Frau an zu diskutieren, die seinen Sitzplatz besetzt hatte. Die Frau, die so an die siebzig Jahre alt war und mit einem Mann Händchen hielt, ging ziemlich enttäuscht zu einem anderen Sitzplatz. Ich schämte mich für Bernards Verhalten und schaute die Frau mit einer Entschuldigungsmiene an. Um den Augenkontakt zu vermeiden, drehte ich Bernard den Rücken zu. Ich hatte gesehen, dass auf halber Strecke vier Personen hinter mir ihre Sitze verlassen hatten. Ich bewegte mich dahin und legte mich quer über die Sitze. Bernard tat dasselbe auf den Sitzen mir gegenüber, ließ aber sein eingewickeltes Bild oben auf der Ablage liegen, wo das alte Paar saß.

Um Mitternacht kamen wir am Züricher Hauptbahnhof an. Es war unterwegs in der Straßenbahn zu seiner Wohnung, als er bemerkte, dass er das Bild, das er in Venedig gekauft hatte, im Zug aus Italien vergessen hatte. Wir stiegen wieder aus, und ich wartete zwanzig Minuten alleine auf der Straße, während er zurücklief, um das verlorene Bild zurückzubekommen. Endlich dann winkte er von der Straßenbahn her und half mir das Gepäck hineinzubekommen. Als ich ihn nach dem Bild fragte, sagte er mir, dass der Zug schon weg gewesen wäre. Ich wusste nicht, ob ich mich freuen sollte, dass er es nicht mehr bekommen hat – nach seinem Verhalten gegenüber dem netten älteren Paar – oder ob er mir leid tun sollte. Ich hoffte nur, dass der Vorfall am Ende nicht auf mich zurückfiel.

Als wir bei ihm waren, schaute ich nach, um wie viel Uhr ich morgen zum Flughafen aufbrechen müsste. Mein Flug war gebucht für 10:00 Uhr; zwei Stunden vorher zu gehen müsste o.k. sein. Wir gingen schlafen, nachdem er mir seine feste Entschlossenheit, mich zu bringen, versichert hatte.

Als mein Alarm mich um 6:30 Uhr aufweckte, war es noch dunkel. Ich duschte lange und weckte auch ihn auf. Es war 7:40 Uhr, beide waren wir bereit zu gehen, als er mich darum bat, ihm die Kopie seines Hausschlüssels zurückzugeben. Am ersten Tag hatte er mir eine Kopie seines Hausschlüssels gegeben. Ich bin aber seitdem nicht einmal alleine rausgegangen. Ich habe den Schlüssel auch nie bei mir getragen. Ich habe ihn auf den kleinen

Tisch im Wohnzimmer gelegt am Tag Nr. 1 und ihn nie wieder berührt.

»Ich habe deinen Schlüssel nicht. Ich habe ihn niemals mit mir genommen«, erklärte ich.

»Wo ist er denn?«, fragte er mit lauter Stimme.

»Ich habe ihn oben auf diesem Tisch liegen lassen. Aber da ist er nicht mehr.« Ich schaute noch einmal auf den Tisch, um sicher zu sein.

Überall suchten wir nach diesem Schlüssel. Ich packte auch noch einmal meinen Koffer aus, um zu sehen, ob er dort wäre. War er aber nicht. Ich war jetzt angespannt. Es war 8:00 Uhr, und wir mussten gehen.

»Du musst mir meinen Schlüssel zurückgeben, bevor du gehst.« Sein Ton war jetzt aggressiv.

»Ich habe ihn nicht. Ich habe in meinem Koffer nachgeschaut, aber da ist er auch nicht.«

»Ich habe ihn dir in die Hand gegeben, und genauso möchte ich ihn zurückhaben.«

»Ich habe dir schon gesagt, dass ich ihn nicht einmal angefasst habe, und außerdem verlasse ich das Land. Wenn du besorgt bist, dass ich zurückkomme, um dich auszurauben, dann entspann dich«, sagte ich nun auch mit einem etwas härteren Tonfall.

»Gib mir meinen Schlüssel!«, sagte er mit schriller Stimme.

»Wenn ich ihn in Deutschland in meinem Gepäck finde, schicke ich ihn dir.« Ich schnappte mir meinen Koffer, um ohne ihn zu gehen. Es waren schon fünfzehn Minuten vergangen, und ich war genauso gestresst wie in der Nacht, bevor wir nach Italien fuhren.

»Bitte tu das. Es kostet mich sonst 500 Franken«, bettelte er mich an.

Ich nickte und begann meinen Koffer herauszurollen, wobei er mir folgte. Am Flughafen lief ich zu *German-Wings*, um mein Check-in zu erledigen. Bernard stand so dicht neben mir, so dass es so aussah, als ob wir zusammen fliegen würden. *Ich hatte überhaupt keinen Privatraum! Wollte er jetzt nur sicher sein, dass ich nicht blieb und seinen verschwundenen Schlüssel benutzte?*

Am Boarding-Eingang sagte ich Tschüss und fühlte mich erleichtert. Er gab mir eine Schachtel mit Schweizer Schokolade und bat mich, nicht zu vergessen, ihm die Reisebilder zu schicken. Ich nickte etwas perplex und war weg. Als ich im Flugzeug saß, hörte ich meine Musik, und meine Selbstmordgedanken und meine schlechten Gefühle waren vollkommen verschwunden.

Wolfgang und das Ende

Ich war glücklich, zurück in Deutschland zu sein. Als ich am Köln-Bonner-Flughafen ankam, fühlte ich mich wieder wie zu Hause. Gegenwärtig war dieses Gefühl verständlich, wenn man vergleicht, was ich durchgemacht habe. Ahrweiler erschien mir wie der Himmel.

Um 14:00 Uhr war ich schon zu Hause. Wolfgang sollte wohl auch an diesem Abend mit seiner Tochter Magdalena aus dem Urlaub in Barcelona kommen. Ich ließ meinen Koffer einfach im Wohnzimmer stehen, ging zu Bett und schlief den ganzen Tag über.

Ich wachte auf, schaute zum Fenster und sah, dass es bereits dunkel war. Die Uhr auf seinem Nachttisch zeigte 20:00 Uhr. Nachdem ich sechs Stunden geschlafen hatte, fühlte ich mich erholt. Ganz langsam stand ich auf. Ich ging durch seinen begehbaren Kleiderschrank, der Schlafzimmer mit Badezimmer verband, als ich seinen Koffer gegen die Tür gelehnt sah. Ich duschte, schnappte mir ein paar Klamotten aus dem Teil des Schrankes, den ich benutzte, seit ich aus Argentinien gekommen war, zog sie an und ging hinunter in das Wohnzimmer.

Er saß am Esstisch und arbeitete an seinem Computer. Das Radio lief auf »Einslive« und spielte ein deutsches Lied, das gerade »in« war: »Easy« von der Cro-Band. Ich mochte die Tatsache, dass sie englische Wörter in ihren Songs verwendeten, aber »easy« war das Einzige im Liedtext, das ich verstand. Während ich Wolfgang da so sitzen sah, realisierte ich, wie sehr ich ihn vermisst hatte. Er schaute zu mir und lächelte. Ich ging zu ihm hin, setzte mich auf seinen Schoß, legte meine Arme um seinen Nacken und küsste ihn auf die Lippen. Wir tauschten ein paar höfliche Fragen aus, zum Beispiel: »Wie ist es dir ergangen?«, und dann gingen wir aus Abendessen.

Das einzige Restaurant, in das wir in Ahrweiler immer zum Essen gingen, war das »Mamma Mia«. Dort gingen wir auch heute Abend hin. Auf meinen Wunsch aßen

Wolfgang, Magdalena und ich einmal in einem deutschen Restaurant Rindergulasch, das sind Rindfleischstücke in einer dunklen Sauce und Sauerkraut. Es war köstlich! Das war das einzige Mal, dass ich draußen richtige deutsche Küche probiert hatte. Jedenfalls teilte ich mit ihnen den gleichen Geschmack für italienisches Essen. Im Restaurant war viel los. Es waren nur noch zwei kleine Tische frei. Der Tisch, den wir aussuchten, stand mitten im Restaurant, nicht zu sehr an der Eingangstür, von wo jedes Mal, wenn einer hereinkam oder herausging, ein kalter Windhauch über die Haut strich. Gerade hatte die Kellnerin unsere Bestellungen aufgenommen, da kamen auch schon meine Spaghetti mit Scampi und seine *spaghetti frutti di mare,* die lecker schmeckten. Es kam gar nicht darauf an, in welches Restaurant wir gingen, das Essen dort schmeckte immer besser als meines. Ich hatte auch schon einmal nach demselben Gericht gefragt, das er vor einer Woche gehabt hatte, aber selbst das war dann nicht so gut. Er bot mir immer an, die Teller zu tauschen, aber ich nahm das nie an. Ich dachte, das sei kindisch und gewöhnlich. Ein cleverer Schachzug wäre es, zu warten, bis er bestellt hat, um dann dasselbe Gericht zu wählen. Aber das funktionierte nicht, denn er entschied sich immer erst im letzten Moment, und da hatte ich immer schon etwas aus der Karte ausgewählt. Während des Essens erzählte ich ihm, wie schrecklich es mit meinem Freund in der Schweiz und in Italien war. Er seinerseits beschrieb, wie viel er vom offenen Büfett seines Fünf-Sterne-all-inclusive-Hotels aß und wie es ihm leid tat, dass er nicht mehr Sport getrieben hatte.

In der letzten Oktoberwoche begann wieder unser regulärer Lebensstil. Wolfgang musste wieder in die Arbeitsroutine, in seiner freien Zeit trieb er Sport und widmete sich seiner Tochter. Nach einigen Diskussionen zwischen ihm und seiner Ex-Frau gab sie schließlich mit ihrer Entscheidung nach, und Magdalena verbrachte die gelegentlichen Wochenenden wieder mit uns. Der einzige feste Termin, den ich hatte, war ein abendlicher Deutschkurs von eineinhalb Stunden, zweimal die Woche. Ich hatte keine Freunde oder sonstige soziale Beziehungen. Mein einziger Freund war Paul aus Düsseldorf, bei dem ich mich manchmal über meine Probleme am Telefon ausweinte. Er empfahl mir, mich bei einer Organisation zu melden, deren Ziel es war, weltweit Ausländer in Verbindung zu bringen. Ich folgte seinem Rat und öffnete bei ihnen ein Profil von mir. Zweimal im Monat trafen sie sich in Köln, und an diesem Wochenende nahm ich zum ersten Mal teil. Da aber der letzte Zug an den Wochenenden von Bonn nach Ahrweiler um 21:49 Uhr fährt, musste ich mich mit Wolfgang in Bonn verabreden, um überhaupt nach Hause zu kommen. Glücklicherweise war das kein Problem, da er bis 23:30 Uhr arbeiten musste. Er wollte das Abholen verbinden, um mit mir tanzen zu gehen. Wir könnten uns jederzeit in Bonn treffen, nachdem ich in Köln fertig wäre.

Wir trafen uns in der *Hausbar*. Ich sah ihn an einem Tisch, direkt am Eingang. Er hatte Jeans an und ein blaues Hemd. Er rief die Kellnerin zu sich und fragte, was ich trinken wollte. Ich nahm *caipirinha*, einen brasilianischen Drink bestehend aus Wodka und Limetten. Normalerweise trinke ich keinen Alkohol. Tatsächlich bin ich während meiner fünfundvierzig Lebensjahre noch nie wirklich betrunken gewesen. Noch bevor ich mein erstes Glas leer hatte, bemerkte ich, dass ich von Wolfgang ignoriert wurde. Er schaute mich kaum öfter als zweimal an. Auf die Schnelle trank ich noch zwei Drinks, und bevor ich den dritten ausgetrunken hatte, war ich so betrunken, dass er mich ins Auto tragen musste. Aber vorher pinkelte ich noch einmal auf die Straße, und zwar unter einer Brücke, da ich nicht zurück in den Pub konnte. Das Positive an dieser Nacht war, dass ich die ganze Nacht wie ein Baby geschlafen habe, zum ersten Mal seit langer Zeit mit Hilfe von Alkohol.

***

Es war Mitte November, als Wolfgang ein neues Handy kaufte. Wir waren auf der zweiwöchentlichen Abwärts-fahrt unserer Beziehungs-Achterbahn, und ich war total durcheinander. Meist konnte ich nachts kaum schlafen, und auch meine Sprachkenntnisse im Deutschen wurden nicht besser. Ich war gerade dabei, das Wohnzimmer sau-ber zu machen und aufzuräumen, als ich eine Schublade im Schrank öffnete und sein älteres Telefon entdeckte. Ich hatte den Impuls, es mir genauer anzuschauen, aber mein moralisches Gewissen hielt mich zurück. Ich legte das Telefon, das schon in meiner Hand war, zurück und schloss die Büchse der Pandora. Es war nicht richtig, herumzuschnüffeln; jedermann hat ein Recht auf Privatheit. Wer weiß, was ich da herauskriegen könnte? Eine Stunde später jedoch hatte ich dieses Telefon wieder in meiner Hand und war dabei, es einzuschalten. *Er hat möglicherweise ein Passwort, das mich so und so hindern würde.* »Geben Sie die PIN-Nummer Ihrer SIM-Karte ein«, wünschte sich das Telefon, bevor es mich weiterkommen ließ. Ich schaltete das Handy aus. Wie könnte ich an seine PIN-Nummer kommen? Ich hatte eine Idee. Ich rannte nach oben in sein Schlafzimmer, in dem er seinen Papierkram hatte und fand die Begrüßungs- und Beschreibungspapiere seiner Handyfirma mit der PIN-Nummer. Ich schaltete das Handy wieder ein, gab den PIN-Code ein, den ich auf ein kleines Stückchen Papier geschrieben hatte, und *voil*à!

Ich war mir nicht sicher, wie viele Informationen noch auf dem Handy waren oder was ich dort finden würde; gleichzeitig schämte ich mich sehr wegen meines Verhaltens. Ich sah mir seine alten Mitteilungen an, aber alles war auf Deutsch. Es tat mir jetzt zum ersten Mal leid, dass ich die Sprache nicht konnte. Ich versuchte sein WhatsApp, war aber enttäuscht, als nach einer SIM-Karte gefragt wurde.

Plötzlich sah ich seine Online-Dating-App, als ich seine Apps durchging. Ich klickte darauf und sie öffnete sich ohne Einschränkung. Die einzige Barriere, die ich wieder hatte, war die fremde Sprache, aber das hielt mich nicht auf. Ich ging in unser Zimmer und legte mich zitternd hin. Ich war dabei, etwas Falsches zu tun; und wegen der nervlichen Belastung schüttelte sich mein ganzer Körper.

Er war immer noch fleißig dabei, Verabredungen zu treffen. Ich verbrachte Stunden auf Google, um seine Konversationen zu übersetzen. Ich fand heraus, dass er an einem Abend vor einer Woche eine Frau in einer Bonner Bar getroffen hatte. Das Erkennungszeichen war eine rote Rose. Er hatte mir erzählt, dass er in dieser Nacht bis spät zu arbeiten hätte und erst nach Mitternacht nach Hause käme. Trotzdem schien es, als ob sie nicht sein Typ wäre, denn seine wenigen Mitteilungen waren allesamt Entschuldigungen, um sie nicht treffen zu müssen. Seine Ausreden waren immer die gleichen: Er war mit Magdalena beschäftigt und er beschwerte sich über seinen »Teufel« von Ex-Frau.

Männer sagen niemals, dass sie eine Beziehung haben, stattdessen geben sie folgende Entschuldigungen: eingespannt im Beruf, auf Reisen, kranke Eltern oder Kinder, um die man sich zu kümmern hätte, die Geburtstagsparty des besten Freundes etc. etc. Aber niemals, dass eine andere Frau im Spiel ist. Aber das waren für mich keine neuen Nachrichten, ich kannte das alles schon. Ich wusste auch, dass er mich nicht mehr genügend liebte, wenn er sich nach anderen Frauen umschaute. Er hatte mir schon zuvor erzählt, dass ich nicht die Einzige sei. Trotzdem hegte ich noch Hoffnungen, dass sein Herz und seine Meinung sich noch verändern würden. Ich wünschte mir so sehr, dass ich falsch lag in Bezug auf das, was ich über Männer wusste, so dass ich dies alles in meinem hintersten Bewusstsein versteckte.

Die Tatsache, dass die meisten Frauen nicht auf seine Mails antworteten oder kein rechtes Interesse zeigten, amüsierte mich und erleichterte mich zugleich. Jedoch war unter diesen nicht interessierten Frauen eine, deren Aufmerksamkeit er besonders intensiv zu erlangen suchte. Sie war platinblond, mit kurzem Haar, etwa 35 Jahre alt, mit einem eleganten und coolen Profil, aber sie wohnte sechs Stunden entfernt von ihm. Das machte nicht viel Sinn. Wie sollte das gehen?

Ich wachte am nächsten Morgen auf und schwor mir selbst, sein Handy nicht mehr anzurühren. Aber schon um die Mittagszeit schaute ich nach, ob er der Blonden eine Nachricht geschickt hatte. Meine Herzfrequenz stieg an, als ich eine Nachricht sah, in der er ihr eröffnete, dass er am kommenden Tag einen medizinischen Kongress in einer Stadt zwei Stunden von ihr entfernt hätte. Er lud sie zum Frühstück ein. Stunden später hatte sie geantwortet: *»Das ist zu weit für dich, um nur zum Frühstück zu kommen.«* Er antwortete darauf: *»Nein, das ist es nicht. Es wird mir ein Vergnügen sein.«* Technik ist schon etwas Verblüffendes. Alles, was er an Verabredungen vorhatte, sah ich in seinem alten Handy. Aber ich war mir noch gar nicht sicher, was ich mit diesen Informationen anfangen sollte.

In ausgezeichneter Stimmung kam Wolfgang nach Hause. Seine ausgelassene Laune war schon bemerkenswert, während wir die Pizza aßen, die er vorbereitet hatte. Ich andererseits hatte keinen Grund, so gut aufgelegt zu sein. Am Esstisch nahm er einen Prospekt von seinem Laptop und gab ihn mir mit den Worten: »Ich habe vor diesen Wagen zu kaufen. Was meinst du?« Ich sah einen grauen BMW abgebildet, größer als der, den er jetzt hatte.

»Sieht gut aus«, sagte ich und gab den Prospekt zurück.

»Ich bin morgen etwa um 17:00 Uhr weg. Dann kann ich mir vor dem Kongress am Morgen den Wagen genau anschauen.«

Aha ... er bereitete ein Ausrede vor, um sie zu sehen. Clever! »Warum suchst du nach einem Auto, das so weit entfernt ist?«, fragte ich. Ich sprach eigentlich nicht nur über Autos; aber er bemerkte das nicht.

»Dieses Auto hat einen günstigeren Preis als in Bonn und es ist nur zwei Stunden von dem Ort entfernt, wo ich hin muss«, erklärte er. Aber ich redete jetzt nicht mehr über diese Sache, denn ich wusste ja genau, was los war.

An diesem Abend war ich sehr still. Als wir im Bett waren, knipste er das Licht aus und umarmte mich von hinten. Ich habe das immer als einen Liebeshinweis angesehen. Seit wir uns getroffen haben, schliefen wir jede Nacht in unseren Umarmungen, außer wenn es zu warm war und wir unter der Zudecke schwitzten. In dieser Nacht war es nicht anders; er hielt mich die ganze Nacht über in seinen Armen. Für mich war das ein Beweis, dass wir jegliche Differenzen, die wir haben mögen, überwinden können. Ich war bereit, für uns zu kämpfen, aber wie nur?

Wolfgang war nicht so früh weg, wie er gesagt hatte, und ich hielt das für ein gutes Zeichen. Wir liebten uns an diesem Morgen; ich wollte das. Wäre er sexuell angeregt gefahren, hätte das an der Situation auch nichts geändert: das ärgerliche Bild der Platinblonden war auf meinem Kopf tätowiert. »Ruf mich an, wenn du ein wenig Zeit hast … Ich werde dich vermissen«, sagte ich als er ans Bett kam und mir einen Goodbye-Kuss gab.

Ich wachte gegen Mittag auf und fühlte mich müde. Das war in der letzten Zeit mein Normalzustand. Ich duschte und frühstückte wie gewöhnlich: Schokoladenmilch und zwei Stücke Brot mit Erdnussbutter. Nachdem ich mich also um meine Ernährung gekümmert hatte, holte ich wieder sein altes Telefon heraus. Mittlerweile versuchte mein Unterbewusstsein nicht mehr, dass ich mit Überzeugung das Richtige tat. Und da das Karma eine Hure ist, machte mich der Zugang zu seinen Chats nur noch elender, als ich vorher war. Sie hatte seine Message hinsichtlich des Frühstücks nicht beantwortet, und das war, wie ich vermutete, der Grund, weshalb er nicht früher gefahren ist. Zwei Stunden später hielt ich es nicht mehr aus und war so neugierig, dass ich mir sein Telefon wieder vornahm und eine neue Nachricht von ihm fand, in der er sie um Rat für das abendliche Treffen bat. Ich heulte den ganzen Tag und suchte zwanghaft in seinen Nachrichten herum. Mein Gesicht war aufgedunsen und meine Augen rot und geschwollen. Meine Selbstachtung sank wie ohne Fallschirm und stürzte irgendwie auf den Boden des Gebäudes.

Seit ich nach Deutschland gekommen war, hatte ich mit der Ausübung meiner Religion aufgehört, eigentlich seit Isabelas Tod. Ich hätte zweimal am Tag chanten sollen (Nam-myoho-renge-kyo), um mein Karma zu reinigen, aber ich habe es nicht geschafft, es auch nur einmal am Tag zu tun. Nun entschied ich mich wieder dazu und chantete stundenlang. Nach zwei Stunden weinte ich nicht mehr. Ich machte eine Pause von wenigen Minuten und las den Text, den er mir auf mein Handy geschrieben hatte. Er fragte aber nur, ob alles in Ordnung sei. Ich antwortete nicht, stattdessen »betete« ich weitere zwei Stunden. Danach war ich vollkommen ruhig und antwortete ihm, dass alles o.k. wäre.

Buddhisten glauben, dass dieses »Chanten« unseren inneren Buddha (»den Erwachten«) erwecken könne, indem wir unsere Seelen mit dem Universum zu einer Einheit verbinden. Wenn wir »chanten«, verringern wir unser schlechtes Karma und bewegen die Steine, die auf unserem Weg zur Glückseligkeit liegen. Unser Verstand wird reiner, und es hilft uns, bessere Entscheidungen zu treffen. Wie dem auch sei, ich lebte gerade an einem schwarzen Ort, und der war zu dunkel, um ihn mit einem Tag des »Chantens« wieder zu erleuchten.

Ich öffnete meine Augen. Mein Kopf schien in zwei Hälften zerbrechen zu wollen, denn ich hatte die ganze Zeit geweint und auch heftige Schmerzen. Ich ging ins Badezimmer und holte ein Aspirin aus der Schublade. Ich musste an die Platinblonde denken. *Was war mir ihr los? Trafen die beiden sich?* Ich nahm sein altes Handy vom Nachttisch und schaute wieder seine »Messages« an, ohne mir überhaupt Gedanken zu machen, welche Tageszeit nun genau war oder wie viel ich geschlafen hatte. Ich sah nur, dass sie ihm geantwortet hatte: *»Ich weiß nichts von Partys«*, und ich fühlte mich erleichtert, dass sie sich nicht trafen. Die ganze Nacht widmete ich dem »Chanten«, und ich musste das tun, um das Gefühl von Verrat zu vermindern und den starken Schmerz in meiner Seele zu besänftigen. Erst am Sonntag war ich etwas friedvoller, und als Wolfgang am Abend nach Hause kam, fragte ich mich selbst, was ich tun sollte, denn der Kampf, um meine Beziehung zu ihm am Leben zu erhalten, brachte mich um. Ich kannte mich selbst nicht mehr. Ich wusste, dass ich eine idealistische Romantikerin war und viele Dinge noch zu bearbeiten hatte, aber bedürftig, ohne Selbstachtung, leicht zu manipulieren, das war ich nicht. In den nächsten Tagen richteten sich alle meine Gedanken darauf, Entscheidungen über mein Leben und über meine Beziehung zu Wolfgang zu treffen. Dann, eine Woche später, hatte ich endlich den Mut, ihn zu verlassen. Ich würde einen Ort zum Leben finden und mir selbst eine echte Möglichkeit in Deutschland eröffnen.

Magdalena war an diesem Wochenende bei uns. Das Sonntagsfrühstück war etwas Besonderes für sie, eine verbindende Zeit zwischen Vater und Tochter. Üblicherweise diskutierten sie dann über ihre Lebensphilosophie. Er war ein großartiger Vater und würde alles für sie tun.

Tatsächlich war er auch ein guter Freund. Seit ich dort lebte, kümmerte er sich um meine finanziellen Grundbedürfnisse und half mir mit dem Studentenvisum. Er war kein schlechter Mensch, und das war einer der Gründe, warum ich es so schwer hatte, ihn zu verlassen. Natürlich hoffte ich auch noch, dass sich die Dinge zwischen uns ändern könnten, aber das taten sie nicht. Nach dem Frühstück gingen sie aus dem Haus, um den Tag in Köln zu verbringen. Als sie weg waren, begann ich meine Sachen zu packen. Als die Schränke leer und die Koffer, die ich ins Wohnzimmer schaffte, voll waren, fühlte ich mich erleichtert. Ich hatte meine gesamte Kraft aufgewendet, um dies zu tun, aber jetzt war es geschehen.

Anstatt auf dem Sofa herumzusitzen und auf ihn zu warten, fuhr ich nach Bonn, um alleine Kaffee trinken zu gehen und auf andere Gedanken zu kommen. Kurz nachdem ich aus dem Haus war, bekam ich eine SMS von ihm, in der er fragte, was denn nun los sei. Offensichtlich war er schon nach Hause gekommen und hatte schon mein Gepäck im Wohnzimmer gesehen. Ich antwortete, dass ich bald zurück sei und alles erklären würde. Eine Stunde später stand ich vor seiner Tür, mit dem Schlüssel in der Hand. Zitternd öffnete ich vorsichtig die Tür. Ich hatte Angst vor meiner eigenen Reaktion. Ich spazierte ins Wohnzimmer und setzte mich neben ihn an den Esstisch. »Können wir reden?«, fragte ich.

»Ja sicher«, sagte er, hörte mit dem auf, was er da gerade an seinem Computer tat, und schaute mich an.

Ich begann mit gebrochener Stimme. »Heute habe ich versucht, dein altes Handy zu benutzen, da meins keine Batterie hatte. Dabei geriet ich an deine Verabredungs-App …« Ich hatte das schon so halb vorbereitet, denn ich konnte ihm ja nicht direkt sagen, dass ich ihn ausspionierte. Ich würde ja widergesetzlich handeln, deshalb log ich. Was konnte ich anderes tun? In dieser Situation stand ich genauso falsch da wie er. Eine vergiftete Beziehung geht immer von zwei Personen aus und nicht von einer alleine. Nachdem ich zu Ende gesprochen hatte, machte er ein Gesicht, das nur jemand machen kann, dem man gerade gesagt hat, dass ein Bekannter gestorben sei.

»… ich weiß, dass es nicht richtig von mir war; aber ich habe gesehen, dass du bei deiner Beziehungssuche sehr aktiv warst; und deshalb denke ich, dass wir nicht mehr zusammen sein sollten.« Ich versuchte dabei ruhig zu bleiben. Er schaute mich jetzt nicht mehr an, er blickte vielmehr auf den Glastisch herab, um seine Reaktionen zu beobachten. Da er nichts sagte, fuhr ich nach einigen Sekunden fort: »Es ist ganz offensichtlich, dass du hinter anderen Frauen her bist und dass du dich um mich überhaupt nicht mehr scherst.«

»Das stimmt nicht, ich kümmere mich um dich. Aber ich rede nun mal gerne mit denen.« So beendete er meinen Monolog.

»Ich weiß, dass du dich vor zwei Wochen mit einer anderen Frau getroffen hast.« Ich schaute ihm immer weiter ins Gesicht, und er blickte stets nach unten.

»Ich habe mit ihr schon sehr lange gechattet, noch bevor wir uns getroffen haben. Es war nur ein freundschaftliches Treffen. Sie ist ja gar nicht mein Typ«, sagte er und behielt dabei seine beleidigte Miene.

»Was ist denn mit der Blonden, mit der du frühstücken wolltest? Ja, tatsächlich bin ich alle deine Unterhaltungen durchgegangen. Ich konnte es einfach nicht glauben, dass du zwei Stunden fahren würdest, um sie zu sehen, während ich hier für dich die ganze Zeit da bin«, sagte ich, jetzt mit einer durch den Stress schrilleren Stimme.

»Ich möchte nur Leute treffen und mit ihnen wie mit Freunden reden.«

»Das glaube ich dir nicht. Wenn du als Single leben willst, dann Glückwunsch, hier ist es.«

»Ich verdiene das, aber ich bin mir nicht sicher, ob es das ist, was ich möchte«, sagte er leise.

»Ich brauche einen Monat, um einen anderen Ort zu finden, in dem ich wohnen kann. Ist es o.k., wenn ich bis dahin hierbleibe, in Magdalenas Zimmer?« In diesem Augenblick konnte ich mich nicht mehr zurückhalten; die Tränen rannen mir aus den Augen, meine Schultern zuckten und meine Nase lief. Er nahm mich bei der Hand und ließ mich auf seinem Schoß sitzen. Ich tat das ohne zu murren. Ich hielt ihn fest, legte meinen Kopf auf seine Schulter und weinte dort noch eine Zeit lang. »Ja, das kannst du«, sagte er und drückte mich.

Wie zu erwarten, hatte Wolfgang seinen Charakter verändert, seit wir auseinander waren. In einigen Nächten trafen wir uns noch im Wohnzimmer, um zu reden. Ich stellte fest, dass ich seine Ansichten über die Dinge der Welt überhaupt nicht kannte.

»Was ist deine Lieblingsfarbe?«, fragte ich ihn einmal. »Ich weiß es nicht, es finden sich eine Menge Farben in meinem Kleiderschrank«, war seine Antwort.

»Glaubst du an Gott?« Mit dieser Frage versuchte ich, etwas mehr über ihn zu erfahren. »Was ist Gott?«, philosophierte er. Es war vollkommen gleichgültig, was ich ihn fragte, ich würde ohne jede klare Vorstellung schlafen gehen, was seine Meinung anbetraf. Ich versuchte es mit vielen verschiedenen Themen und bekam immer das gleiche Ergebnis … nichts Klares oder Prägnantes.

Ich fragte ihn nach Schlaftabletten, denn meine Schlafprobleme besserten sich nicht. In dieser Nacht kam er mit einer Schachtel, deren Inhalt ich ausprobieren sollte. Ich versuchte es damit zwei oder drei Nächte, ohne dass sich etwas veränderte. Dann brachte er mir eine andere Tablettenschachtel. »Die hier sind wesentlich stärker«, sagte er, als er sie mir reichte. Diese funktionierten in der ersten Nacht, danach blieb mir nichts anderes übrig, als die Decke anzustarren.

Am nächsten Morgen wachte ich früh auf und fühlte mich ausgeruht, was nicht oft der Fall war. Ich öffnete die Zimmertür und fand einen roten Nikolausstrumpf. Ich hob ihn auf, griff hinein, und es kam eine weihnachtlich dekorierte Schachtel zum Vorschein mit einer Nikolausfigur obenauf und einem Zettel, auf dem stand: *Einen glücklichen Tag an Mariä Empfängnis.* Ich öffnete die Schachtel und fand verschiedene Schokoladensorten darin und einen Lippenstift. *Das ist ja der, von dem ich ihm erzählt hatte, dass ich ihn mag!*

Er hatte die ganze Woche über versucht, mich erneut zu erobern. Einmal sagte ich ihm, wie schwierig es sei, in den Koffern meine Kleider zu finden, worauf er meinte: »Deine Seite des Kleiderschranks ist noch leer und wartet auf dich.« In dieser Nacht sagte ich ihm, dass er alle Online-Dating-Profile in meinem Beisein schließen müsse und akzeptieren müsse, dass er in einer Beziehung lebte, wenn er mich zurückhaben wollte. Er hatte nie frei heraus gesagt, dass wir eine Beziehung hatten, und es schien so, dass ich die Einzige war, die das monogame Leben respektierte. Er akzeptierte meine Bedingungen und schloss nunmehr die gesamten Verabredungsforen im Internet. *Das Wunder an Mariä Empfängnis!*

Ich schlief nun wieder in seinem Schlafzimmer und am nächsten Morgen räumte ich alle meine Sachen wieder in seinen Schrank. Ich war mit mir ganz zufrieden. Letztlich hatte ich doch meine Beziehung gerettet. *Er hätte mich fast verloren. Erst da erkannte er, wie wichtig ich für ihn war.*

***

Meine Tochter Paola lebte in ihrer eigenen Welt, eine Welt, zu der ich nicht gehörte. Deshalb war ich glücklich, als sie mich einlud, sie Weihnachten zu besuchen. Ich hatte sie seit dem Begräbnis meiner Enkelin nicht mehr gesehen. Ich war voller Hoffnung, dass wir unsere abgebrochene Beziehung wiederaufnehmen könnten und auch den eigentlichen Grund, weshalb ich nach Deutschland gekommen war, nämlich ihr nahe zu sein.

Ich hatte vor, am 23. Dezember bei ihr zu sein und bis zum 30. zu bleiben. Im Januar würde sie dann eine Woche zu mir nach Ahrweiler kommen. Also packte ich meinen Rucksack, um am nächsten Morgen abzureisen.

Wolfgang entfernte sich emotional wieder von mir, ohne ein Wort zu verlieren. Ich hatte doch jetzt gelernt, dass nicht nur ich ihn nicht wirklich kannte, auch seine besten Freunde fanden keinen Zugang zu ihm. Das Einzige, was ich genau kannte, war sein wechselhaftes Verhalten. Die einzige Person, die sein Innenleben kannte, war seine Ex-Frau. Während der ganzen Zeit, in der ich mit ihm lebte, wechselten meine Gefühle für sie allmählich von Ablehnung in Sympathie.

Eines Tages bat ich ihn via SMS um das Passwort für den Familiencomputer, aber er antwortete nicht. Er hatte es mir bei meiner Ankunft gegeben, aber ich erinnerte mich nicht mehr, wo ich es aufgeschrieben hatte. Am Abend, als wir das Abendessen zubereiteten, hielt ich ihm vor, dass er mir nicht geantwortet hatte. Seine Entschuldigung war: »Ich habe das nicht gesehen, denn ich war heute sehr beschäftigt.« Das war für einen Arzt natürlich eine passende Ausrede, aber, als ich ihm sagte, dass ich gesehen hätte, dass er online war, sagte er nur: »Ich habe nur mit Magdalena kommuniziert.«

»Hast du ein Problem damit, das Passwort des Familiencomputers mit mir zu teilen?«

Er antwortete: »Nein, nein, ich weiß nur nicht, wo ich es aufgehoben habe.«

»Meine Intuition sagt mir, dass du mir nicht die Wahrheit sagst. Oder bin ich verrückt?«

»O.k., es passt mir nicht so recht, es zu teilen«, waren seine abschließenden Worte.

Für diese Nacht beschloss ich, ganz genau aufzupassen und ihm auch mitzuteilen, dass er mich nicht mehr zum Narren halten könne.

Ich schaute ihn an und schüttelte den Kopf. »Ich verstehe nicht, warum du das machst.«

»Machen was?«, fragte er und ließ sich vom Kochen nicht abbringen.

»Zuerst ignorierst du mich, dann stelle ich dich zur Rede und dann kommst du mit einer armseligen Entschuldigung daher. Nur wenn ich dir klipp und klar sage, dass ich dir nicht glaube, erst dann rückst du mit der Wahrheit heraus!« Er verhielt sich ruhig und schaute nur nach unten. Wie ein Kind war er ein Meister im Beleidigtsein. So fuhr ich fort: »Es ist nicht das erste Mal, dass das passiert ist, aber es wäre schön, wenn es das letzte Mal wäre. Ich habe es satt, dass ich Dinge nicht sehen soll, die du mit einer einfachen Entschuldigung wegwischst.«

»Du hast recht. Ich weiß auch nicht, warum ich mich

so verhalte.« Das waren seine Worte am Ende. Wenn ich jedes Mal einen Euro bekäme für diese Masche, die ich mir von ihm anhören musste, hätte ich für den Rest meiner Tage ein stabiles Auskommen.

***

Ich rief meine Tochter an, um mir bestätigen zu lassen, dass sie mich auch am nächsten Tag in München abholen würde. Dann sagte ich ihr noch, wie aufgeregt ich sei, sie zu sehen. Bevor ich auflegte, versicherte ich noch einmal: »Ich werde um 18:00 Uhr da sein.«

Und wie versprochen kam Paola, um mich abzuholen. Sie kam mit ihrem Freund Moty. Nachdem ich sie geküsst und gedrückt hatte, wurde ich ihm vorgestellt, und gemeinsam fuhren wir in seinem Auto los. München ist eine wundervolle Stadt, sehr elegant, und die Leute sahen hier mehr nach Oberklasse aus als in der Region, in der ich sonst wohnte.

Sie wohnten in einem Aparthotel in einem kleinen Städtchen namens Roding, so etwa zwischen München und Nürnberg. Das Apartment bestand aus einem Schlafzimmer, einer Küche und einem Wohnzimmer, in dem ich schlafen sollte. Am nächsten Morgen gingen Paola und ich spazieren. Sie wollte mir alles zeigen und mit mir alleine reden. Je weiter wir gingen, desto mehr stellte ich fest, dass sie keinen Witz gemacht hatte, als sie sagte, dass sie in einem Dorf lebte, denn tatsächlich gab es kaum etwas zu sehen.

Es war kalt, aber nicht so kalt, wie ich es mir wünschte, denn ich war wieder einmal enttäuscht, dass ich keinen Schnee sehen konnte. Sie hatte mir erklärt, dass es bis vor einem Tag noch durchaus geschneit hatte und alles weiß war. »Aus irgendeinem mir unerfindlichen Grund erwartet jedermann in Deutschland Schnee zu Weihnachten, aber auch Deutschland wird wärmer«; erzählte ich ihr; dabei lachte ich über diese Geschichte, die ich von Wolfgang gehört hatte.

Ich fragte sie des Öfteren, wie es ihr ginge und was sie so in ihrer Freizeit tue, aber immer bekam ich dieselbe vage Antwort: »Mir geht es gut – ich mache soweit überhaupt nichts.« Und als ich sie nach dem Warum fragte, sagte sie nur: »Ich habe nicht das Gefühl, dass ich irgendetwas tun sollte oder mich mit Leuten beschäftigen müsste.«

Sie führte mich zu einer Bank an einem See. »Mein Lieblingsplatz, um alleine zu sein«, teilte sie mir mit, und das war auch der einzige Moment meines Aufenthaltes, an dem ich mit ihr alleine war. Sie teilte mir auch die Vor- und Nachteile ihres Freundes mit, und dass er sie gefragt habe, ihn zu heiraten. Als ich nach ihrer Antwort darauf fragte, bekam ich eine unerwartete Antwort: »Erinnerst du dich an meinen Freund Ryan aus Holland? Du hast ihn einmal gesehen?«

»Ja.«

Sie fuhr mit ihrer Seifenoper fort: »Als ich ihm Motys Heiratsantrag erzählte, gestand er ein, dass er schon die ganze Zeit in mich verliebt sei, und er bat mich, doch stattdessen ihn zu heiraten.«

Ich war überrascht, wie die Dinge des Lebens doch anders liefen. Meine Tochter hatte zwei Männer, die um sie kämpften, und ich mühte mich damit aber, auch nur einen halten zu können.

»Und was hast du vor zu tun?«, fragte ich.

»Mama, ich bin mir nicht sicher. Ich habe Moty von Ryan erzählt, und dass ich meine Zweifel an ihm hätte«, antwortete sie. Seit sie ein Kind war, hat sie mich dadurch überrascht, dass sie in der Lage war, anderen Menschen die Wahrheit zu sagen, ohne dass diese wütend auf sie wurden. Und sie fuhr fort: »Ich denke noch darüber nach, was zu tun ist.« Danach fragte sie mich über meine Beziehung zu Wolfgang.

Ich erzählte ihr alles, was ich in der letzten Zeit mit ihm erlebt hatte und wie ich mich fühlte, ja, eigentlich fühlte ich mich verliebt. Sie erzählte mir, dass meine Geschichte sie an ihre eigene mit Isabelas Vater erinnere, als sie sich noch trafen. Dann fragte sie mich, ob ich wirklich denken würde, dass es die Mühe wert sei, diese Leidensgeschichte durchzumachen, nur um mit ihm zusammen zu sein.

»Ein Wolf verliert seine Haare, aber niemals seine Gewohnheiten«, sagte sie, und damit war die Diskussion beendet.

Als wir in das Appartement zurückkamen, fanden wir Moty verzweifelt vor, weil Paola nicht da gewesen war.

Nachdem er sich darüber beschwert hatte, stellte sie sich händeringend vor ihn und schnauzte ihn an: »Du brauchst nicht die ganze Zeit neben mir zu stehen!« Dann machte sie sich daran, das Abendessen für den Heiligen Abend vorzubereiten.

Ich bot ihr meine Hilfe beim Kochen an, aber sie wollte das nicht. Um die Zeit totzuschlagen, nahm ich meinen Computer und begann mit meinen Fotos auf Facebook herumzuspielen. Eigentlich war ich nicht glücklich darüber, dass Moty sich diese ganze Woche frei genommen hatte und sicher die ganze Zeit hier herumhängen würde. Er kämpfte mit mir um Paolas Aufmerksamkeit, und das gab mir ein ungutes Gefühl. Er lief zwischen Schlafzimmer und Küche, wo sie war, hin und her und fragte sie dann irgendetwas. Aber so, wie sie reagierte, taugten die ganzen Fragen nicht dazu, sie von der Küche abzulenken.

Hi, wie geht es dir? So kam eine Mittelung über Facebook von Wolfgang. Ich hatte vor ca. 48 Stunden sein Haus verlassen, und das war sein erster Kontakt mit mir, obwohl er eine Flatrate hatte. Zunächst einmal ignorierte ich seine Nachricht. Paolas Frage, ob es wirklich der Mühe wert sei, einen solchen Leidensweg zu gehen, schwirrte mir noch im Kopf herum. Wie oft hatte er mich schon ignoriert, weshalb sollte ich jetzt nicht …? Er könnte mich ja auch anrufen, wenn er so nötig mit mir reden muss.

Es ist Tradition in Brasilien, dass das Abendessen am Heiligen Abend beginnt, wenn die Uhr Mitternacht schlägt. Wir drei jedoch waren uns einig, bereits um 22:00 Uhr mit dem Essen zu beginnen. Ich nahm ein bisschen von allem, was sie vorbereitet hatte: gebratener Puter mit Kartoffeln, Spargelsalat, Hähnchenlasagne; alles schmeckte köstlich. Wir tauschten die Geschenke aus und wünschten uns »Frohe Weihnachten«. Zu der Zeit, als die Brasilianer zu essen begonnen hätten, waren wir schon fertig und gingen schlafen. Bevor ich meine Augen schloss, fiel mir noch ein, dass Wolfgang mich nicht angerufen hatte. Mit einem enttäuschten Gefühl schlief ich ein.

Weihnachten war langweilig; nicht, dass es mich überrascht hätte. Ich verbrachte die meiste Zeit im Wohnzimmer und schaute mir Filme über das Internet an, während Paola bei verschlossenen Türen mit Moty zusammen war. Jeder Versuch von ihr, herüber zu kommen und Zeit mit mir im Wohnzimmer zu verbringen, würde damit enden, dass er auch kam und sich neben sie setzte. Das würde die Sache ziemlich unbequem machen. Ich sagte ihr am Abend, dass ich daran dachte, am nächsten Tag abzureisen. Der Platz war einfach zu klein, um drei Leute den ganzen Tag aufzunehmen. Wir stimmten ihren Plan ab, in einer Woche zu mir zu kommen. Nachdem ich ein neues Rückfahrticket gekauft hatte, schauten wir uns zusammen einen Film an.

Es war schon 23:30 Uhr, als ich in Remagen ankam, eine Stadt so klein oder groß wie Ahrweiler und nur fünfzehn

Minuten von dort entfernt. Wolfgang wartete am Bahnhof auf mich. Am Tag zuvor hatte ich ihn angerufen, ihm »Frohe Weihnachten« gewünscht und ihn gebeten, mich abzuholen. Unterwegs fragte ich ihn über seine Ferien, und er fragte mich über die Zeit mit meiner Tochter. Ich konnte die emotionale Distanz zu ihm seit unserem letzten Zusammensein spüren. Er sah irgendwie nicht beglückt aus, mich zu sehen. In meinem Kopf ging ein Alarmzeichen an. Wir gingen schlafen, ohne intim zu werden.

Am nächsten Morgen wachte ich mit der provozierenden Frage meiner Tochter auf, die mir im Kopf herumschwirrte: *War es wirklich der Mühe wert, diese ganzen Leiden durchzumachen, nur um mit ihm zusammen zu sein?* Ich ging runter ins Wohnzimmer und kam gerade recht, um mit ihm zu frühstücken. Normalerweise schlief ich länger als er, mag sein, weil ich nachts nicht richtig schlafen konnte oder weil ich ein Morgenmuffel war. Als ich bemerkte, dass er mit seinen Gedanken noch »in einem fernen Land« war, fragte ich ihn, was los sei, und bekam folgende raue Wahrheit um die Ohren:

»Ich glaube nicht, dass das hier geht.«

»Was meinst du?«, fragte ich perplex.

»Ich bin nicht glücklich mit uns«, stellte er fest.

Der Klang dieser Worte schwirrte weiter in meinem Kopf herum, mein Verstand hingegen lehnte sie ab. Es dauerte ein paar Minuten, um zu verarbeiten, was los war. Als ich dann endlich verstanden hatte, was vor sich ging, riss mir der Geduldsfaden und eine Welle der Wut kam über mich.

»Du willst mich wohl auf den Arm nehmen! Vor zwei Wochen hast du mich wieder zurückbekommen und jetzt willst du mich für dumm verkaufen?«, brüllte ich. »Du hast vielleicht Nerven, aber das verdiene ich nicht.«

Sein Antwort war nur: »Tut mir leid.«

Meine Augen füllten sich immer wieder mit Tränen. Ich warf mich hin und schrie meine ganze Qual, meine Verzweiflung und meine Trauer heraus. *Ein Wolf verliert sein Haar, aber niemals seine Gewohnheiten!*

Das war das Ende unserer Beziehung. In meinem Herzen waren gemischte Gefühle: von Trauer wegen des Endes bis zu Erleichterung wegen des Neustartes, des Beginnens ohne jemanden, der mich ständig daran erinnerte, dass ich für ihn nicht gut genug war.

Kapitel 5

Ein neuer Anfang

Ich lebte noch in Wolfgangs Wohnung, als Paola mich in der zweiten Januarwoche besuchte. Er war damit einverstanden, dass meine Tochter trotz allem kam, und sie sollte es so bequem wie möglich haben, ohne dass unser Melodrama sie berührte. In dieser Woche war er ohnehin auf Reisen. Er würde erst in der Nacht vor ihrer Abreise zurückkommen. Während sie da war, wohnte Paola in Magdalenas Zimmer, und ich zog vorübergehend in sein Schlafzimmer. Als er zurückkam, gingen wir zu dritt zum Abendessen. Es spielte dabei keine Rolle, wie der Stand meiner Beziehung zu ihm war.

Paola hatte vor, Ryan in Holland zu besuchen, ihren zweiten Heiratsvorschlag, bevor sie eine Entscheidung über ihr Liebesleben traf. Ich empfahl ihr, bei Moty zu bleiben, denn der war verrückt nach ihr, obgleich vielleicht ein bisschen zu sehr; immerhin war er in der Lage, ihr finanzielle Sicherheit zu geben. Ich habe ihr nicht empfohlen, auf ihre vielleicht wahre Liebe mit Ryan zu wetten. Warum sollte ich auch? Liebe machte mich blind und bereitete mir nur Kummer.

Da meine Töchter niemals auf mich hören, spielen meine Gedanken und Ansichten über irgendetwas überhaupt keine Rolle. Als ich ihr sagte: »Hoffentlich wirst du die richtige Entscheidung treffen«, antwortete sie: »Was auch immer ich entscheiden werde, es wird schon das Richtige sein.« Da hatte sie wohl recht. Es gibt kein richtig oder falsch, aber unsere heutigen Handlungen und unsere schlechten Entscheidungen bestimmen das zukünftige Ergebnis, und das machte mir Sorgen.

Meine ersten sechs Monate in Europa verbrachte ich in einer vergifteten Beziehung, als ich diesen Zug mit Zielort »Hölle« nahm. Da wieder herauszukommen war kein leichtes Unterfangen. Was ist denn so anziehend daran, mit jemandem zusammen zu sein, der einen nur ins Elend stürzt? Ich lehnte es ab zu glauben, dass jemand mit Bewusstsein den Spruch aufgebracht hatte, der da heißt: »Lieber traurig zusammen als glücklich alleine.« Das zumindest hatte ich nicht verfolgt. Weshalb suchte ich mir immer die emotional unzugänglichen Männer aus? Warum immer die verlorenen Fälle? Ich könnte der Liebe die Schuld geben. Menschen tun Schreckliches im Namen der Liebe. Ich habe viele Geschichten über Männer und Frauen gehört, die sich für das, was sie Liebe nannten, umgebracht haben. In meinem Fall habe ich es zugelassen, dass ich im Namen der Liebe emotional misshandelt wurde, oder weil ich von dieser Person so sehr geliebt werden wollte. Ich hatte Gefühle und Energie in jemanden investiert, der mir bei verschiedenen Gelegenheiten zeigte und sagte, dass er mich nicht liebte. Das war nicht nur eine Zeitverschwendung, sondern hinterließ auch eine große Narbe.

Ich fühlte mich wie ein Opfer, nachdem er mit mir gebrochen hatte. Aber sind wir Opfer, wenn wir doch eine Wahl haben? Eines der aufregendsten Momente meines Lebens war das Erwachsenwerden, in meinem Fall das Entwicklungsalter von sechzehn. Ich konnte endlich den Lauf meines eigenen Lebens bestimmen, dachte ich. Trotzdem hatte ich nicht die Kontrolle über einige Dinge. Bei Beziehungen war das nicht so. Macht mich das verantwortlich für das, was später passierte, oder schließlich zu einem Opfer? Von jetzt an sollte ich sehr vorsichtig sein, mich emotional auf Menschen einzulassen, zu denen ich keinen rechten Zugang fand.

Einen neuen Wohnort zu finden, nahm den ganzen Monat Januar in Anspruch. Ich sah eine Anzeige im Internet von einer kleinen, gemütlichen Wohnung in Bonn und am ersten Februar zog ich ein. Das Apartment lag im zweiten Stock. Von dem großen Wohnzimmerfenster aus konnte ich grüne Wiesen und Bäume sehen. Jetzt konnte ich auch daran denken, Mimosa zu mir zu holen. Ich stellte mir vor, wie sie den ganzen Tag dasitzen und den Vögeln zuschauen würde. Dieser Gedanke erwärmte mir das Herz.

Ich war auch froh, dass die Wohnung schon in modernem Stil möbliert war, ganz so, wie ich es mochte. Ein großes Bett passte genau in den Raum, der durch einen roten Vorhang vom Wohnzimmer abgetrennt war. Dort befanden sich auch eine große grüne Couch, ein schwarzes Bücherregal in Pyramidenform und weißer Couchtisch auf einem schwarzen Teppich. Der Wohnraum war etwas zu vollgepackt, aber wenn ich den Couchtisch ans Fenster stellte und noch ein paar Spiegel aufhängen würde, ergäbe das ein großräumiges Wohngefühl. Die Küche war sehr klein, die Schränke cremefarben, und auf dem Kühlschrank stand ein Mikrowellengerät, darüber ein kleines Fenster. Eine schmale Diele verband Eingang, Badezimmer, Wohnzimmer und Küche. Ich vermisste die menschliche Gesellschaft. Das Gefühl von Alleinsein konnte ich während meines ersten Monats in meinem neuen Zuhause nicht verhindern. Es fühlte sich unheimlich an, wieder auf mich selbst gestellt zu sein. Obwohl meine neue Wohnung mir ein wenig Einsamkeit bescherte, konnte ich wieder etwas Seelenfrieden zurückerobern, und mit dem Schlafen klappte es auch wieder. Ich hatte einmal gehört, dass die Menschen sich verlieben, weil sie eine bestimmte Vorstellung von Liebe verfolgen; kann wohl sein, dass das bei mir der Fall war.

Ein gutes Mittel, damit die Traurigkeit nicht an meine Tür klopfte, war das Tanzen. Ich schaute mich um, ob da in der Nähe nicht irgendwelche Salsa-Schulen wären, und zu meiner Überraschung fand ich eine Menge davon. Wer hätte gedacht, dass die Deutschen so gerne tanzen? Ich suchte mir in Bonn die Tanzschule aus, die in der Maxstraße Nr. 7 lag. In dieser Schule war nur ein geringer monatlicher Beitrag zu entrichten, und ich konnte an so vielen Unterrichtsstunden teilnehmen, wie ich wollte. »Max 7«, so hieß die Schule, bestand aus nur einem Raum. Die Studenten dort waren sehr sozial eingestellt, besonders die Jungs, die mich begeistert aufnahmen.

Den einen über den anderen Tag nahm ich Salsa-Unterricht, das machte fünfzehn Stunden pro Woche, und nach zwei Monaten war ich vom Anfänger- zum Fortgeschrittenenniveau aufgestiegen. Ich fügte mich da gut ein, und das Tanzen half mir dabei, meine Lust am Leben und an mir selbst wiederzuerlangen.

Obwohl ich mit Wolfgang noch in Kontakt stand, hatte ich mir auferlegt, so wenig wie möglich mit ihm zu reden, gerade genug, um den Frieden zwischen uns zu bewahren. An dem Tag, als ich ihn verließ, sagte er mir, dass er gerne mit mir einmal in der Woche zum Abendessen gehen würde. Als ich ihn nach dem Warum fragte, antwortete er: »Um in freundschaftlichem Kontakt zu bleiben.« Ich hatte jedoch meine Zweifel daran, dass er nur auf Freundschaft aus war. Ich glaube vielmehr, dass er sichergehen wollte, regelmäßig jemanden im Bett zu haben, bis er jemand anderes fände. Ich würde mich nicht wundern, wenn ich eine von vielen Frauen wäre, die er sich hält, um seine sexuelle Befriedigung zu garantieren. Auch wenn es vorkam, dass er mir in meinem Bett fehlte, hatte ich nicht die Absicht, mich seinem zu nähern. Und dann noch: Ich hatte mit dem Abenteuer, wieder ein Single zu sein, begonnen. Seit ich die Tanzkurse belegte, hatte sich auch mein Selbstwertgefühl verbessert. Das drückte sich dadurch aus, dass ich in punkto meines Liebeslebens »bessere« Entscheidungen traf. Im

April hatte ich genügend Salsa gelernt, um auf Partys gehen zu können. So vergrößerten sich meine sozialen Kreise, und viele Freunde kamen hinzu.

Bonn war größer, als ich gedacht hatte, und manchmal verirrte ich mich, wenn ich durch die Stadt ging. Ich traf eine Menge Leute, aber die meisten Deutschen, die ich traf, passten nicht in das Stereotyp von »kalt« und »ungesellig«. Ich hatte gegenteilige Erfahrungen mit ihnen gemacht. Sie erwiesen sich als sehr zuvorkommend und als wahre Freunde, vielleicht zu organisiert für viele Latinos, aber für mich perfekt. Ich teilte meine Zeit auf in den Salsa-Unterricht und in den Versuch, die deutsche Sprache zu beherrschen. Unglücklicherweise verbesserte sich mein Deutsch nur langsam im Vergleich zu meinen Tanzkünsten. Wenn ich der deutschen Sprache genauso viel Zeit gewidmet hätte, wie dem Tanzen, wäre ich zum gleichen Ergebnis gekommen, nehme ich an. Ich hatte aber auch keine Eile, denn die meisten Leute, die ich traf, sprachen Englisch.

Mein wöchentlicher Zeitplan schloss ein, dass ich zweimal in der Woche abends für eine Stunde in den Deutschunterricht ging. Jeden zweiten Tag hatte ich drei Stunden Salsa-Unterricht und jeden Donnerstag und Freitag Salsa-Party. Auf meiner zweiten Party im *Max 7* stand ich dicht an der Tür und wartete darauf, dass mich jemand zum Tanzen aufforderte. Da tauchte neben mir ein gutaussehender Mann auf. Ich hatte ihn vorher noch nicht gesehen. Tatsächlich hatte ich bis dahin noch keinen Tänzer gesehen, der aussah wie ein TV-Star.

»Warum hast du denn so lange gebraucht? Ich habe doch auf dich gewartet, um mit dir zu tanzen«, sagte ich zu ihm mit einem Lächeln, in der Hoffnung, dass er den Spaß verstehe und auch Englisch spreche. Er nahm meine Hand und führte mich zur Tanzfläche.

Er tanzte Salsa nach kubanischer Art, wohingegen ich doch den Puerto-Rico-Stil lernte. Zwischen beiden Stilen war schon ein bemerkenswerter Unterschied. Ich konnte kaum seinen Schritten folgen. Normalerweise ärgerte ich mich, wenn Männer beim Tanzen quatschten, aber hier war ich mehr als glücklich, seine Fragen über mich beantworten zu können.

»Wie heißt du?«, fragte er mich und schaute mich dabei an.

»Kathy, aber ich spreche kein Deutsch«, antwortete ich auf Englisch und versuchte so eine Konversation in Deutsch zu vermeiden.

»Oh, wo kommst du denn her?«

»Ich komme aus Brasilien. Und wie heißt du?«

»Peter.« Nach einer kleinen Pause fuhr er fort: »Sprichst du Spanisch?«

»Ja, ich habe viele Jahre in Argentinien gelebt. In meinem Land spricht man Portugiesisch.« Da machte er ein Gesicht, als ob er Interesse an dem hätte, was ich gerade gesagt hatte. Dann konzentrierte er sich wieder auf das Tanzen. Er war wirklich eine prächtige Erscheinung, zumindest körperlich. Sein lateinamerikanisches Aussehen stach von den ganzen blonden Leuten um uns herum ab. Er war 1,85 m groß, seine Haut war braun, fast wie Honig. Er hatte kurzes und ordentlich gekämmtes braunes Haar, grüne Augen. Unter seinem modischen schwarzen Hemd und der Jeans sah alles nach einem perfekten Körperbau aus. Nach zwei Stücken machten wir Halt und dankten uns gegenseitig für den Tanz.

Gerade an diesem Freitag fühlte ich mich müde. Ich tanzte so lange, wie mein Körper es hergab. Ich hatte mit dem Salsa-Unterricht schon um 19:00 Uhr begonnen; jetzt war es 23:30 Uhr, eine Stunde vor Partyschluss, und ich wollte gehen. Ich schnappte mir meine Jacke aus dem Schrank in der Eingangshalle und eilte nach draußen. An der Tür lehnte ein Mädchen an der Wand, und Peter redete mit ihr. Ich marschierte schnell weiter und schaute geradeaus zum Ausgang. Als ich an ihm vorbeikam, drehte er seinen Kopf in meine Richtung und fragte mich auf Spanisch, ob ich gehen wolle. Ich erklärte ihm, auch auf Spanisch, dass ich zu müde sei, um bis zum Schluss zu bleiben.

»Wann sehe ich dich wieder?«, fragte er.

»Ich bin jeden Freitag hier«, antwortete ich, überrascht von seinem Interesse.

»Ich komme nicht oft hierhin«, war seine Antwort. Ich verzog mich mit dem Gedanken, was das denn nur für eine Konversation war.

Ich hatte Probleme, mit den meisten meiner Freunde, ob sie nun Tänzer waren oder nicht, auch nur ein paar Momente zu verbringen. Inzwischen ließ ich für niemanden meine Tanzveranstaltungen ausfallen. Lily, meine neue argentinische Freundin, die ich im Februar in Bonn auf einer Karnevalsparty traf, wurde meine Lieblingsbegleiterin. Wir gingen einige Male zusammen aus, bevor ich meine ganze Energie auf das Tanzen konzentrierte. Die Freundschaft mit ihr war eine große Unterstützung. Sie hatte ein großes Herz und einen guten Charakter. Mit Geduld und Mitgefühl hörte sie sich meinen Kummer über die gescheiterte Beziehung zu Wolfgang an. Das war auch der Grund, sie jeden Sonntag vor meinem Salsa-Unterricht auf einen Kaffee zu treffen, bis sie schließlich im Juli zurück nach Argentinien ging, gerade als in Europa der Sommer begann.

In dieser Nacht war ich doppelt glücklich. Einmal, weil nun Sommer war, und zum anderen, weil Donnerstagabend war und damit Partynacht. Die meisten Tanzschulen in Deutschland hatten einen Barbereich und veranstalteten wöchentliche Partys. Ich hatte gerade meinen Salsa-Unterricht beendet und war mit meiner Freundin Lisa unterwegs. Nach unseren Salsa-Stunden im *Max 7* gingen wir in die *tanzbar*, weil wir nicht genug Salsa bekommen konnten.

Ich traf Lisa zum ersten Mal im *Max 7*. Sie war dort auch Schülerin und ein großer Tanz-Fan. Sie war eine der nettesten Deutschen, die ich getroffen hatte, und jeder Ort, an dem sie auftauchte, strahlte auf von ihrem großen und ehrlichen Lachen. Obwohl sie halb deutsch von Vaters Seite her und halb koreanisch von Mutters Seite her war, hatte sie ihr Aussehen nur von der Mutter abbekommen. Sie war auch Mutter von drei Mädchen, und ich bewunderte ihre Energie, einen Beruf auszuüben, sich um die Mädchen zu kümmern, um ihren Ehemann, und hinterher auch noch tanzen zu gehen. Ich nannte sie deshalb des Öfteren »Super-Mom«.

Die *tanzbar* hatte zwei Tanzflächen, eine für Salsa und eine andere für Zouk-Liebhaber. Wir waren kaum drinnen, als ein Typ sie beim Arm nahm und zum Tanzen führte. Ich ging zur nächsten Tanzfläche, um zu sehen, was dort los war. Ich war nicht die große Zouk-Tänzerin, aber diese Nacht war mir danach. Die Fläche war noch leer, nur zwei Paare tanzten. Ich bemerkte einen

Mann mit einem Bier in der Hand, der von der Ecke her herüberschaute. Wir kannten unsere Gesichter fast alle, denn wir sahen einander jede Woche. Aber den da hatte ich noch nie gesehen.

Ich war ein bisschen frustriert, dass ich keinen hatte, mit dem ich Zouk tanzen konnte. Es machte auch keinen Sinn, da alleine herumzustehen. Deshalb ging ich zurück in den Salsa-Bereich. Der Fremde von der Ecke kam auf mich zu und fragte, ob ich tanzen möchte. Ich war ein bisschen misstrauisch. Es passierte nämlich von Zeit zu Zeit, dass Männer, die keine großen Tänzer waren, die Tanzschulen-Partys zum Anmachen benutzten, die irgendetwas irgendwie tanzten, um ein Mädchen zu erobern. Aber danach stand mir nun gar nicht der Sinn.

»Weißt du, wie man tanzt?«, fragte ich.

»Ja«, antwortete der Besucher, stellte sein Bier auf einen Tisch und führte mich zur Mitte der Tanzfläche. Er stellte sich selbst vor: Loy. Physisch war nichts Besonderes an ihm, aber er war auch nicht unattraktiv. Er hatte eine weiße Hautfarbe, aber auch wieder nicht zu weiß, dunkelbraune Haare, Brillenträger, schlank und ziemlich groß. Wenn ich mit ihm tanzte, reichte mein Kopf bis unter seine Nase. Obwohl er schon etwas älter wirkte, waren seine Kleider eine Mischung aus jung, sportlich und auch elegant.

Es stellte sich heraus, dass Loy ein erstaunlich guter Tänzer war. Normalerweise lebte er in Bonn, aber er war gerade nach Köln umgezogen. Nach einigen Musikstücken hörten wir auf, und ich ging zur Salsa-Fläche. Ich bemerkte schon, dass er mir überallhin folgte und dicht bei mir blieb, um mich wieder auffordern zu können. Wir tanzten fast die ganze Nacht zusammen, und je länger wir tanzten, desto mehr fühlte ich mich zu ihm hingezogen. Die Chemie schien zu stimmen, und es entstand eine interessante Spannung zwischen uns. Nach der Party bot er an, mich nach Hause zu fahren, was ich freudig annahm. Vor meinem Haus sagte er Tschüss, ohne mich nach meiner Telefonnummer zu fragen. Deutsche Männer sind sonderbar, dachte ich. Ich bot an, die Nummern auszutauschen, und er akzeptierte das. Ich hatte ja keine Idee, wie Männer und Frauen in Deutschland sich verhalten. Welchen Zeichen sollte ich folgen, oder welche sollte ich geben? Konnte ich meine letzte Beziehung mit Wolfgang als Beispiel benutzen? War mein Ex ein typischer Deutscher? Auf keine dieser Fragen hatte ich eine Antwort.

Ich sah ihn nun gewöhnlich jeden Donnerstag in der *tanzbar*. Er kam in den letzten drei Wochen und tanzte die meiste Zeit mit mir. Er zeigte, dass er interessiert war, aber gleichzeitig bewahrte er eine unsichtbare Distanz zwischen uns. Ich weiß nur, dass irgendwie eine nicht näher auszumachende Kraft mich davon abhielt, mich weiter nach vorne und enger an ihn zu bewegen.

Am gleichen Wochenende plante das *Max 7* für den Samstagabend eine Salsa-Party. Das war eine gute Gelegenheit, zu tanzen und mehr über Loy zu erfahren. Ich schickte ihm eine Nachricht mit der Partyeinladung, erhielt aber keine Antwort. Noch nicht einmal ein »Nein, ich kann nicht.« Wie auch immer, am Sonntagnachmittag bekam ich eine Nachricht von ihm: *Hi Kathy. Morgen gibt es eine Tanzparty im Weißhaus in Bonn. Es wäre schön, dich dort zu sehen.* Ich habe nicht darauf geantwortet, ging aber zu der Party, denn viele meiner Tanzfreunde wollten dort auch hingehen.

Ich kam früh bei der Sonntagsparty an. Alon, den Salsa-Lehrer, sah ich in der Türe stehen. Ich hatte ihn getroffen, als ich die Kurse aussuchte. Wir begannen, uns auf Portugiesisch zu unterhalten, direkt am Eingang, wo er stand. Er war gut in meiner Muttersprache, mit einem kleinen, niedlichen brasilianischen Akzent. Er erzählte mir gerade, wie er so gut Salsa tanzen gelernt hatte, als plötzlich Loy uns gegenüberstand. Sie begrüßten einander wie alte Freunde. Alon begann, mir Loy vorzustellen, wurde aber von diesem unterbrochen: »Wir kennen uns bereits.« Und ich fügte schnell hinzu: »Flüchtig«, und widmete mich wieder der Unterhaltung mit Alon. Loy fühlte sich ignoriert und ging hinein. Als ich dann schließlich auch das Gebäude betrat, bemerkte ich, dass er mich anstierte, ich aber schaute in eine andere Richtung. Weil er meine erste Nachricht ignoriert hatte, stellte ich mir vor, dass er kein richtiges Interesse an mir hatte. Wenn man jemandes Mitteilung nicht beantwortet, so ist das eine Art auszudrücken, dass man kein Interesse hat. Je länger jemand benötigt, um zu antworten, desto geringer ist das Interesse. Hinzu kommt noch, dass ich davon in meiner letzten Beziehung genug hatte.

Weißhaus war kleiner als die anderen Clubs. Durch die Eingangstürtür betrat man eine Bar, aus Holz gefertigt und mit Sitzecken an der Wand, Tischen zum Trinken in der Mitte und im hinteren Teil eine kleine Tanzfläche. Ich ging gerade nach hinten, als ich Loy näherkommen sah. Er fragte: »Warum bist du so distanziert?«

»Waren wir uns jemals nahe?«, antwortete ich fragend und wollte weggehen.

»Ja, das waren wir. Es wäre aber einfacher, wenn du mir sagen würdest, was ich falsch gemacht habe, damit ich mich entschuldigen kann«, sagte er mit einem herausfordernden Blick und stellte sich mir in den Weg.

»Du hast meine Message nicht beantwortet«, war meine Antwort, und ich wandte mich ab, um ihm und einer Diskussion aus dem Wege zu gehen.

»Es tut mir leid. Ich konnte dir nicht antworten. Kannst du mir verzeihen?«, sagte er lächelnd.

Mit ernster Miene sagte ich: »Sicher.« Er hielt mir seine Hände hin, und wir begannen zu tanzen. Durch den Song verflüchtigte sich dann dieses Thema.

Die Schulferien waren der Teil des Sommers, der mich am meisten erfreute. Zwei Monate keinen Deutschunterricht! Das Wetter war nicht berauschend. Es regnete und es war fast so heiß wie in Rio de Janeiro im Winter. Es war jedenfalls nicht das, was ich als Sommer kannte. Wie auch immer, es war nicht das regnerische und stickige Wetter, das mich während meiner Ferien störte, als vielmehr, wie ich mit der ununterbrochenen Fragerei vieler Deutscher umgehen sollte. Es schien mir, dass die Leute neugierig waren, mehr über mein Leben und über meine finanzielle Situation zu erfahren. Leute, mit denen ich gerade ein paar Worte auf der Tanzfläche gewechselt hatte, sahen kein Problem darin, ohne zu zögern alle möglichen persönlichen Fragen zu stellen. Ich nannte das die »Einwanderungsfragen«, weil die Erkundigungen immer in folgende Richtungen gingen: »Wie lange bist du schon hier? – Wie lange hast du vor zu bleiben? – Warum bist du gekommen? – Was machst du hier?« Immer, wenn ich auf die letzte Frage antwortete, dass ich nicht arbeitete, wurde nachgefragt: »Wie verdienst du denn Geld für deinen Unterhalt?« Von einem mir vollkommen Fremden bekam ich die Frage zu hören: »Welche Pläne hast du für die Zukunft?« Ich wünschte mir, ich hätte darauf eine Antwort gehabt.

Ich gebe zu, dass ich, nach sieben Jahren in den Vereinigten Staaten, etwas sensibler gegenüber der Ausgestaltung meines Privatlebens geworden bin, vor allem, wenn es sich um Fremde handelte und insbesondere wenn jemand mir kein vertrauenswürdiges Gefühl gab. Meine finanzielle Situation war kein Geheimnis; ich lebte von dem Geld, das ich mir nach vielen Arbeitsjahren gespart hatte; aber wieso ging das überhaupt irgendjemanden etwas an? Wie würden die anderen sich denn fühlen, wenn ich sie fragen würde, wie oft in der Woche sie Sex hätten und mit wie vielen Partnern oder wie viel Geld sie auf ihrem Bankkonto hätten. Wären sie durch solche Fragen genauso schockiert wie ich? Wie würden sie antworten? Ich hatte noch nicht herausgefunden, was ich ihnen sagen sollte, aber ich wusste schon, dass ich bald mit einer höflichen Antwort herausrücken würde.

Nun war es wieder Donnerstag, die Nacht der Salsapartys, meine Lieblingsereignisse. Liebling … hatte das was mit Loy zu tun? Ich befragte mich selbst und hoffte darauf, dass das Wörtchen »Nein« in meinem Kopf aufblitzte. Noch einmal, nach dem Unterricht im *Max 7* gingen Lisa und ich in die *tanzbar*. Als ich in dieser Nacht das Lokal betrat, war zu meiner Überraschung die erste Person, die ich flüchtig erfasste, Peter. Seit wir uns im *Max 7* getroffen hatten, habe ich ihn nicht mehr gesehen. Er sah sehr gut aus und war elegant gekleidet mit seiner beigefarbenen Sommerleinenhose und seinem weißen Hemd, dessen Ärmel bis zum Ellenbogen aufgerollt waren.

»Peter ist da«, sagte ich und schaute Lisa mit einem gewissen teuflischen Blick an.

»Wer ist das denn?«, fragte sie.

»Einer der großartigsten Männer, dem ich je begegnet bin.« Ich deutete unauffällig in seine Richtung.

»Oh Mann«, sagte sie lachend und fügte dann hinzu, nachdem sich ihr Gesichtsausdruck in eine besorgte Miene verwandelt hatte, die in Richtung Loy zielte, der an diesem Abend auch da war: »Von dem da solltest du dich fernhalten. Das ist ein Spieler.«

»Glaubst du wirklich?«

»Ich weiß es wirklich«, sagte sie vertrauensvoll.

Ich konnte Loy noch nicht so richtig einordnen; er machte mir nicht den Eindruck, als ob er Spielchen spielte. Wie auch immer, meine Gedanken in diesem Moment waren bei Peter. Typen wie er bekommen von den Damen alle Aufmerksamkeit. Ich entschloss mich zu einer neuen Taktik; ich würde ihn heute Nacht total ignorieren und doch beobachten, wie er reagierte.

In dieser Nacht wurde Peter also unsichtbar für mich; das war es zumindest, was ich ihn glauben machen wollte. Dabei spielte es keine Rolle, wie nahe wir uns kamen, und jedes Mal, wenn ich an ihm vorbeikam, drehte ich meinen Kopf auch nicht ein bisschen in seine Richtung. Ich sah, wie er Mädels aus meiner Nähe zum Tanzen aufforderte, und ich sah auch, wie diese kicherten und in seinen Armen dahinschmolzen.

Gegen Ende der Nacht ergriff ich die Initiative und flirtete mit zwei Männern, die ich ganz gerne mochte. Warum auch nicht? Und einmal, da gingen die beiden raus, um etwas miteinander zu besprechen. Da ging ich rüber zu Loy, nahm seine Hand und sagte: »Ich mag dieses Lied. Bitte tanz mit mir!« Und dann, fast schon am Ende der Party, als Peter alleine in meiner Nähe stand, bat ich auch ihn, mit mir zu tanzen. In dieser Nacht war das Wetter sehr heiß und feucht. Ich trug eine weite, beigefarbene Hose aus dünnem Stoff und eine kurze Bluse mit pinkfarbenen Blumen, die meinen Bauch unbedeckt ließ. Peter führte mich auf die Tanzfläche und ›los ging es‹! Dieses Mal war es leichter für mich, seinem Salsastil nach kubanischer Art zu folgen, obwohl ich seine Hände auf meiner Haut spürte.

»Du kommst aus Brasilien, stimmt's?«, fragte er plötzlich.

»Woher weißt du das?« Ich tat so, als ob ich mich nicht an ihn erinnerte.

»Loy hat das mir gesagt«, antwortete er.

»Ihr beide seid also Freunde?«, fragte ich erstaunt über diese Nachricht, besonders da ich wusste, dass sie über mich gesprochen hatten. Ich sah sie zwar reden, aber waren sie wirklich Freunde?

»Ja, wir sind befreundet. Wir haben letzte Woche in Griechenland Urlaub gemacht.«

»Und wie kam dann mein Name ins Spiel?«

»Er sagte, dass er hier ein brasilianisches Mädchen getroffen hätte.«

»Schade, dass ich nicht eingeladen war, Griechenland klingt zauberhaft.« Themawechsel, denn meine Phantasie spielte damit, dass ich zwischen beiden am Strand läge, in der Sonne, von beiden mit Öl den Rücken massiert bekäme und verwöhnt würde.

»Nächstes Mal werde ich dich einladen«, sagte er mit einem charmanten Lächeln.

Loy hatte also in seinem Urlaub an mich gedacht. Würden sie mich auch teilen wollen? Ich hätte nichts dagegen. Als wir aufhörten zu tanzen, war mir klar, dass ich realistisch bleiben musste und nur einen auswählen konnte. Ich nahm Loy.

Da ich immer noch Schulferien hatte, nutzte ich meine freie Zeit, um mehr über die Stadt zu erfahren und zu schauen, wo man spazieren gehen könnte.

Ich entdeckte, dass Bonn eine der ältesten Städte in Deutschland war. Lange Zeit war Bonn Hauptstadt mit vielen Botschaften, auch der brasilianischen. Die zweite interessante Tatsache, die ich kennenlernte, war, dass Beethoven in Bonn geboren wurde, und in dem Beethovenhaus war jetzt ein Museum. Ich hatte vor, es bei einer anderen Gelegenheit zu besuchen, zum Beispiel an einem Regentag. Im Internet fand ich heraus, dass es Gruppen gab, die an den Wochenenden im Siebengebirge wandern gingen. Ich schickte dem Wanderführer eine E-Mail und ließ ihn wissen, dass ich daran teilnehmen würde.

Als der Donnerstagabend kam, tauschte ich meine Shorts und mein T-Shirt gegen etwas, in dem man sich zeigen konnte: ein blaues Sommerkleid. Ich ging in die *tanzbar*, aber dieses Mal alleine. Meine Freundin Lisa konnte in dieser Nacht nicht von zu Hause weg. Loy ließ sich auch nicht blicken. Ich konnte nichts dagegen tun, aber ich vermisste seine Anwesenheit. Dabei redete ich mir selbst ein, dass es nur wegen des tollen Tanzpartners war, den er abgab.

Ich wachte am Freitagmorgen auf und fragte mich, ob ich denn wirklich am Abend tanzen gehen sollte, weil ich doch fürs Wandern am nächsten Morgen in guter

Form sein müsste. *Ich werde das Tanzen ausfallen lassen*, beschloss ich.

Das Wandertreffen war für 8:00 Uhr angesetzt und würde den ganzen Tag dauern. Am Morgen packte ich meinen Rucksack und fuhr nach Bonn-Hauptbahnhof, um die Wandergruppe zu treffen. Wir sollten acht Personen sein, aber nur fünf ließen sich am Treffpunkt blicken. Ich kannte niemanden. Stefan, der Wanderführer, war ein großer, schlanker und blonder Deutscher, so um die Vierzig. Als ich ankam, war er schon da, mit einer kurzhaarigen, blonden, etwa dreißig Jahre alten Frau. Sie stellte sich selbst vor als Mary aus Polen. Die beiden nächsten, die kamen, waren Özcan, ein braunhaariger Typ aus der Türkei und Ale aus Kolumbien, beide so Mitte dreißig. Wir nahmen die Bahn nach Bad Honnef, einem guten Startort für das Siebengebirge, und um 9:00 Uhr waren wir gerüstet für unser Abenteuer.

Die Gruppe war sehr schweigsam. Auf dem Weg nach oben erfuhr ich, dass Mary Veganerin war und Stefan Telekommanager. Den ersten Teil des Weges unterhielt ich mich meistens mit Özcan. Er war sicher interessiert daran, mich näher kennenzulernen, und half meinem armseligen Deutsch auf die Sprünge. Während der zweiten Bergaufstrecke begann Ale ein Gespräch auf Englisch mit mir, als er sah, dass ich alleine lief. Als ich ihm sagte, dass ich fließend Spanisch sprach, wechselte er erfreut die Sprache. Er sah nicht wie ein gewöhnlicher Latino aus. Er war fast zwei Meter groß, blond und blauäugig. Ich fragte ihn, ob Ale die Abkürzung für Alejandro war, und da nickte er mit einem bezaubernden Lächeln. Er war sehr höflich, und wir waren uns sogleich sympathisch. Wahrscheinlich war auch das argentinische Spanisch dem in seiner Region in Kolumbien ähnlich. Das verschaffte uns ein Gefühl von Verständnis und Nähe. Neben der Sprache hatten wir die gleiche Leidenschaft fürs Tanzen. Später fanden wir heraus, dass wir eine gemeinsame Freundin hatten: Lily.

In meinem Rucksack hatte ich zwei Äpfel, eine Banane, drei Müsliriegel und eine Flasche Wasser, aber das reichte nicht aus, um durch den ganzen Tag zu kommen, und am Ende war ich hungrig. Wir stiegen nur auf vier der sieben Berge, und ich war weder von den Ausblicken noch von der Höhe beeindruckt, vielleicht weil ich schon daran gewöhnt war, überall in diesem Teil von Deutschland Bäume und Grün zu sehen. Was ich wirklich an diesem Land mochte, war das Nebeneinander von Städten und freier Natur in perfekter Harmonie. Ich konnte nichts dafür, aber ich musste an Wolfgang denken. Ich erinnerte mich daran, dass er mir, bevor ich nach Deutschland kam, gesagt hatte, dass er das Wandern liebte. Er sagte mir auch, dass er nie jemanden hatte, mit dem er den Blick von einem Berg aus teilen könnte. Als ich mit ihm zusammen war, war ich nicht dazu eingeladen worden; nicht ein einziges Mal.

Am Ende der Tour tauschte ich Telefonnummern mit allen aus und ging nach Hause. Die Beine waren mir von der langen Wanderung schwer geworden. Mein Herz aber fühlte sich leichter an. *Eines Tages muss ich zurückkommen und auf die Gipfel der restlichen drei Berge wandern.*

Die Woche begann ich mit voller Kraft. Das Wandern hat mir Energie gegeben und Lust auf mehr Sport gemacht. Ich schnappte mir das Fahrrad, das Wolfgang bei mir gelassen hatte, und fuhr jeden Tag vierzig Minuten. Nach dem Salsa-Unterricht fiel ich ins Bett und schlief wie ein Holzklotz.

Am Mittwochabend bekam ich eine Nachricht von Loy, in der er nachfragte, ab ich mit ihm am Donnerstag etwas essen ginge, bevor in der *tanzbar* die Party stieg. »Das würde ich gerne«, antwortete ich ihm, wobei ich mich glücklich fühlte, dass es mit uns nun endlich weiterging. Es waren sechs Monate her, dass ich mich von Wolfgang getrennt hatte, wirklich Zeit jetzt für einen neuen Anfang. Aber könnte ich denn so tun, als ob nichts geschehen wäre, nach alledem, was ich in meiner letzten Beziehung durchgemacht hatte? Als ich noch jung war, glaubte ich einfach, dass, wenn die Leute älter werden, sie auch klüger würden. Dennoch habe ich in den letzten Jahren festgestellt, dass das Älterwerden den Leuten nur Lasten auflädt. Sie sammeln Probleme, sind besorgt, verletzt zu werden und bauen Schutzzäune auf. Wie könnte ich meine Geister davor bewahren, auf meine neue Beziehung Einfluss zu nehmen? Und wie viele Geister würde der nächste Typ haben? Ich wusste es nicht!

Ich schaute besorgt auf meine Uhr. Es war schon 20:05 Uhr, und wir hatten unser Treffen für 20:00 Uhr vor der *tanzbar* vereinbart. Ich war immer so pünktlich, dass ich die Briten eifersüchtig gemacht hätte. Ich wählte gerade Loys Nummer, als ich ihn lächelnd auf mich zukommen sah. Es gab etwas, das mich an ihm fesselte, aber ich könnte nicht genau sagen, was es war. Ich begrüßte ihn mit einem breiten Lächeln und mit einem schnellen Kuss auf die Wange. Zusammen gingen wir dann zu einem Restaurant eine Straße weiter.

Während er seinen griechischen Salat aß, und ich versuchte, meine Pizza zu vertilgen, war das Thema unserer Unterhaltung, wie wir Tänzer einen guten Teil unseres Lebens tanzend verbrachten und wie die unterschiedlichen Verhaltensweisen von Tänzern waren. Wir waren da verschiedener Meinung; hier ein paar Beispiele:

»Warum hast du dich entschieden Salsa zu lernen?«, fragte ich, wobei ich die Antwort bereits irgendwie vorwegnahm.

»Was meinst du?«

»Wegen eines Mädchens?«, fragte ich schnell.

»Ja, aber das ist schon zwanzig Jahre her«, rechtfertigte er sich.

»Übrigens, wie alt bist du überhaupt?«, fragte ich interessiert.

»Ich bin fünfzig.«

»Wow, du siehst viel jünger aus, Aber bitte, erzähl deine Geschichte weiter«, sagte ich und lächelte dabei.

»Ich war jung und in dieses Mädchen verliebt. Wir waren damals nur Freunde, und natürlich wollte ich mehr als nur Freundschaft.« Er machte eine Pause und lachte still vergnügt in sich hinein, als ob er noch einmal ein Junge wäre. »Sie begann Salsa-Unterricht zu nehmen, und ich sah darin eine Gelegenheit, sie zu erobern.«

»Wie hast du das angestellt?« Meine Augen waren weit geöffnet, ich war gespannt zu hören, was aus der Geschichte wurde.

»Eines Abends bat ich meine Schwester, mit mir zu Hause Salsa zu üben.«

»Tat sie das?«

»Ja. Ich nahm eine Schallplatte und legte sie auf, weil ich dachte das sei Salsamusik. Wir versuchten zu tanzen, mussten aber feststellen, dass die Musik, die ich ausgesucht hatte, gar keine Salsamusik war. Wir versuchten es beim nächsten Stück, beim übernächsten, mit einer neuen Platte, bis wir dann etwas sehr Bedeutsames feststellten …«, sagte er und klang ganz mysteriös dabei.

»Was war es denn?« Ich stützte beide Ellbogen auf den Tisch und rückte näher an ihn heran, um ihm meine ganze Aufmerksamkeit zu schenken.

»Wir hatten gar keine Salsamusik im Haus.«

Wir lachten so heftig, dass mir die Tränen aus den Augen liefen. Er fuhr fort: »Danach ging ich in eine Salsatanzschule und lernte es richtig. Und das veränderte mein Leben.«

»Hast du das Mädchen noch mal getroffen?«

»Nein, habe ich nicht; aber ich war auch sehr schüchtern. Durch das Tanzen habe ich meine Ängste überwunden und Selbstvertrauen gewonnen«, sagte er und war mit seinem Salat schon fertig. Und ich … ich stocherte immer noch in meinem Essen herum. *Nie kann ich richtig essen, wenn ich mit einem Mann zusammen bin, den ich mag. Es wäre schön, wenn ich das auch überwinden könnte.*

Als ich ihm sagte, dass ich genug gegessen hatte, bestellte er die Rechnung. Es war Zeit, tanzen zu gehen. Als die Kellnerin mit der Rechnung kam, wies er mein Angebot, meinen Teil selbst zu zahlen, energisch zurück. Als ich ihm dankte, machte er ein Gesicht, als ob er sagen wollte: »Das ist doch kein großes Geschäft.« Wir gingen langsam zur *tanzbar*.

Nachdem wir alle begrüßt hatten, die wir kannten, tanzten wir einige Musikstücke zusammen; danach ignorierte er mich für den Rest des Abends. Dieses Verhalten war seltsam, und ich wusste nicht, was ich darüber denken sollte. Habe ich die Zeichen seines Interesses falsch gedeutet? Er war kein Junge mehr, um Spielchen zu spielen, und definitiv war er nicht schüchtern. Meine Freundin Lisa, die von dem Abendessen wusste und auch eine Ahnung von meinen Gefühlen ihm gegenüber hatte, sagte es mir noch einmal: »Lauf, lauf so weit weg von ihm wie möglich.« Aber wiederum war ich mir nicht sicher, ob sie recht hatte, was ihn anbelangte. Ich musste noch mehr in Erfahrung bringen, bevor ich eine endgültige Entscheidung traf, wie zum Beispiel wegzulaufen. Vor dem Ende des Abends tanzte er noch zweimal mit mir, und bevor ich ging, versäumte er es nicht, mir auf Wiedersehen zu sagen.

Ich wachte am nächsten Morgen spät auf und hatte keine Energie, um mit dem Rad zu fahren. Das Display auf meinem Samsung zeigte 11:35 Uhr und eine Nachricht von Loy. Ich legte mich auf die Seite, war aber noch nicht bereit aufzustehen. Ich nahm mein I-Phone und öffnete neugierig seine Nachricht:

Heute Nacht ist in Düsseldorf eine Salsaparty, und ich richte sie mit aus. Ich werde von Köln aus dahin fahren. Möchtest du gerne mitkommen?

Mein Morgenprogramm lief an, und ich versuchte zu entscheiden, ob ich gehen sollte oder nicht, aber eigentlich fand ich keinen Grund, es nicht zu tun. Ich hatte Freizeit, und es war auch eine Gelegenheit, ein neues Salsalokal zu sehen und Loy, ja besonders ihn! Er hatte mir bereits erzählt, dass er auch ein Salsasänger sei, bislang hatte ich aber noch nicht die Möglichkeit, ihn zu hören. Eine Stunde später entschloss ich mich dazu, ihn anzurufen, um Genaueres zu arrangieren.

Lisa fuhr auch nach Köln, und so fuhr ich in ihrem Wagen mit. Ich bat sie um Ratschläge bezüglich Loy, besonders was intime Dinge und auch Sex anbelangte. »Sollte ich es tun, wenn der Zeitpunkt gekommen war? Würde er mich ernst nehmen, oder wäre das für einen Deutschen nur ein One-Night-Stand, wenn wir so schnell Sex hätten?«

»Tue es nicht, Kathy. Du wirst definitiv in der »Die-will-nur-Sex«-Kategorie landen«, sagte sie, und ich nickte dazu.

Als ich ein Teenager war und in Brasilien lebte, waren die Regeln klar. Wenn ich mich mit jemandem verabreden wollte, musste ich wenigstens einen Monat warten, bevor ich mit dem Jungen schlief. Als ich in den Zwanzigern war, lebte ich in Argentinien, und eine Freundin informierte mich über deren Regeln. »Du musst zwei Tage warten, bevor du einen Typen zurückrufst, und ein Minimum von drei Treffen, bevor du ›es‹ tust.« Damals dachte ich, Regeln für Liebe wären unsinnig. Sie waren nur erfunden worden, um uns zu kontrollieren. Warum können Menschen nicht spontan und impulsiv sein? Wie dem auch sei, Sex und Liebe sind zwei verschiedene Dinge, und es schien mir, dass diese in meinem Kopf des Öfteren vermischt würden. Gegenwärtig lebte ich doch in einem Zeitabschnitt ohne Regeln, in dem der eine den anderen nicht verstand. Man konnte nur hoffen, jemanden zu finden, der die Zeichen verstand, bzw. sich nicht in »jemandes« Zeichen zu verirren.

Wir waren eine Stunde vorher schon da, und ich teilte das Loy mit: *Ich bin früher als geplant angekommen; ich werde mir bis zur verabredeten Zeit ein wenig die Beine vertreten.* Sofort rief er mich an und fragte, warum ich früher in Köln wäre. Nachdem er meine Erklärung vernommen hatte, sagte er: »Kathy, du brauchst nicht zu warten, du kannst jetzt kommen.«

Als ich bei ihm war, klingelte ich. Er kam herunter und öffnete die Tür mit einem breiten Lächeln. Ich war ein bisschen nervös, mit ihm alleine in seiner Wohnung zu sein. Sein Apartment war klein. Küche, Wohn- und Schlafzimmer waren alle zusammen in einem Raum. Eine Doppelmatratze lag auf dem Boden an der Wand, sie war auch die Couch. Gegenüber stand ein großer alter Holztisch, auf dem eine Menge Dinge lagen. Ich hatte den Eindruck, dass der Tisch nur als Ablage benutzt wurde. Auf einer Seite des Bettes stand ein modernes Metallregal mit einigen Büchern und CDs obendrauf. Auf der anderen ein stabiler Schrank, vom Material her ähnlich wie der Tisch. Auf dem Fußboden links und rechts der Matratze lagen zwei kleine moderne Lampen. An der Wand konnte ich vier große Bilder sehen von einem Paar, das Tango tanzte. Links neben der Tür sah ich eine Küchenzeile aus Holz, einen Eisschrank und einen Holztisch für vier Personen vor einer großen Glastüre, die zum Balkon führte. Es gefiel mir, wie er alt und modern auf so eine angenehme Art mischte.

Ich setzte mich an den Tisch und dabei zog ich eine imaginäre Linie zwischen Küche und Schlafraum. Ich war besorgt darüber, was es wohl bedeuten könnte, diese Linie zu überschreiten. Er goss zwei Gläser Weißwein ein, gab mir eins davon; dann ging er wieder daran, sich für den Abend vorzubereiten. Viele Male lief er von der einen Seite des Raumes zur anderen und zurück. Plötzlich hielt er inne mit einem nachdenklichen Gesicht, als ob er etwas vergessen hätte. Er ging in die Diele, die die Küche vom Badezimmer und dem Haupteingang trennte, und nahm einen Blazer in die Hand. Von dort aus, wo ich saß, konnte ich einen alten roten Schrank sehen mit sechs Schubladen. Obenauf ein großer Spiegel mit einem modernen schwarzen Rahmen, wieder einmal ein Beweis für seinen unentschiedenen Geschmack; es konnte aber auch sein, dass der Mischmasch das wiedergab, was er war: ein alter Mann, der beschlossen hatte, jung zu wirken.

Die Kombination von beigefarbenen Shorts, die kaum bis zum Knie reichten, weißem T-Shirt und dünnem grauem Blazer öffnete mir die Augen, dass dieser »Bleib-Jung-Look« einen Teil seines Charmes ausmachte. *War es das, was mich an Elliot, Wolfgang und Loy eingenommen hatte? Eine jungenhafte Persönlichkeit?* Der Ton seiner Stimme unterbrach meine Gedanken.

»Was meinst du, ist das zu salopp?«, sagte er, in der Tür stehend, mit einem fragenden Blick.

Ich erwiderte: »Das ist perfekt. Es ist Sommer, keine Notwendigkeit, formell zu sein.«

»Einige Sänger gehen zu dieser Art von Party besser angezogen, aber du hast recht, ich werde mich locker anziehen.« Er machte eine Pause, um den Eindruck zu erwecken, dass es ihm gleichgültig war. »Keiner schenkt uns doch jemals Aufmerksamkeit.«

»Ich glaube schon, dass man das tut. Wenn die Sänger Lieder auswählen, die wir nicht mögen, dann gehen wir doch hin und beschweren uns.« Ich lachte, denn ich konnte ihn mit seinen eigenen Waffen schlagen.

»Sie kommen auch und wollen bestimmte Lieder hören, und es ist immer ein Hit, den ich bereits mehrmals an diesem Abend gesungen habe.«

Ich fragte neugierig: »Und was tust du, singst du ihn noch einmal?«

»Ich sage zwar ja, aber ich tue es nicht«, sagte er kichernd; ich lachte auch, so dass wir jetzt gemeinsam albern waren.

Zu meiner Überraschung machte er in seiner Wohnung keine Anstalten zu gar nichts. Als es 20:00 Uhr war, gingen wir zu der Party.

Düsseldorf war eine Stunde von Köln entfernt. Ich wollte mit ihm in diesen unbedachten Momenten über sensible Themen reden; dabei nutzte ich die Gelegenheit, dass er fuhr und seine Aufmerksamkeit auf die Straße gerichtet war.

»Warst du jemals verliebt?«, fragte ich so beiläufig.

Für einen kurzen Augenblick sah ich, dass sich seine Augen hinter der Brille in meine Richtung bewegten, bevor er mir eine Antwort gab. »Ja, das war ich, aber das ist schon lange her.«

»Es fehlt mir, dass ich nicht verliebt bin«, bekannte ich.

»Mir nicht und ich hoffe, niemals wieder verliebt zu sein.«

Seine direkte Antwort schockierte mich. Seine Meinung über dieses Thema war so hart. Männer sind im Allgemeinen sehr vorsichtig, um Konflikte mit Frauen zu vermeiden. Ihre Ansichten behalten sie gewöhnlich für sich. Ich wusste nicht, was ich sonst noch sagen sollte, und so verhielt ich mich still. *Warum landete ich immer bei emotional unerreichbaren Männern?* Das war der Fall bei Elliot und Wolfgang und jetzt offensichtlich bei Loy.

Ein ungemütliches Schweigen umgab uns für einen Moment. Er brach die Stille, indem er sagte: »Es sind schon zwei Jahre her seit meiner letzten Beziehung, und ich bin noch nicht bereit, eine neue zu beginnen.«

Es gibt da eine Tatsache über Männer, die ich genau kenne: Sie sagen immer die Wahrheit. Ausgenommen … wir hören eben nicht immer zu. Wir hören den Teil, der uns zu Hoffnungen berechtigt, wie: »Ich bin noch nicht so weit.« Wie dem auch sei, ich wusste, dass er meinte »Ich möchte keine Beziehung mit dir haben.« In diesem Moment war es für mich ganz klar, er würde niemals mit mir und für mich da sein, er würde niemals »bereit« sein.

Mein Verstand begann mich zu täuschen. Ich fühlte mich durcheinander und enttäuscht. Er zeigte, dass er interessiert war, aber jetzt sagte er: keine Beziehung bitte! In was für eine Schublade hatte Loy mich gesteckt? Eindeutig nicht in die, in der ich sein wollte. Er hatte mich also bereits in seiner »Keine-Beziehung-Box« untergebracht, und ich hatte von meiner Seite aus kein Bestreben in seiner »Nur-Sex-Box« zu landen.

Die Lokalität war größer, als ich erwartet hatte. Weil es noch früh war, gingen wir an der Hintertür rein; wir waren die Ersten, die da waren. Es gab zwei Räumlichkeiten für Salsa, eine größere, in der die professionellen Tänzer ihre Show präsentieren würden. Aber Loy arbeitete in der kleineren, die auch die behaglichere war und in der ich auch die meiste Zeit war. Den großen Saal besuchte ich nur, um zu sehen, wie die Professionellen tanzten. Es war eindrucksvoll zu sehen, wie sie sich bewegten. Ich musste mich zurückhalten, einen Typen zu fragen, ob er mit mir tanzen würde. Ich fühlte mich so klein, wie eine Ameise in der Welt der Elefanten.

Ich sah, wie Loy einige wenige Male in den großen Saal kam, als ich dort war, möglicherweise, um mich zu kontrollieren; ich war mir aber nicht sicher. Die meisten Tänzer waren nicht so elegant angezogen, wie ich erwartet hatte, hieß die Veranstaltung doch »Salsa Galafestival«. Einfach mehr Aufmachung hatte ich erwartet. Ich hatte ein graues Kleid ausgesucht, nicht der Galatypus also, das mir fast bis zu den Knien reichte. Es war aus dünnem Baumwollgewebe gefertigt und bedeckte meinen Körper wie ein Handschuh.

Schon bald langweilte ich mich. Im Vergleich zu den anderen Tänzern war ich noch eine Anfängerin und ich kannte dort auch nicht viele Leute. Um 2:00 Uhr beendete Loy seinen Job und kam rüber, um mit mir zu reden. Während des Gesprächs fragte er mich, ob ich in seiner Wohnung schlafen wolle. »Hast du denn eine Couch für mich?«, fragte ich, obwohl ich die Antwort schon kannte.

»Habe ich nicht, nur mein Bett.«

»Ich mag keinen flüchtigen Sex, deshalb werde ich nicht in deinem Bett schlafen«, war meine direkte Antwort.

»Wenn du direkt nach Bonn möchtest, ich kann hier bestimmt jemanden ausfindig machen, der dich mitnimmt«, war seine ruhige Antwort.

Ich wollte nicht mit einem Fremden zurückfahren, war aber auch irgendwie nicht bereit, ihn zurückzulassen. »Ich würde lieber mit dir gehen. Vielleicht können wir außerhalb deiner Wohnung noch irgendwohin gehen bis die ersten Züge fahren.« Ich schaute ihm ins Gesicht, um zu sehen, wie er wohl reagierte.

»Das ist gar keine schlechte Idee. Wir könnten an den Fluss gehen und Wein und ein wenig zu essen mitnehmen.«

»So was wie ein Picknick?«

»Ja, genau so. Ich kenne einen guten Platz, da werde ich dich hinführen«, entschied er.

Ich schaute ihm dabei zu, wie er sich fertig machte. Er schnappte sich seinen Computer und seine anderen Dinge. Mit der Wendung, die diese Nacht genommen hatte, war ich glücklich. Nachdem ich ihm gesagt hatte, dass kein Sex in Frage käme, ausgerechnet an dem Abend wollte er noch Zeit mit mir verbringen. Ich war überzeugt zu bleiben, anstatt wegzulaufen, wie Lisa es vorgeschlagen hatte.

Es war nun endlich Zeit, zu gehen. Er nahm seine Tasche, ging aber nicht in meine Richtung, sondern auf ein blondes Mädchen zu, das an einer Säule lehnte und die Arme verschränkt hatte. Er sagte ihr etwas ins Ohr, aber sie bewegte sich nicht, noch nicht einmal, um ihn anzuschauen. Sie tat so, als ob niemand neben ihr stände. Offensichtlich ignorierte sie ihn, er aber gab es noch nicht auf. Er stand da, direkt neben dem Mädchen, schaute sie an und von Zeit zu Zeit quasselte er ihr etwas ins

Ohr, um ihre Aufmerksamkeit zu erlangen. Ich schaute dem Ganzen eine Zeit lang zu. Jetzt erinnerte ich mich daran, dass sie vorhin gekommen war und neben ihm dort gestanden hat, wo gesungen wurde; etwas, was ich nicht gewagt hätte. Später ist sie dann von seiner Seite verschwunden. Ganz sicher war sie nicht begeistert über etwas, vielleicht über die Tatsache, dass ich gekommen war und mit ihm dort war. Nach zehn Minuten nahm er seine Tasche, kam zu mir, und wir gingen.

Die Stimmung im Auto war harmloser und fröhlicher. Wir sprachen über die Party und die Tänzer und spielten einige Zouk-Stücke auf dem Weg.

»Ich verlasse niemals eine Party, bevor Schluss ist«, sagte er plötzlich.

»Und ich bleibe nie bis zum Ende«, sagte ich und fragte: »Warum denn dieses Mal?«

»Ich weiß auch nicht. Ich mag die Idee von dem Picknick mit dir.« Er schaute dabei auf die Straße. Ich aber glaubte, dass er mich mehr mochte, als er zugeben wollte.

Zurück ging es ganz schnell, und kurz vor 3:00 Uhr parkten wir schon vor seinem Haus. Er ging nach oben in seine Wohnung und kam mit zwei Decken und einer Plastiktasche zurück. Es dauerte auch nicht lange, bis wir an der von ihm beschriebenen Stelle waren. Es war dunkel, und ich konnte nur die schwarzen Umrisse der Bäume und den Fluss sehen. Ich hörte den Sand unter unseren Füßen knirschen und das Schlagen der kleinen Wellen ans Ufer. Der Ort hier war friedlich, genau das

Richtige für eine Nach-Party. Über den Sand breitete er eine Decke aus und öffnete eine Flasche Weißwein. Wir streckten uns beide aus und beide lagen wir auf der Seite, so dass wir einander anschauen konnten. Je eine Hand stützte den Kopf, und die andere hielt das Weinglas. Zu sagen gab es nicht viel, es kann aber auch sein, dass wir beide versuchten, den Augenblick nicht mit unnötigem Gerede zu verderben. Nebenbei fand ich heraus, dass das Schweigen zwischen uns sich nicht unangenehm anfühlte, und das mochte ich.

Es war ein bisschen kühl, obwohl doch Sommer war. »Mir ist kalt«, sagte ich und brach somit das Schweigen. Wir stellten unsere Gläser an die Seite, und er nahm die andere Decke, deckte uns beide damit zu und hielt mich umarmt. Ich spürte die Berührung seiner Beine und seiner Brust gegen meinen Körper. Seine Arme und Hände lagen zärtlich auf meinem Rücken. Mein Kopf meldete mir, dass ich ihm vielleicht zu nahe war, um widerstehen zu können. Ich konnte die Blätter hören, die sich im Wind bewegten, die Wellen hören, die gegen den Sand und die nahe am Ufer stehenden Bäume schwappten.

Ich spürte, wie seine Hände sich langsam von meinem Rücken zu meinen Beinen bewegten und dann zurück zu meiner Taille. Ich berührte sein Gesicht mit meinen Fingern und fühlte mich völlig eingenommen von ihm. Seine Hand wanderte wieder runter zu meinen Beinen, aber dieses Mal versuchte er, meine Kleidung zu öffnen, aber ich wollte das nicht. Seine Hand wechselte nach vorne und streichelte meine Brust.

»Tu das nicht«, flüsterte ich und hielt seine Hand ganz fest, um zu zeigen, dass ich es ernst meinte.

»Ich darf dich also nirgendwo anfassen?«, fragte er und blickte mich neugierig an.

»Du darfst alles tun, was auch auf dem Tanzparkett erlaubt ist, aber nicht mehr.«

Ich habe eine Theorie, die erklären könnte, warum Männer nach dem Sex das Interesse verlieren und Frauen mehr erfüllt werden. Männer sind »Geber«, sie geben ihre Liebe durch ihr Sperma frei, während Frauen »Empfängerinnen« sind und diese Liebe in sich aufnehmen. Je mehr Sex eine Frau mit einem Mann hat, desto erfüllter wird sie sein, denn sie ist die »Sammlerin« von all dieser Liebe. Hat der Mann einmal all seine »Liebe« abgegeben, dann hat er in dieser Hinsicht nichts weiter anzubieten.

Eine Zeit lang respektierte Loy meine unsichtbare Linie, die ihm ein Überschreiten untersagte. Die Spannung zwischen uns wurde hingegen intensiver. Durch seine Nähe und durch jede Berührung seiner Hände stieg meine Körperwärme an. Unter der Decke wechselte er die Stellungen, schließlich lag er auf mir. Unsere Lippen berührten sich und langsam öffneten wir sie, vorsichtig unsere Zungen suchend. Ein paar Wassertropfen landeten in meinem Gesicht. »Es regnet. Wir sollten gehen«, sagte ich, schaute ihm in die Augen und strich ihm über das Haar nach jedem Tropfen, der darauf fiel.

Er antwortete: »Noch nicht«, und bewegte sich dabei kein bisschen.

Allmählich begrüßte uns der Himmel mit Licht und kündigte an, dass die Zeit doch verstrichen war und der Tag bald beginnen würde. Ich konnte nun mehr Einzelheiten seines Gesichtes erkennen; mein Herz klopfte schnell und mein Atem ging schwer. Ich hörte, dass Leute in der Nähe redeten, schaute nach links und rechts, konnte aber noch niemanden sehen. Er küsste mich wieder; dieses Mal spürte ich seine Zunge die meine berühren. Der leichte Regen liebkoste mein Gesicht wie gefühlvolle Balletttänzer. Dieser Moment war so anregend, dass ich mir vorstellte, wir würden die Decken von uns nehmen und der Regen, der jetzt stärker wurde, könnte unsere Körper abwaschen. Ich stellte mir vor, dass er säße, und ich auf ihm. Mein Körper bettelte nach ihm, und diese schmerzhafte Sehnsucht würde nur durch einen Orgasmus gestillt werden können. Aber ich bewegte mich nicht und sagte auch nichts. Letzten Endes und trotz meiner Theorie: Liebe und Sperma waren zwei unterschiedliche Dinge, und ich wollte doch mehr als das von ihm.

Der starke Regen zwang uns zu gehen. Wir sammelten alles ein und gingen zum Auto. Irgendwie konnte ich erkennen, wie stark das Universum sich über uns Gedanken machte: Es löste uns voneinander, bevor es zu spät war. Könnte es aber auch so sein, dass es versuchte, mich vor mir selbst und meinen Impulsen zu schützen?

Er war bereits zwanzig Minuten gefahren, und wir waren immer noch nicht in der Stadt. »Ich habe nicht bemerkt, dass du so weit vom Fluss weg wohnst«, sagte ich.

Seine entspannte Antwort war: »Ich fahre dich nach Hause.«

»Oh, das musst du nicht.« Eigentlich war ich froh, dass er sich darum bemühte, mich mitzunehmen, aber ich spürte auch schon ein wenig Enttäuschung wegen des bevorstehenden Auseinandergehens. Ich war immer noch unter dem Einfluss unserer Körperchemie. Ich streichelte seinen Arm mit meinen Fingern bis zu seiner Hand. Aber als er mich anstrahlte, hörte ich schlagartig damit auf und zog meinen Arm nervös zurück. Wir waren ja nicht in einer Beziehung, und die meisten Deutschen stellen ihre Gefühle nicht so leicht zur Schau.

»Du kannst mich ruhig berühren«, sagte er mit einem Grinsen.

Ich massierte ihm Nacken und Schultern mit meiner linken Hand. Dann legte ich meine Hand auf seine und bewegte meine Finger kreisend. Mit einem ironischen Lächeln schaute er mich an. »Was ist los?«, fragte ich, denn ich nahm die Veränderung wahr.

»Ich glaube nicht, dass wir noch arbeiten gehen«, waren seine Worte, als wir gegenüber von meiner Wohnung anhielten.

»Was soll das denn?«

»Ich habe dich einmal enttäuscht und ich werde es wieder tun.«

»Wie meinst du das?«, fragte ich.

»Ich habe dich gekränkt, als ich deine Nachricht einmal nicht beantwortet habe«, erklärte er.

»Das liegt doch zurück«, konterte ich.

»Ich habe das Gefühl, dass du mich heiraten möchtest«, waren seine Worte, und nach einer ungemütlichen Pause fügte er hinzu: »Wir haben noch nichts Gefährliches gemacht: lass uns die Dinge hier so stehen lassen.«

»Nun, da muss man erst einmal sehen, ob man dem zustimmen kann oder nicht, aber jetzt erst mal Tschüss.« Ich öffnete die Wagentür und wollte so weit und so schnell wie möglich von ihm fortrennen.

»Warte mal. Kann ich mit dir kommen? Ich muss schlafen, bevor ich wieder fahre«, sagte er, als ich im Begriff war, aus dem Wagen zu steigen.

»Ja, sicher, wenn es o.k. für dich ist, auf dem Sofa zu schlafen«, sagte ich mit einem scharfen Blick, obwohl mein Körper schrie »*Ja, bitte!*«, aber mein Verstand sagte mir ganz klar: »*Sei kein Dummkopf!*«

»Wenn das so ist, nichts für ungut. Tschüss Kathy.«

Auf meinem Weg rauf zu meiner Wohnung stellte ich fest, dass ich etwas über Loy gelernt hatte. Er konnte jede Frau mit seinem Lächeln und seiner heiteren Persönlichkeit in Verzückung versetzen, aber er konnte es auch eine Minute später wieder zerstören mit seiner schlechten Laune und seinem egoistischen Verhalten. Aber ich hatte auch etwas über mich selbst kapiert. Ich wurde irrational, wenn ich einen Mann mochte.

Eine Woche ging vorbei, und ich versuchte ernsthaft, mir Loy aus dem Kopf zu schlagen. Ich hätte das auch geschafft, wenn ich nicht eine Nachricht von ihm bekommen hätte, in der er mich fragte, ob ich vielleicht den Tag mit ihm am Fluss in Köln verbringen würde. Nachdem ich die Einladung angenommen hatte, sagte ich zu mir: Kathy, bist du von Sinnen? Schon der Gedanke an das letzte Mal mit ihm am Fluss ließ meinen Körper erzittern.

Er holte mich am Kölner Hauptbahnhof ab. Ich war um 11:00 Uhr angekommen. Er wartete auf mich gegenüber vom Dom, dieses Mal mit einem Motorroller. Wir redeten nur wenig, und als wir losfahren wollten, schüttelte er seinen Kopf und sagte mit einem spöttischen Gesicht: »Ich kapiere nicht, was du denkst.«

»Warum musst du wissen, was ich denke«, fragte ich und schaute ihm dabei in die Augen.

»Weil es schön wäre, zu wissen, ob du dich freust,

mich zu sehen. Dein Gesicht zeigt überhaupt keinen Ausdruck.«

Das stimmte schon. Seit er gesagt hatte, dass ich ihn heiraten wollte, und dann, nachdem er mich hat sausenlassen, war ich vorsichtiger geworden, meine Gefühle zu zeigen. »Ja sicher, ich freue mich hier zu sein«, sagte ich mit einem gekünstelten Lächeln, das jeder gemerkt hätte.

Auf dem Weg zum Fluss wechselte das Wetter von sonnig nach bewölkt. Der Fluss war nicht der gleiche wie das letzte Mal. Er war größer, da war ein Restaurant, in dem Musik gespielt wurde, und da waren auch keine Bäume. Der Sand war hier weiß. Die Kombination von alledem ließ das Ganze mehr wie einen Strand aussehen. Wir suchten uns einen Platz, an dem niemand war. Er breitete dieselbe Picknickdecke von damals über dem Sand aus, während ich mich meiner Jeansshorts und des pinkfarbenen T-Shirts entledigte und meinen Körper in meinem schwarzen Bikini zeigte. Während ich mich fertig umzog, saß er bereits da und schaute mich mit einem herzlichen Lächeln an. Ich legte mich schnell hin, denn ich fühlte mich durch die Intensität seiner Blicke ein wenig beschämt. Ich schloss die Augen, spürte die Sonne auf meiner Haut und versuchte, den Moment zu genießen.

Er legte eine Hand auf meinen Bauch und sagte: »Ich mag die Musik.«

»Ich auch, klingt fast wie ein Zouksong«, antwortete ich und setzte mich auf, da ich den Kontakt mit seinen Händen vermeiden wollte.

»Ich könnte jetzt schwimmen gehen, möchtest du auch?« Er stand auf und zog sein T-Shirt aus. Er sah verdammt gut aus für jemanden, der schon fünfzig ist.

»Nein, danke«, war meine Antwort.

Als er Minuten später zurückkam, war die Sonne weg, und der Himmel zeigte wieder einmal sein Missfallen an unserer Verbindung. Wir mussten sofort gehen, bevor es zu schütten begann. Zehn Minuten später waren wir mit seinem Motorroller zu ihm nach Hause unterwegs. Der Regen begann unsere Körper abzuspülen, wie ich es zuvor mir schon einmal vorgestellt hatte. Aber in diesem Traum peitschte der Regen nicht meine Haut, wie er es jetzt auf dem Motorroller tat. Mit war kalt und ich hielt ihn fester umschlungen. Mag sein, dass ich nicht recht handelte, jedoch das ganze Universum stand zu unseren Gunsten. Der Regen über uns hatte eine große Macht über mich.

Als wir bei ihm ankamen, waren wir total durchnässt. Er gab mir ein Handtuch, Shorts und ein T-Shirt von sich. Leicht zitternd fragte ich: »Kann ich heiß duschen? Mir ist so kalt.« Den ganzen Sommer über war schon schreckliches Wetter. Es gab nur ein paar sonnige Tage, ansonsten herrschten tiefe Temperaturen, worüber sich sogar die Deutschen beschwerten, die ansonsten an Kälte gewohnt waren.

»Ja, natürlich«, sagte er, öffnete die Badezimmertür, knipste das Licht an und ging dann wieder.

Ich empfand eine Intimität, die ich mir nicht erklären konnte, als ich dort duschte und seine Kleider benutzte. Als ich fertig war, betrat ich seine Wohnküche und sah ihn, wie er auf dem Tisch Vorspeisen und Drinks bereitete. Ein Salsalied klang durch die Wohnung. Ich hörte noch immer, wie mein Magen mächtig knurrte, und hoffte, dass er es nicht auch hören möge. Ich nahm eine Olive aus einer Schale und setzte mich. Er reichte mir eine Serviette und setzte sich auch an den Tisch.

Wir redeten über persönliche Dinge, während wir die Oliven und die Pommes frites aßen und Maracujasaft tranken. Er erzählte mir seine Nerdstorys von der Universität und warum er als Hauptfach Computerwissenschaft gewählt hatte und nicht seine erste Wahl: Astronomie.

»Deine anfängliche Wahl klingt interessanter«, sagte ich.

»Ich hätte dann mehr Zeit mit Männern, mit Nerds verbringen müssen«, sagte er ein wenig spöttisch.

»Und Computerwissenschaftler sind keine Nerds?«, fragte ich lachend.

»Doch, aber nicht so exzentrisch.« Er zeigte mir auch Bilder seiner zehn Jahre alten Tochter. Ich sagte ihm, dass ich bereits zwei Enkel in ihrem Alter hätte. »Wenn du das irgendjemandem erzählst, bringe ich dich um! Das ist ein Staatsgeheimnis«, fügte ich lachend hinzu.

»Jetzt, da ich weiß, dass du Großmutter bist, habe ich mehr Respekt vor dir«, sagte er, ohne zu lachen.

Einige Stunden später – der Himmel »weinte« übrigens nicht mehr – fragte er mich, ob ich zum Abendessen bleiben und seine Spezialität »Curryhühnchen mit Gemüse« probieren möchte. Ich nahm an. Als er aus dem Supermarkt zurückkam, lag ich auf seiner Schlafcouch mit einigen seiner Bücher in der Hand. Da die Titel auf Deutsch waren, versuchte ich herauszufinden, wovon die Bücher handelten.

Während er die Einkaufstüte auf den Tisch stellte, sagte er: »Oh, du guckst dir meinen Kram an?«

»Nein, ich war nur neugierig, was du liest.«

»Das sind Geschenke. Ich habe sie noch nicht gelesen und ich werde sie auch nicht lesen.«

Ich legte die Bücher beiseite und bot ihm an, beim Kochen zu helfen, aber er wollte das nicht. »Du kannst da bleiben, wo du gerade bist, und entspannen«, sagte er, während er die Sachen aus der Tüte auspackte.

Und genau das war es, was ich machte: ich blieb auf seinem Bett, hörte Musik und sah ihm beim Kochen zu.

Etwa um 18:00 Uhr war das Essen fertig, und ich kam zu ihm an den Tisch. Genau wie vorher war die Unterhaltung locker und freundlich, und die Zeit mit ihm verging ruhig. Als ich auf meine Uhr schaute, war es schon 22:00 Uhr und draußen bereits dunkel. Ich hatte mich immer noch nicht an diese langen Tage im Sommer gewöhnt. In Südamerika wurde es auch im Sommer bereits um 18:00 Uhr dunkel.

»Ich sollte jetzt gehen. Ich habe einen weiten Weg bis

nach Hause«, sagte ich und verbarg dabei mein Bedauern, dass der Tag mit ihm schon vorüber war.

»Du könntest heute Nacht hier schlafen, wenn du möchtest«, war seine Antwort.

»Ich sollte vielleicht, wenn du damit einverstanden bist, dass wir keinen Sex haben werden.«

Er nickte und fügte hinzu: »Kein Problem.« Und auf dem Balkon tranken wir weiter von dem Weißwein, mit dem wir schon begonnen hatten.

Es war schon spät, als wir uns dann endlich in sein Bett legten. Beide hatten wir noch unser Glas Wein dabei, und im Hintergrund spielten einige romantische Lieder aus seiner Kollektion. Die Zweifel, die ich in meinem Hinterkopf hegte, ob ich ihm wohl diese Nacht widerstehen könnte, ärgerten mich. Beim letzten Mal, als ich so schnell Sex mit einem Mann hatte, den ich mochte, hatte ich mir diese große innere Narbe »auf der linken Seite meiner Brust« geholt. Obwohl ich einiges an Alkohol getrunken hatte, war ich vorgewarnt, meinen Verstand einfach nur auszuschalten.

Schließlich machte er Musik und Lichter aus. Wir lagen mit unseren Gesichtern einander zugewandt, und er hielt mich umarmt. Ein sanftes Licht, das aus der Diele schien, erlaubte es mir, seine dunklen Augen zu sehen. Seine Hände umfassten meine Taille, und er drückte meinen Körper gegen den seinen.

»Sag, dass du mich magst«, befahl ich ihm, ohne die Augen von ihm zu lassen. Wir küssten uns.

»Ich kann dir das zeigen«, sagte er, als unsere Lippen sich trennten.

»Ich möchte, dass du es sagst. Sag es jetzt!«, befahl ich ihm noch einmal. Meine Worte und meine Augen forderten ihn heraus. Für einen Moment, der wie eine Ewigkeit erschien, hielten wir uns umarmt, und keiner von uns brach den Augenkontakt ab. Unsere Atmung wurde schwer und schwerer, unsere Oberkörper bewegten sich auf und nieder, als ob wir gerade einen Marathonlauf beendet hätten.

Ich verlangte nach ihm, mein Körper verlangte nach ihm, aber wir sprachen kein einziges Wort. Einen Moment später aber sagte ich »Gute Nacht« und brach somit den Bann. Er hielt meinen Rücken umfasst, und ich schlief ein. Dabei dachte ich noch: Wenn ich es diese Nacht schaffte, keinen Sex mit ihm zu haben, dann würde ich mich wie eine Heldin fühlen.

Ich wachte ein paar Mal auf, da seine Hände meine Beine streichelten. Aber ich schlief wieder ein und dabei spürte ich seinen schweren Atem in meinem Nacken. Als ich am Morgen meine Augen öffnete, lag seine Hand immer noch auf meinem Schenkel. Ich war stolz, dass ich zu meinen Überzeugungen gestanden hatte. Der »gefährliche« Moment war vorüber!

»Guten Morgen!«, sagte ich und sah, dass er die Augen öffnete.

»Guten Morgen«, antwortete er etwas wirr.

»Warum machst du so ein Gesicht? Was ist los?« Ich war überrascht, dass er nicht glücklich aussah.

Er schüttelte seinen Kopf mit einem ironischen Lächeln und sagte: »Nichts.«

»Du hast doch was, und ich möchte es wissen.«

»Wie kannst du mit mir schlafen und nicht nach Sex verlangen? Fühlst du dich von mir nicht angezogen?« Wieder schüttelte er den Kopf und blickte ernsthaft.

»Ich bin sehr scharf auf dich, aber dann erinnerte ich mich daran, dass du mich nicht magst, und das hat mir die Lust genommen.« Nachdem ich das klargestellt hatte, sprang ich schnell aus dem Bett.

Ich ging ins Badezimmer und zog wieder meine Kleider an, die jetzt trocken waren. Ich konnte nicht glauben, dass er eine schöne Nacht in eine Alptraumnacht verwandelt hatte. Ich ging zurück ins Zimmer, um meine Tasche zu nehmen.

»Warum bist du schon angezogen?« Er war überrascht, mich in meinen eigenen Kleidern zu sehen. Langsam stand er auf.

»Ich bin weg«, gab ich zur Antwort.

»Du gehst nicht ohne Frühstück«, sagte er und schlang seine Arme um mich.

»Das ist o.k. so, ich habe keinen Hunger.« Ich schaute ihn mit ausdrucksloser Miene an.

»Warum musst du so brasilianisch sein? Lass uns irgendwo frühstücken gehen. Ich bestehe darauf«, sagte er lächelnd und hielt mich in seinen Armen. Das war ausreichend, um mich umzustimmen und seine Einladung anzunehmen.

Es war schon Nachmittag, als ich am Kölner Hauptbahnhof war. Ich hatte gerade mein Zugticket nach

Bonn gekauft, als ich eine Nachricht von Ale bekam. Ich rief ihn kurz an und sagte ihm, dass ich in Köln war. Ich lud ihn zu einem Kaffee ein.

Wir trafen uns bei Starbucks am Friesenplatz. Das letzte Mal, dass ich ihn gesehen hatte, war an dem Wandertag im Siebengebirge. Nachdem wir ein bisschen über dies und jenes geplaudert hatten, erzählte ich ihm, was gerade an diesem Morgen mit Loy passiert war. Ich brauchte darüber mal eine Ansicht von einem Mann. Nachdem ich ihm die ganze Szene beschrieben hatte, sagte er: »Ich verstehe, weshalb du am Morgen glücklich warst, und ich glaube, dass er frustriert war, weil er nicht mit dir geschlafen hat.« Er machte hier eine Pause, weil er erst meine Reaktion sehen wollte, bevor er fortfuhr: »Für einen Mann ist das nicht so leicht. Ich wäre auch frustriert.«

Ale erzählte mir Geschichten von seiner letzten Beziehung, und das ließ mich an Wolfgang denken, obwohl seine Erlebnisse verschieden von den meinen waren. Er war eine nette, offene Person. Seine Ex-Freundin war, nach dem, was er erzählte, eine unruhige, unsichere und fordernde Person, die ihm das Leben zur Hölle gemacht hatte. Es war schon recht schwierig, sich einen jungen Mann von seiner Persönlichkeit mit so einer Art Frau vorzustellen.

***

Einige Wochen später spielte Loy noch immer das gleiche Spiel: »Ich begehre dich nicht, aber ich kann dir auch nicht widerstehen.« Mit diesem Spiel kannte ich mich nun gar nicht aus; außerdem beeinflusste es meine Freude am Tanzen. Wohl nahmen wir einander wahr, wenn wir am gleichen Ort waren. Es wäre besser, wenn wir eine Zeit lang nicht am gleichen Ort sein würden. Seit er nach Bonn, in mein »Territorium« kam, war das Einzige, was ich tun konnte, mit dem Tanzen aufzuhören. *Mag sein, dass es noch einen anderen Weg gibt!* Ich hatte eine Idee, die es sich vielleicht umzusetzen lohnte.

»Ich möchte heute gerne für dich etwas zu Mittag kochen, wenn du Zeit hast«, sagte ich am Telefon.

»Ja gerne, was soll ich kaufen?«, fragte Loy.

»Nichts. Ich bin schon im Supermarkt. Ich werde in zwei Stunden da sein«, sagte ich ihm, während ich bezahlte.

Als ich in seiner Wohnung ankam, fragte er neugierig, warum ich für ihn kochen wollte, und meine Erklärung war, dass ich seine Freundlichkeiten vom letzten Mal irgendwie zurückgeben wollte und außerdem hätte ich keine Lust, alleine zu essen. Ich bereitete das einzige Gericht zu, das ich kannte und auch gut konnte: »Hühnchen Stroganoff mit Reis«. Während und nach dem Mittagessen war ich ganz ruhig. Es sollte das letzte Mal sein, dass wir uns trafen, wenn er meinen Vorschlag akzeptierte.

Aus heiterem Himmel fragte er dann: »Was möchtest du mir sagen?«

»Warum denkst du, dass ich dir etwas zu sagen hätte?

Ich habe doch überhaupt nichts gesagt.« Ich war total überrascht, dass er angebissen hatte.

»Es ist nur, weil du so still warst«, antwortete er und beobachtete mich genau.

»Wir können da später drüber reden. Hättest du etwas dagegen, wenn ich ein Mittagsschläfchen mache? Ich fühlte mich wirklich müde.« Die Unterhaltung konnte ja warten.

»Natürlich nicht«, sagte er, nahm mich bei der Hand und führte mich zu seinem Bett. Eine Stunde schliefen wir zusammen. Ich wachte vor ihm auf, meine Hände auf seinem Rücken, aber bald drehte er sich um, mit dem Gesicht zu mir. Ich schaute ihn besorgt an. Ich war nicht sicher, wie ich die Unterhaltung beginnen sollte; ich hatte nichts vorbereitet.

»Na, sag schon.«

»Ich möchte dich nicht wiedersehen. Vor allen Dingen nicht beim Tanzen.« Meine Gedanken strömten auf diese Weise aus mir heraus, und sein Gesichtsausdruck veränderte sich völlig. Seine dunklen Augen wurden immer schwärzer. »Ich fühle mich unglücklich, wenn ich dir begegne. Könntest du bitte einen Monat lang nicht in Bonn zum Tanzen gehen?« Auf den peinlichen Moment folgte dann eine scharfe Äußerung:

»Ich habe das einmal für eine Freundin gemacht, aber wir treffen uns nicht mehr. Ich denke nicht daran, nicht nach Bonn zu fahren.« Die Situation wurde immer peinlicher.

Was ich wohl dachte? Er hatte recht. Ich war nicht seine Freundin, und es war mein Problem, damit klarzukommen. »Gut, dann höre ich eine Zeit lang mit dem Tanzen auf«, sagte ich enttäuscht. Das wäre der Moment gewesen, um zu gehen. Aber, als ob er meine Gedanken lesen könnte, umarmte er mich zart und sagte: »Es ist nicht mein Wunsch, dich nicht mehr zu sehen.«

Wir küssten uns, und die Leidenschaft, die bis dahin zurückgehalten worden war, war nun entfesselt und erfasste meinen ganzen Körper. *Das ist so oder so das letzte Mal. Am besten mache ich das Beste daraus!*

Plötzlich lag ich auf ihm. Wir küssten uns, und meine Brüste glitten durch meine durchsichtige Bluse an seiner Brust auf und ab. Im Sitzen schlang ich meine Beine um seine Taille und öffnete die Knöpfe seines weißen Hemdes, einen nach dem anderen, bis sein Oberkörper frei war. Er zog meine Hüfte gegen seinen Körper, und ich spürte jetzt die Hitze, die von seiner Haut ausging. Er hielt mein Gesicht ganz nahe an seines, und unsere Nasen berührten sich.

»Ich möchte nicht weitermachen, wenn es so ist, dass wir uns nicht mehr treffen werden«, sagte er unvermittelt und mit rauer Stimme. Was ich da gerade gehört hatte, konnte ich nicht glauben. Er hatte viele Gelegenheiten, mit mir zusammen zu sein, aber er nahm sie nicht wahr. Ich fühlte mich reingelegt.

»O.k., lass uns hier aufhören«, sagte ich und entfernte meine Beine von seinem Körper, wurde aber von seinen Händen daran gehindert, die meine weichen schwarzen Leggins packten. Wieder versuchte ich, meine Beine zu bewegen, aber er hielt mich noch fester an sich gedrückt. Mein Herz raste, und diesem Moment gab ich meine Freiheit auf, eine Freiheit, die ich eigentlich gar nicht wollte.

»Sag, dass du mich magst«, befahl ich.

Und dieses Mal sagte er nach ein paar Sekunden: »Ich mag dich, Kathy, ich liebe dich.«

Stunden verbrachten wir im Bett. Zwischendurch aßen wir ein paar Früchte, um Energie aufzutanken. Unsere »Chemie« war stärker, als ich es mir vorgestellt hatte, und nach fünf Stunden bat er mich, von ihm abzulassen, aber das tat ich nicht. Ich wollte immer mehr. Nach sieben Stunden Liebesspiel bat er wieder darum, den Sex nun zu beenden. Dieses Mal stimmte ich zu.

Um 6:00 Uhr wachte ich auf. Seit mehr als einer Stunde hörte ich im Unterbewusstsein Wasser laufen, was ungewöhnlich klang. Ich schlief nicht wieder ein, vielmehr lag ich in seinem Bett und machte mir Gedanken. Was war da los? Ich hatte irgendwie Angst, an die Tür zu klopfen und zu fragen. Was wäre, wenn er nur alleine sein möchte? Eine Stunde später erschien er. Ich fragte sofort: »Ist alles o.k.?«

»Nein. Ich bin so gegen 5:00 Uhr aufgewacht mit Magenschmerzen«, antwortete er und legte sich hin.

»Ist es denn jetzt besser?« Ich machte mir Gedanken über die Möglichkeit einer Lebensmittelvergiftung. *Oh Mann, ich habe den Kerl vergiftet!*

»Nicht wirklich«, antwortete er und schloss die Augen.

»Glaubst du, dass es mein Essen war?«

»Das könnte sein, ich glaube es aber nicht. Es sollte bald vorüber sein«, war seine höfliche Antwort. Zwei Stunden später waren die Schmerzen nicht weg, sie hatten sich sogar noch verschlimmert.

Ich machte mir Gedanken und sagte: »Du solltest in ein Krankenhaus gehen.«

»Kannst du fahren?« Er hielt den unteren Teil seines Leibes mit den Händen umklammert.

»Ja, aber ich habe meinen Führerschein nicht mit«, war meine Antwort, mit der ich mich sofort ein wenig schuldig fühlte. Überhaupt fühlte ich mich total nutzlos. Weder konnte ich fahren, noch ein Taxi rufen, weil ich kein Deutsch konnte. Das Einzige, was ich tun konnte, war ihn zu Fuß ins Krankenhaus zu begleiten; und das war es, was ich machte. Stunden verbrachte ich im Krankenhaus bei ihm, aber das schien ihn noch mehr aufzuregen. Ich glaubte nämlich, dass er seine Schmerzen mit meinem Essen in Verbindung brachte. Und nur noch daran würde er denken und nicht an die großartigen Momente, die wir gestern hatten.

»Ich habe meine Eltern angerufen. Sie bringen dich zu meiner Wohnung, da kannst du deine Tasche holen, dann setzen sie dich am Bahnhof ab«, sagte er zu mir, als ich von der Toilette kam.

»Das wäre aber nicht nötig gewesen.«

»Ich werde die Nacht über hierbleiben, oder bis sie herausgefunden haben, was mit mir los ist. Ich werde schon wieder hinkommen.«

Es war 15:00 Uhr, als seine Eltern auftauchten. Sie schienen so um die siebzig zu sein. Seine Mutter sah elegant aus, und ich konnte eine Ähnlichkeit zwischen Loy und ihr feststellen. Seine Eltern waren beide sehr nett zu mir. Sein Vater war ein ruhiger Typ, aber seine Mutter wollte alles über mich wissen, was sie nur in Erfahrung bringen konnte. Plötzlich fragte sie: »Sind Sie Loys Freundin?« Nachdem ich genickt hatte, fragte sie, weshalb ich nicht auf seiner Geburtstagsparty vorigen Monat gewesen wäre. »Das ist eine gute Frage«, war meine Antwort, und ich fing an, mich selbst darüber zu wundern. Nachdem ich ihre Fragen so gut ich konnte beantwortet hatte, ging ich zurück in das Zimmer und sagte Loy auf Wiedersehen; danach fuhr ich mit den Eltern fort.

Als wir in der Wohnung waren, schlug Loys Mutter vor, dass ich dort bleiben solle, bis er zurückkehrte. Ich blickte sie an und dachte daran, wie sonderbar es wäre, wenn er seine »Nicht-Freundin« immer noch in seiner Wohnung vorfinden würde, wenn er nach Hause käme. Sein Vater sagte kein einziges Wort. Er schien ihn besser zu kennen. Als wir im Auto auf dem Weg zum Bahnhof waren, luden sie mich zu einem Wochenende in ihr Haus ein. Ich entschuldigte mich aber bei diesem liebevollen Paar; dabei dachte ich: *Ich wünschte ich hätte so liebevolle Eltern wie die sind!*

***

Ich änderte meinen Plan, einen Monat nicht tanzen zu gehen. Es wäre dämlich gewesen, nicht das zu tun, was mich glücklich machte. Da er es nicht aufgeben würde, in »meiner« Stadt tanzen zu gehen, begann ich nach Köln zu fahren, in sein »Revier«. Meine erste Nacht in der großen Stadt war ein Donnerstag. Ich dachte, er könnte vielleicht in der *tanzbar* in Bonn sein, und so würden sich unsere Wege nicht kreuzen. Wie auch immer, anscheinend hatten wir beide dieselbe Idee, im *L'empereur* in dieser Nacht Salsa tanzen zu gehen.

Er war dort sehr bekannt, so kann ich es ausdrücken, denn er hatte eine Menge Frauen um sich herum. Zwei Tage nach dem Krankenhausaufenthalt hatte er mich schriftlich informiert, dass es keine Lebensmittelvergiftung war, sondern Nierensteine. Jetzt sah ich ihn nach dem Krankenhaus zum ersten Mal wieder.

Er war überrascht, mich dort zu sehen; das konnte ich ihm vom Gesicht ablesen, als er mich wahrnahm. Nachdem er »erwähnt« hatte, dass er sich freute, mich zu sehen, tanzten wir auf einige Songs. Wie immer verbrachte er den Rest der Nacht aufmerksam den anderen Frauen zugewandt. Und am Ende, als wir Tschüss gesagt hatten, ging er alleine weg und keine Frau begleitete ihn. Wenn ich schon unglücklich war mit dem, was vorher zwischen uns passiert war, so fühlte ich mich jetzt noch erheblich miserabler. Als ich ihn auf den Tanzpartys mit all diesen Frauen so freundlich umgehen sah, ignorierte ich ihn völlig. Er versuchte aber wieder, näher an mich heranzukommen, indem er seine Präsenz und seinen Charme mächtig auffuhr. Verlieh ich aber meinem Missfallen Ausdruck, wie er sich mir und den anderen Frauen gegenüber verhielt, antwortete er nur: »Das Problem ist, dass du zu viele Erwartungen hast.« Diese Antwort machte mich verrückt.

Lisa hatte recht; er spielte nur mit mir. Was würde passieren, wenn das anders herum wäre? Ich erinnerte mich an eine Nacht in der *tanzbar*, als er mich fast die ganze Zeit ignoriert hatte. Er war mit einer Frau weggegangen, aber am Ende des Abends kehrte er alleine zurück. Ich glaube, das tat er nur, um mich glauben zu machen, dass er nicht mit ihr zusammen war. Was wäre, wenn ich diejenige wäre, die die ganze Nacht viele Männer um sich herum hätte, würde ihm das etwas ausmachen? In einem späteren Gespräch, als ich das Thema noch einmal anschnitt, erklärte er Folgendes: »Ob ich mit einer Frau komme oder gehe, bedeutet nicht, dass wir zusammen wären oder dass etwas zwischen uns liefe.« Und das stimmte. Ich hatte auch Freunde, und das war bei Tänzern ganz normal. Trotzdem: War das bei ihm auch der Fall? In der Öffentlichkeit ließ er mit mir auch keinerlei Intimität sichtbar werden. Würde er anders reagieren, wenn ich mich so verhalten würde wie er?

Eine meiner Theorien war: Jeder Mann würde sich wie eine Frau verhalten, wenn wir Frauen uns wie sie verhalten würden. Meine großen Diskussionen mit Männern in Südamerika gingen darüber, dass sie sich im Beisein ihrer Freundinnen nach einem Frauenhintern umdrehten. Alle hatten sie dieselbe Erklärung: »Warum können

Frauen nicht relaxen? Männer gucken doch nur.« Ich wäre neugierig, ob Männer auch relaxen würden, wenn wir Frauen auch mal so auf den Schwanz eines unbekannten Typen schauen würden?

Jetzt aber entschied ich mich dafür, meine Theorie über Loy zu beweisen. Ich glaubte nicht, dass er in der gleichen Situation anders als ich empfinden oder reagieren würde.

Zunächst einmal brauchte ich Männer, die keine Tänzer waren, denn von denen kannte er die meisten. Meine Freundin Lily berichtete mir von einer Handy-App, mit der man Leute aus der Nähe treffen konnte. Das erschien mir sehr geeignet. Ich installierte diese App und begann mit einigen Typen zu chatten. Der Erste, den ich auswählte, war Orel aus Köln. Ich arrangierte unser Treffen auf ein Bierchen für eine Stunde, bevor im *Weißhaus-Pub* die Salsaparty begann. Wir trafen uns am Hauptbahnhof Bonn, in »meinem« Revier. Ich war erleichtert, dass er so ein heißer Typ war, wie auf seinem Profilfoto: begehrenswert, brünett, vierunddreißig Jahre alt. Als wir in die Bar kamen, setzten wir uns in eine Nische mit dem Rücken zur Wand und tranken ein Bier.

Ich hatte die Tür im Blick, denn ich wollte den ersten Blick und die erste Reaktion von meinem »Untersuchungsgegenstand« erhaschen: Loy. Viele Tänzer trafen nun gerade ein und begrüßten mich mit einem Küsschen. Unterdessen erzählte Orel mir von seiner Juristenkarriere und seinen Erwartungen. Ich hörte zu und nickte auch, als schließlich Loy hereinspazierte. Er sah mich überhaupt nicht. Ich hob meine Hand für ein beiläufiges Winken, aber er schaute nicht hin, erschien irgendwie verwirrt und setzte sich zu einer Gruppe von Tänzern an den Tisch nebenan. *Ist er schon am Überreagieren?* Von seinem Verhalten überrascht, unterhielt ich mich weiter mit meinem »Scheinfreund«. Es dauerte nicht lange, bis er sich wieder eingekriegt hatte, immerhin war er das Alpha-Tier, und nach einer halben Stunde stand er lächelnd neben meinem Tisch. Ich entschuldigte mich mit der Ausrede, aufs Klo zu müssen. Ich musste also an ihm vorbei und ich hatte vor, ihn wie gewöhnlich zu begrüßen.

»Ich muss zur Toilette«, sagte ich zu Orel, als ich von meinem Sitz aufstand. Nach drei Schritten war ich neben Loy, der sich nach mir umdrehte.

Ich küsste ihn auf die Wange, lächelte und sagte »Hi!«.

»Hallo«, sagte er, schaute mich intensiv an und lächelte breit.

Ich ging weiter in Richtung Toilette mit dem Bild seiner Augen, eingraviert in meinen Kopf. Es gab da etwas in seinem Blick und seinem Lächeln … Was war das, eine Herausforderung? Mag sein, dass er meinen Plan schon durchschaut hatte. Ich sagte zu mir selbst: *Bitte Kathy, überinterpretiere doch nicht alles!*

Ich verbrachte den Abend mit meinem Gast lachend und trinkend, obwohl alle Welt um mich herum tanzte, und meine Füße bewegten sich im Rhythmus der Musik unter dem Tisch. Als es für Orel Zeit wurde zu gehen, begleitete ich ihn zum Hauptbahnhof, ging aber zurück ins

Weißhaus. Beim letzten Song traf ich dort ein. Loy stand auf der Tanzfläche, und als er mich sah, sagte er: »Du hast heute Abend überhaupt nicht getanzt. Sollen wir auf dieses letzte Stück tanzen?« Nachdem wir getanzt hatten, ging ich nach Hause und analysierte, was geschehen war. Er hatte reagiert wie ich am Anfang, aber er hat sich von seinen Emotionen schneller erholt. *Glänzend!*

***

Es war an Lisas Geburtstag. Ich bereitete für sie ein Treffen in der *tanzbar* vor. Auf der Party gab es Kuchen, Getränke und eine Menge Tanz. Ale hatte ich auch eingeladen; es schien mir, dass er öfter ausgehen und neue Freunde kennenlernen sollte. Unglücklicherweise musste er in dieser Woche verreisen, er versprach aber, das nächste Mal dabei zu sein. Loy kam auch, und die Nacht endete für mich in seiner Wohnung. Nachdem wir uns einige Stunden »verbandelt« hatten, leider nicht so lange wie die sieben Stunden vorher, stellte er Fragen über den »smarten Kerl Orel« von vor zwei Wochen. Ich antwortete ganz beiläufig: »Das ist nur ein Freund«, und ging schlafen. Am andern Morgen nach dem Frühstück wollte er wieder Genaueres wissen über meine Beziehung zu diesem »smarten Jungen«. Tatsache war doch, dass es da keine gab, aber das würde ich ihm nicht erzählen. *Mein Experiment hatte gerade erst begonnen!*

So wie in der Nacht zuvor, sagte ich ihm, als ich an ihm vorüberging: »Er ist nur ein Freund«, und fügte hinzu: »Nur du interessierst mich.« Er ließ mich nicht gehen, packte mich beim Handgelenk und sagte herausfordernd: »So sah es aber gar nicht aus.«

»Lass uns nicht ohne Grund streiten.« Ich setzte mich auf seinen Schoß. Er verhielt sich wie ein Eifersüchtiger, aber wenn ich ihn dann mit all diesen Frauen sah, sagte er nur: »Du hast zu hohe Erwartungen.«

Ich war besorgt, dass ich all das zunichte machte, was zu meinem Plan gehörte, um seine Reaktionen auszuloten. Ich inszenierte geradezu eine eifersüchtige Frage über ein Mädchen, auch um seine Nachforscherei zu beenden. Ich ging auf sein Bett zu, um etwas Zeit zu gewinnen. »Was hat es mit dem jungen asiatischen Mädchen vom Salsatanzen auf sich?«, fragte ich ihn, wobei ich mich aufs Bett legte.

»Fragst du, ob wir eine Romanze haben?« Er wanderte im Zimmer umher, wobei er genau wusste, von wem ich sprach.

»Ja, das tue ich«, sagte ich vom Bett aus, wo ich auch bleiben wollte, falls ich mein Hemd hätte ausziehen müssen, um die Schlacht zu gewinnen.

»Sie hat einen Freund, also ist die Antwort ›nein‹, wir haben keine Romanze, obwohl sie gesagt hat, dass sie mich gerne treffen würde, wenn sie ungebunden wäre«, war seine Antwort, unterlegt mit einem triumphierenden Lächeln.

»Wenigstens hättest du jemanden, der dir den Rollstuhl schiebt«, scherzte ich nicht ohne eine gute Portion Eifersucht.

Für mein Gerede nannte er mich respektlos, und ich hörte seiner Rüge mit kindlichem Vergnügen zu. Im Zug nach Hause fragte ich mich, wie unterkühlt er morgen wohl sein würde, wenn er mich auf der Salsaparty mit einem anderen Typen sehen würde. Bei diesem nächsten Spiel wäre ich mal der Zuschauer!

Ich hatte Befürchtungen, was auf dieser Party wohl passieren würde. Ich suchte mein schwarzes Kleid mit den weißen Streifen aus. Diese Aufmachung gab alles her: Es war ein bisschen geschlitzt, und der Körper zeichnete sich in einer perfekten Linie ab. Ich nahm meine Jacke, denn das Wetter war kühl in dieser Nacht. Ich schaute in den Spiegel und war mit dem, was ich sah, zufrieden.

Ich traf meinen neuen Freund von der Verabredungs-App im *Vapiano*, einem italienischen Restaurant am Kölner Rudolfplatz. Oliver, ein Deutscher, war auch so um die fünfunddreißig, sah aber nicht so gut aus wie Orel. Er wartete auf mich an der Eingangstür. Er hatte meine Größe, war aber blond und hatte blaue Augen. Ich hatte ihn wegen seines Sinns für Humor ausgewählt. Außerdem hatte er kein Problem, auf eine Salsaparty zu gehen, obwohl er nicht tanzen konnte.

Zwei Stunden später betraten Oliver und ich den *Salsa Flavor Club*, in dem Loy heute Nacht arbeitete. Sobald ich meinen Drink in der Hand hielt, atmete ich tief durch und ging zu Loy, um ihn zu begrüßen. Ich stand direkt neben ihm im Sängerbereich und wartete darauf, dass er aufschaute und Hallo sagte. Eine ganze Weile stand ich da. Ganz offensichtlich ignorierte er mich, und das bedeutete, dass er mich bereits mit meiner Begleitung für diese Nacht gesehen hatte. Ich gab es nicht auf. Ich stand da und wartete geduldig, bis er nicht mehr so tun konnte, als ob er beschäftigt wäre. Er schaute auf. »Hi, ich kann jetzt nicht reden«, sagte er in einem rauen Ton und drehte sich um, um das zu tun, was er da halt gerade machte. Ich ging weg und fühlte mich einerseits schrecklich, so kalt abserviert worden zu sein, andererseits aber fühlte es sich auch großartig an, recht zu haben. Meine Vermutung über ihn war korrekt! *Er kann also auch keine anderen Männer an meiner Seite ertragen.*

Das Gebäude des Nachtclubs sah wirklich aus wie ein Hangar, ohne Fenster und mit einem Fußboden, der noch nicht fertiggestellt war. Oliver und ich standen in einer Ecke bei der Treppe, wo Leute zu einer Lounge raufgehen konnten oder herunter zu den Toiletten. Auf der anderen Seite der Treppe war eine Bar, voller Besucher, und ein Barkeeper versuchte, die ganzen Bestellungen zu erledigen. Gegenüber von der Bar war die Abteilung der Sänger, genau der Ort, den ich nicht in Augenschein nehmen wollte. Ich wich Oliver nicht von der Seite, und er nicht von meiner. Wir tranken, quatschten, und manchmal versuchte ich, ihm einige Salsaschritte beizubringen.

Nachdem Oliver gegangen war, schien sich Loy etwas entspannter zu fühlen. Er kam rüber, entschuldigte sich, dass er so barsch war, und forderte mich zum Tanz auf. Ich nahm seine Entschuldigung an, tanzte aber nicht mit ihm wegen eines vorgegebenen Fußproblems. Warum sollte ich mit ihm tanzen, nachdem er mich wie einen völlig Fremden behandelt hatte? War das ein Zufall, dass er so schlecht gelaunt war, oder war es, weil ich jemanden mitgebracht hatte? Das Problem war nur, ich glaubte nicht an Zufälle. Seine Reaktion war auch ein bisschen heftiger, als ich erwartet hatte. Bedeutete das, dass er mich mochte?

Mein Bauchgefühl sagte mir, dass ich eine der vielen Frauen war, mit denen er gelegentlich schläft, und dass ich ihm etwas bedeutete! Das war der Grund, weshalb ich dieses Experiment machte. Ich hatte ja auch nichts zu verlieren. Aber wenn er nicht aus dem Grund von der Rolle war, weil er mich mochte, was sonst konnte es dann noch sein? Dass ich einen Mann mit nach Köln, in sein Revier gebracht habe, änderte die Spielregeln. Jetzt sah es so aus, als ob er einer der Typen sei, mit denen ich gelegentlich ins Bett ging, und nicht anders herum. *Ja, das war es wahrscheinlich: männlicher Stolz!*

***

Ale und ich trafen uns öfter einmal zum Abendessen. Unser Lieblingsort war das italienische Restaurant *Vapiano* in Köln. Er erzählte mir einige Geschichten über seine Ex-Freundin. Die schien mir eine Person zu sein, mit der das Zusammensein furchtbar sein muss.

Er erklärte mir: »Am Ende unserer Beziehung hatte ich weder Freunde noch ein öffentliches Leben.« Es erstaunte mich, dass Männer diese Art von Frauen aussuchten, die sie nicht sie selbst sein ließen. Es war nicht das erste Mal, dass ich das von einem Mann gehört hatte. Gewöhnlich betrachteten sie die Beziehung als das Problem, und nicht die Wahl der Frau. Das ist so, als ob man eine Diät auswählt, die ausschließlich aus Bananen besteht, und sich dann später beklagt, dass zu viel Potassium im Spiel war. Diäten werden dann generell verurteilt, und man nimmt nicht wahr, dass das nicht die richtige Ernährung war.

Ale war kein großer Freund der Stadt Köln, und ich führte das auf seine schlechte Erfahrung zurück. »Möchtest du dieses Wochenende mit mir tanzen gehen? Wenn du Köln einmal mit meinen Augen siehst, könntest du es mögen, so, wie ich es tue«, sagte ich vergnügt.

Wir trafen uns am Freitag zum Abendessen. Nachdem wir uns über unterschiedliche Kulturen ausgetauscht hatten, gingen wir zum *La Salsera Club*, meinem Lieblingsort in Köln. Dieser Club war modern ausgestattet, mit Spiegeln, über die gesamte Tanzfläche verteilt. Im Barbereich waren bequeme Sofas gegenüber der Tanzfläche. Die Lichtverhältnisse waren schon ein wenig schummrig, als wir eintraten, und die Tanzfläche gut besucht. Alle meine Tanzfreunde saßen um einen Tisch herum. Ich stellte Ale jedem von ihnen vor, begann damit bei den Mädels, und dann tanzten wir zu einigen Songs. Bevor der Abend zu Ende war, hatte er sich bereits voll in die Gruppe integriert und tanzte mit allen Girls, die er kennengelernt hatte. Einige Mädchen fragten mich vorab, ob er mein Freund sei. Ich konnte das verneinen, indem ich nur meinen Kopf schüttelte. Ich dachte so bei mir: Er ist ein erstaunlich guter Tänzer und bald würde er einen großen Fanclub um sich herum haben.

Loy war auch da, ging mir aber aus dem Weg und sagte mir noch nicht einmal guten Tag. Nachdem er mich nun mit dem Mann gesehen hatte, den ich ausgesucht hatte, um meine These zu beweisen, begann er, mich vollkommen zu ignorieren. Durch den anderen Mann, durch Ale, konnte unsere Beziehung nicht irgendwie aufleuchten. Obwohl mein Experiment vorüber war, für Loy schien die Sache noch zu laufen.

Nach diesem Abend gingen Ale und ich zu allen Veranstaltungen, d.h. wir gingen zusammen hin und verließen das Ganze auch gemeinsam. Er machte einen glücklichen Eindruck, auszugehen und so schnell sein soziales Leben auszudehnen. Und ich war glücklich, ihm dabei geholfen zu haben.

Als wir nach einer Party an einem Imbiss standen, sagte er zu mir: »Wow, mit deiner Hilfe habe ich diese Woche schon hundert Leute kennengelernt.«

»Mir ist bis jetzt gar nicht bewusst, dass ich so viele Leute kenne«, sagte ich amüsiert. »Aber da ist etwas, was ich dir sagen muss.« Ich schaute ihn aufmerksam an und fuhr fort: »Erinnerst du dich, dass ich dir einmal von einem Mann erzählt habe, mit dem ich mich treffe?«

»Ja, natürlich.«

»Nun, der ist auch auf all den Partys, auf die wir gehen, und es kann sein, dass er denkt, du seist mein Freund.« Und nach einer Pause fügte ich mit gerunzelter Stirn hinzu: »Ich glaube jedermann denkt das, auch die Mädels.«

»Mach dir keine Gedanken, Kathy. Alles wird sich schon irgendwie aufklären. Und dann noch was: Bis ich mein ›Ein-und-Alles‹ finde, berührt mich das nicht, wenn es das ist, was dich besorgt macht.« Ich machte mir nicht nur Gedanken über ihn; ich traute mich einfach nicht, ihm von meiner Theorie und von meinem kindischen Spielchen zu erzählen, jedenfalls noch nicht.

***

Das Jahresende rückte schnell näher. *La Salsera Club* hatte ein großes Fest geplant, aber ich war nicht in der Stimmung, dort hinzugehen. Seit ich Loy einmal von seiner eigenen Medizin zu probieren gegeben hatte, mied er mich. Ale, der ein guter Freund und Partybegleiter geworden war, besuchte gerade seine Familie, und ich war gar nicht zum Tanzen aufgelegt.

Wie geht es dir? Kommst du zum Fest am Heiligen Abend? Diese Nachricht von Pauline erschien auf meinem Handy. Sie war wesentlich jünger als ich, hatte kurzes schwarzes Haar, und wenn sie tanzte, glitt sie wie eine Feder dahin. Immer, wenn ich sie anschaute, kamen mir Bilder von Betty Boop in den Sinn.

Hi, nein, ich komme nicht. Das war meine Antwort und die schickte ich mit einem traurigen Smiley.

Warum nicht?, fragte sie.

Ich bin nicht besonders in der Stimmung, um unter Leuten zu sein. Ich wollte nicht weiter in Details gehen.

Es wird auch etwas zu essen geben! Es wäre schön, zusammen Abend zu essen. Komm doch einfach. Sie schrieb die magischen Worte »essen« und »zusammen«.

O.k., du hast mich überzeugt. Ich komme. So lautete meine Antwort, und ich dachte auch daran, auf welche Weise Paulines positive Energie mich immer vorteilhaft berührt hatte. Übrigens trifft das auf die meisten meiner deutschen Freunde zu. Das ist ein guter Grund, dieses wundervolle Land nicht wieder zu verlassen.

In Brasilien ziehen wir uns an Weihnachten traditionell weiße Kleidung an. Da ich aber keine hatte, zog ich schwarze Sachen an, die für die Gelegenheit angemessen erschienen. Ich sah in viele freundliche Gesichter, als ich den Club betrat. Obwohl die Party im *La Salsera Club* in Köln stattfand, waren die ersten drei Leute, die ich sah, aus Bonn: Nina, ein nettes, prächtiges, blondes Mädchen in den Zwanzigern; Philipp, ein großer, schlanker Typ mit großem Herzen und Charakter, verheiratet mit Sabine, beide so in meinem Alter, und Pauline. Als ich sie auf Brasilianisch mit Küsschen und Umarmungen begrüßt hatte, sah ich, wie Loy hereinkam. Und getreu meiner Theorie machte mich das nicht glücklicher. Ihn einmal die Woche unter diesen Umständen zu treffen, hatte etwas Seltsames an sich. Ich hatte mir fest vorgenommen, an diesem Abend mit ihm darüber zu reden.

Die Bar war zu einer großen Tafel geworden, auf der die ganzen Speisen aufgebaut waren. Ich trat heran und lud mir noch ein paar Happen auf meinen Teller. Dann setzte ich mich auf ein großes, rechteckiges Sofa. Loy nahm sich auch vom Büfett und setzte sich neben mich. Er war guter Laune. Nachdem wir uns begrüßt hatten, begann ich mit meinem Anliegen.

»Ich möchte heute Abend mit dir reden und ich bin froh, dass wir das zwanglos tun können«, scherzte ich. Ich fuhr fort, aber erst, nachdem er mir Komplimente über mein Aussehen und über die Farbe des Nagellacks gemacht hatte, offenbar steht mir rot ganz gut: »Mein Wunsch für das nächste Jahr ist, dass es etwas mit uns wird.«

Er schaute mich neugierig an und fragte: »Etwas?«

In diesem Moment setzte sich ein gemeinsamer Freund von uns neben ihn und gab einen Kommentar über das Essen ab. Ich brach unsere Unterhaltung ab, denn das Thema war doch nur für ihn bestimmt und für sonst niemanden. Ich sagte zu mir selbst: *Vielleicht ist das nicht der richtige Moment, Kathy. Aber wann ist der denn?* Eine Minute später ging Loy, um seinen Teller erneut zu füllen, und Serge, der die Spannung zwischen uns gespürt hatte, fragte mich: »Störe ich hier etwas?«

In diesem Moment wusste ich nicht, ob ich lügen oder die Wahrheit sagen sollte. Ich war glücklich, ihn mit seinem ansteckenden Lachen und mit seiner Anständigkeit zu sehen, die mich jedes Mal beeindruckt hatten, seit ich ihm zum ersten Mal begegnet bin. Ich starrte auf seinen großen, schlanken Körper mit den gelockten Haaren, die hinter seinem Kopf zusammengebunden waren, und entschied mich für die Wahrheit.

»Man könnte sagen, dass Loy gerade noch einmal davongekommen ist«, sagte ich kichernd.

»Ich fühle da eine Spannung zwischen euch beiden. Spannung bedeutet guter Sex in einer Beziehung!«

»Das ist wohl wahr, aber das gilt nur, wenn beide sich außerhalb des Schlafzimmers nicht zerfleischen, und das ist bei uns nicht der Fall«, sagte ich und machte mit den Händen einen Kampf nach, dass wir beide brüllten vor Lachen.

Als sich Loy wieder hingesetzt hatte, ließ uns Serge alleine, damit wir unsere Diskussion beenden konnten. Ich fuhr dort fort, wo ich zuletzt aufgehört hatte. »Die Idee, dass es mit uns gar nichts mehr wird, gefällt mir nicht. Gut, wir sind nicht in einer Beziehung, wir sind keine Freunde, wir sind keine Sexualpartner oder auch nur Tanzpartner. Es wäre aber doch schön, Freunde zu sein oder wenigstens auf den Partys zusammen zu tanzen«, stellte ich fest und machte dabei ein enttäuschtes Gesicht.

»Aber Sexualpartner klingt gut«, sagte er mit einem »Bad-Boy«-Gesicht.

»Ich meine es ernst.« Ich machte dabei ein beleidigtes Gesicht und versuchte, nicht an seinen Vorschlag zu denken.

»Die Leute werden nicht Freunde, weil sie sich das aussuchen. Es passiert mit der Zeit.« Jetzt war er ernst.

»Da stimme ich zu, aber nur, wenn sie dem Ganzen

eine Gelegenheit geben«, schoss ich schroff zurück. Fast bedauerte ich die Idee zu diesem Gespräch, denn es könnte eine fiese Diskussion werden. In das Schweigen hinein fuhr ich fort: »Was ich noch sagen wollte, in ein paar Tagen reise ich für ein paar Monate nach Südamerika, und wenn ich zurückkomme, wäre es nett, wenn aus unserer Geschichte Freundschaft würde.« Ich sah, dass ein halbes Lächeln über sein Gesicht zog. Er umarmte mich und flüsterte: »Sicher.« An diesem Abend bat er mich um einen Tanz; ein letztes Friedensangebot.

Kapitel 6

Die Entdeckung

Im August 2013 war ich das letzte Mal in Buenos Aires. Ich war aufgeregt, meine Freunde und meine alte Liebe wiederzusehen … Buenos Aires!

Es war Mitte Januar, Sommerzeit und megaheiß. Ich hatte es so arrangiert, dass ich einen Monat in Eduards Wohnung im Paternal-Viertel bleiben konnte, das sich in der Nähe des Stadtzentrums befindet. Ich habe dort gewohnt, als wir noch miteinander verheiratet waren. Gelegentlich hatte er Europa mit seiner neuen Freundin besucht. Augusto, mein ehemaliger Schwager, wartete an der Haustür mit dem Schlüssel auf mich.

Ich freute mich schon sehr darauf, meine Katze Mimosa wiederzusehen. Als ich das Wohnzimmer betrat, stellte ich meinen riesigen Koffer ab und fing an sie zu rufen. Sie versteckte sich unter Eduards Bett und wollte nicht herauskommen.

Ich befürchtete, dass sie sich vielleicht nicht mehr an mich erinnerte, also tat ich das Einzige, was ich tun konnte, damit unsere Begegnung für sie nicht traumatisch werden würde; ich setzte mich hin, drehte mich zu der Tür, die zum Flur führte und die beiden Zimmer mit der Küche, dem Badezimmer und dem Wohnzimmer verband, und rief sie immer und immer wieder. Zuerst beantwortete sie mein Rufen mit einem *Miau* und dann kam sie zu mir. Mimosa davon zu überzeugen, an meiner Seite zu sein oder mir, wie früher, durch das Haus zu folgen, war hingegen nicht so einfach. Nachdem sie mich begrüßt hatte, legte sie sich auf ihren Schlafplatz im Wohnzimmer.

Am dritten Tag besuchte mich meine Freundin Jade.

»Du musst mir alles erzählen, was ich noch nicht über deinen Aufenthalt in Deutschland weiß!«, sagte sie mit einem breiten Grinsen, nachdem sie mich umarmt und geküsst hatte.

»Aber du weißt schon fast alles«, antwortete ich amüsiert, da wir in Kontakt geblieben sind, als ich weg war.

»Okay, aber ich habe ein paar Dinge am Ende verpasst«, sagte sei und grinste weiter. »Und was ist mit Elliot passiert? Hast du schon mit ihm geredet, seit du wieder hier bist?«

»Natürlich nicht. Schon bevor ich weggegangen bin, haben wir aufgehört miteinander zu reden. Außerdem habe ich seine Handynummer nicht mehr.« Dabei suchte ich gleichzeitig in meinem Handy nach seinem Namen. »Ich habe nur noch seine E-Mail-Adresse.«

»Und warum schreibst du ihm dann keine E-Mail?«

»Bist du verrückt? Und was soll ich ihm sagen?«, fragte ich.

»Du könntest hallo sagen und dass du wieder hier bist. Wer weiß, vielleicht ist er ja jetzt Single.«

»Er würde mir nicht antworten«, sagte ich, während ich heimlich darüber nachdachte.

»Natürlich wird er das.« Sie klang voller Überzeugung.

Ich hörte auf meine Freundin und schrieb Elliot eine kurze E-Mail, in der ich mitteilte, dass ich wieder in Buenos Aires war (so, wie sie es vorgeschlagen hatte) und dass ich wissen wollte, wie es ihm seit unserer letzten Unterhaltung so ergangen sei. Ich hatte Zweifel, dass er mir antworten würde. Deshalb gab ich mir nicht allzu viel Mühe.

»Oh nein, jetzt werde ich ewig auf seine Antwort warten. Warum habe ich nur auf dich gehört?«, sagte ich, nachdem ich auf »senden« gedrückt hatte. Wir mussten beide über mein kindisches Verhalten lachen und wechselten dann das Thema. Wir hatten uns in den letzten Monaten nicht mehr richtig unterhalten, und vielleicht gab es ja Neuigkeiten, obwohl ich mir fast schon sicher war, dass es keine gab.

Am nächsten Tag saß ich mittags im Bus auf dem Weg zurück zur Wohnung. Jade und ich tauschten gerade SMS aus, als eine E-Mail von Elliot ankam. *Er hat mir geschrieben!*, gab ich an Jade aufgeregt weiter und öffnete nun seine E-Mail.

An: *Kathy@gmail.com*
Von: *Elliot@gmail.com*
22.01.2015   12:37:28

Liebe Kathy!
Ich hätte nie gedacht, dass ich wieder etwas von dir hören würde. Das letzte Mal war es in einer Reihe von E-Mails, in denen du mitteiltest, dass du nach Deutschland gehen würdest. Wie lange ist das jetzt her? Vielleicht noch nicht sehr lange, mag sein auch kürzer, als es mir vorkommt. Was ist alles passiert? Wohin bist du gegangen und in welche Richtungen?

Du bist nie ganz aus meinem Kopf verschwunden. Von Zeit zu Zeit standst du als Erinnerung oder Gedanke vor mir. Du bist also jetzt in Buenos Aires? Was führt dich hierher zurück? Urlaub? Vielleicht etwas anderes?

Mein Leben ... lass mich mal überlegen ... ich bin immer noch mit jemand zusammen. Ich arbeite immer noch für die gleiche Firma, ich schwimme immer noch gerne. Inzwischen spiele ich auch Theater. Das habe ich lange nicht mehr gemacht. Ich würde sagen, dass ich mich von außen betrachtet nicht viel verändert habe. Ein bisschen älter bin ich sicherlich geworden. Vielleicht fanden Veränderungen in meinem Innenleben statt. Krisen zu haben, gehört zum Leben dazu. Ich fing an, den Zwiespalt, die Polarität, die manchmal eine Krise verursachen, zu verstehen. Es liegt wohl daran, dass das Gleichgewicht außer Kontrolle geraten ist und wiederhergestellt werden muss.

Als wir uns das erste Mal trafen, kostete es mich viel Zeit, das Gleichgewicht immer wieder zu verlieren und dann wiederzufinden. Wenn ich nicht mehr weiterweiß, wenn ich mich unwohl fühle, wenn ich nicht eins mit mir bin, verzweifele ich total und suche dann Ventile, um diese negativen Gefühle rauszulassen, damit ich nicht daran zu Grunde gehe. Und das hilft mir, um einen Ausweg zu finden.

Erzähl mir von dir, wie lange wirst du in Buenos Aires bleiben? Wie geht es dir? Was hast du auf deinen Reisen so alles unternommen und/oder wonach hast du gesucht? Wo wohnst du im Moment? Hast du noch diese magische Wohnung? Jene Tage mit dir stehen immer noch lebendig vor mir.

Kuss, Elliot.

In meiner nächsten E-Mail strengte ich mich nun mehr an als in der ersten. Ich war überrascht, dass er mir geantwortet hatte. Dass ich in sein Leben getreten war, hatte ihm Konflikte in seiner Beziehung verursacht. Es war eindeutig, dass er diese beschützen wollte. *Wie schade, dass Elliot immer noch nicht zu haben ist. Sei nicht dumm, Kathy; du bist nicht nach hier gekommen, um wieder etwas mit ihm anzufangen!*

Wir fingen an, uns täglich E-Mails zu schreiben. Offensichtlich wurde unsere Zuneigung wieder stärker. In seiner zweiten E-Mail schlug er vor, dass wir uns auf einen Kaffee treffen sollten; das schien mir keine gute Idee zu sein. Er war immer noch in einer Beziehung, und aufgrund dessen, und im Hinblick auf das, was mit uns passiert war, konnten die Dinge sehr schnell aus dem Ruder laufen. Einmal abgesehen davon fühlte ich mich bei unseren »digitalen Treffen« wohler. Schließlich war es schon ein großer Fortschritt, überhaupt Kontakt zu ihm zu haben. Aber jeder Tag, jede E-Mail brachte mich ihm näher. Wir machten eigentlich da weiter, wo wir aufgehört hatten. Es fühlte sich überhaupt nicht so an, als ob mehr als ein Jahr vergangen wäre.

Ich blieb die gesamten ersten drei Wochen in Buenos Aires in der Wohnung hocken, ohne großartig aus dem Haus zu gehen. Ich war ziemlich müde von der Reise von Deutschland nach Brasilien und anschließend nach Buenos Aires. Die einzige Freundin, die ich in diesen Wochen sah, war Jade, die mich zweimal pro Woche besuchte.

Ich wartete auf meine tägliche E-Mail von Elliot. Seine

Art zu schreiben war so verbindlich und herzlich. Das reizte mich irgendwie. Meine Briefe sollten auf dem gleichen Niveau sein, hingegen zählte die Schreibkunst nicht zu meinen Talenten. Am Anfang brauchte ich lange Zeit, um meine Gedanken zu sortieren und sie zu Papier zu bringen. Die Wochen vergingen, und mein Schreibstil verbesserte sich.

Einen Monat später schrieben sich Elliot und ich immer noch regelmäßig. Ich fragte nach immer mehr Details über unser letztes Thema. Ich wollte sein Innerstes kennenlernen und seine Seele begreifen können. Ich vermied es jedoch, ihm wichtige Informationen über mich zu geben. Ich war noch nicht bereit dazu, ihm meine Vergangenheit auszubreiten, noch nicht einmal die jüngsten Geschehnisse, die dazu geführt hatten, Deutschland zu verlassen. Jeder von uns hatte seine Leichen im Keller. Diesen Spruch hatte ich schon oft gehört. Es war mir lieber, sie unter Verschluss zu halten, besonders wenn es um Elliot ging.

In all diesen E-Mails fand ich ein paar Sachen, die mir an ihm nicht besonders gefielen. Die Entscheidungen und Fehler anderer zu kritisieren, war furchtbar einfach. Verurteilen wollte ich ihn aber nicht. Ich schätzte das Vertrauen, das er mir entgegenbrachte, indem er mir über sein Leben erzählte. Von mir konnte ich das Gleiche nicht sagen.

Eine Woche später, als ich gerade seine E-Mail beantwortete, dachte ich darüber nach, wann er sich wohl der Tatsache bewusst werden würde, dass ich ihm noch nichts über mich erzählt hatte.

Die Antwort kam noch am gleichen Donnerstagabend. Wie sonst auch, beantwortete er haargenau meine Fragen. Am Schluss seiner Mail aber fand ich einige Fragen über mein Leben, die ich beantworten sollte. Glücklicherweise waren sie nicht allzu persönlich.

Jetzt möchte ich mehr über dich erfahren. Hast du einen Tanzpartner? Gibst du Tanzkurse? Was für eine Art von Tanz? Wie war der Ort, an dem du gelebt hast? Ist die deutsche Kultur vielleicht zu »kalt« für jemanden wie dich? Womit vertreibst du dir die Zeit in Buenos Aires? Ich stelle mir vor, dass dich viele Freunde besuchen.

Problemlos beantwortete ich alle Fragen. Darüber konnte ich doch mit ihm reden. Und dann am Ende schrieb ich noch etwas, was so aussehen sollte, als ob es ein kurzer Nachgedanke wäre, und bat ihn darum, mir etwas Schönes zum Lesen für das Wochenende zu schicken. Ich war gespannt, ob er die wahre Bedeutung meines Wunsches verstehen würde. Seine Antwort kam sofort: *Ich werde dir etwas schreiben.*

Wir hatten Martín schon lange nicht mehr gesehen. Jade, Martín und ich gingen an einem Freitagabend in Palermo, im Soho-Viertel, der beliebtesten Gegend in Buenos Aires, aus. Wir wollten essen und etwas trinken. Ich kam erst um 3:40 Uhr wieder nach Hause, machte mich gerade fertig fürs Bett, als ich eine E-Mail von Elliot bekam. Es war die zweite E-Mail, die Elliot mir an diesem Tag geschickt hatte. Aufgrund der Seitenzahlen und der fortgeschrittenen Uhrzeit ging ich davon aus, dass er die ganze Nacht damit verbracht hatte, sie zu schreiben. Die E-Mail enthielt detaillierte sexuelle Beschreibungen von unserem ersten Date; so, wie er es sich vorstellte. *Das war nicht gerade das, woran ich gedacht hatte, als ich darum bat, mir etwas Schönes zu schreiben!* In dieser Nacht entschied ich mich dazu, ihm meine Telefonnummer zu geben.

Es gibt noch eine andere Art der Kommunikation, wenn du das möchtest. Ich fügte meine Nummer hinzu und schickte sie ihm, ohne seine E-Mail im Detail gelesen zu haben

Endlich kam ich dazu, Greta am Samstagmorgen zu besuchen. Ich wohnte im Stadtzentrum und sie im nördlichen Stadtgebiet. Ich musste zwei Busse nehmen und war eineinhalb Stunden unterwegs zu ihr. Ich hatte bereits die Hälfte der Strecke hinter mich gebracht, als ich eine SMS von einem Fremden bekam. Ich erkannte weder die Nummer noch den Mann mit dem Bart, der Sonnenbrille und dem Hut auf dem Display.

Hi, wie geht's dir?, schrieb der Fremde.

Gut. Hast du einen Namen?, sprach ich ihn direkt an.

Rate mal.

Ich glaube nicht, dass das ein Name ist, und ich rede nicht mit namenlosen Männern, erwiderte ich ungeduldig. Ich war nicht in der Stimmung, Spielchen zu spielen, und außerdem empfand ich es als unhöflich, sich nicht vorzustellen.

Mein Name fängt mit »El« an und hört mit »liot« auf. Das war Elliots schnelle Antwort.

Hallo. Ich wusste nicht, dass du es bist. Entschuldige bitte, entgegnete ich ihm inzwischen besser gelaunt. Ich hatte komplett vergessen, dass ich ihm letzte Nacht meine Nummer gegeben hatte.

Ich bin zu Fremden nicht sehr freundlich, erklärte ich ihm.

Das ist auch gut so. Man kann nie vorsichtig genug sein. Ich bin froh darüber, dass wir jetzt diese Art der Kommunikation haben und uns nicht nur E-Mails schreiben.

Ja, ich auch, war meine ehrliche Antwort.

Ich liebe jedoch auch die Art und Weise, wie wir uns in unseren E-Mails ausdrücken.

Klar doch, es ist anders und ich liebe es, wie du mir schreibst. Ich lächelte, während ich das schrieb, und hatte ein warmes Gefühl in meinem Herzen. Dann ließ ich endlich verlauten: *Ich habe mich dazu entschlossen, dich zu sehen.*

Überrascht fragte er mich: *Was hat dich dazu gebracht, deine Meinung zu ändern?*

Unsere E-Mails und unsere Verbindung haben mich überzeugt. Aber wenn du nicht möchtest, ist das auch o.k.

Doch, ich möchte dich sehen. Ich versuche nur zu verstehen, warum du deine Meinung geändert hast.

Würdest du gerne morgen mit mir ins Theater gehen?, fragte ich.

Morgen kann ich nicht. Ich bin zum Abendessen verabredet. Aber wir können uns an jedem anderen Tag auf einen Kaffee treffen, ins Theater gehen oder ein Bier zusammen trinken. Die Entscheidung liegt bei dir.

O.k., hört sich gut an. Bis später. Ich beendete unser Gespräch, als ich vor dem Haus meiner Freundin ankam.

Gretas Wohnung sah immer noch so aus wie früher. Von der Eingangstür ging ich direkt ins Wohnzimmer, das mit Möbeln und allerlei Krimskrams vollgestellt war. Von dort führte ein langer Flur zu Küche, Schlafzimmer und Badezimmer. Wir gingen durch die Küche auf eine große Dachterrasse. Rechts konnte ich einen Pool sehen und links einen Grill. In der Mitte stand ein runder Tisch mit zwei Stühlen, auf denen wir Platz nahmen. Obwohl wir täglich miteinander telefoniert hatten, war es das erste Mal, dass wir uns seit meiner Ankunft sahen. Nachdem sie mich auf den neuesten Stand ihrer Eheprobleme gebracht hatte, fragte sie: »Was ist jetzt mit Elliot?«

»Mein Verhältnis zu ihm wird immer intensiver. Er hat mir eine vierseitige E-Mail um 4:00 Uhr morgens geschickt«, sagte ich grinsend, weil mir der Gedanke gefiel, dass Elliot wach war und an mich dachte.

»Wow, der Junge ist echt süß.«

Greta war etwa 55 Jahre alt. Das Wort »Junge« passte daher zu ihr.

»Ich habe nur ein paar Zeilen gelesen, genug, um zu erkennen, dass sie sexueller Natur waren. Da hatte ich kein Interesse mehr, den Rest zu lesen«, erzählte ich ihr. Das Gleiche Elliot zu sagen, hatte ich eben noch keinen Mut gehabt.

»Also im Prinzip habt ihr zwei noch nicht miteinander geschlafen. Jetzt aber denkt er ganz bestimmt daran.«

»Ich weiß es nicht. Aber unter uns gesagt, es ist alles sehr viel vergeistigter. Ich sehe ihn jetzt gar nicht so wie du. Aber egal, ich habe mich dazu entschlossen, ihn zu sehen.«

»Kathy, du weißt schon, dass er nur Interesse hat, weil du bald wieder gehen wirst, stimmt's?«

»Ja, ich weiß«, antwortete ich ernst, weil ich doch auch wusste, dass ich nicht bleiben würde. Nicht einmal Elliot zuliebe.

»Ich möchte nur sichergehen, dass du keine großen Erwartungen an ihn stellst«, sagte sie in ihrem mütterlichen Tonfall, wie immer.

Ich verbrachte den Tag mit Greta, und am Abend kam Martín, um mich abzuholen. Ich blieb das ganze Wochenende in seiner Wohnung. Diese befand sich nur 20 Wohnblocks von Gretas Domizil entfernt.

Seine Band war bei ihm zu Hause, um sonntagnachmittags zu üben. Er stellte mich seinen Bandmitgliedern vor: Frederic (Schlagzeuger), John (Gitarrist und Sänger wie Martín), Diego (Bassist) und Sam (Gesang und Percussion). John und Sam kannte ich schon von früher. Damals waren sie noch Jungs, jetzt waren sie Männer geworden. Die Band fing an, ein romantisches Lied zu spielen, und meine Gedanken wanderten zu Elliot. Ich ging zu Martíns Computer und öffnete die letzte E-Mail, die er mir geschickt hatte.

An: *Kathy@gmail.com*
Von: *Elliot@gmail.com*
05.03.2015 *4:06:15*

Liebe Kathy, hier eine Geschichte, wie du es dir gewünscht hast. So stelle ich mir ein richtiges Zusammensein mit dir vor ...

... und ich fragte nach der Rechnung in der Bar, in der wir ganz entspannt saßen. Unser Gespräch war unterhaltsam, lustig, innig und intim, so, wie wir es uns vorgestellt hatten. Es spiegelte all das wider, was wir erwartet hatten, nachdem wir uns so lange nicht gesehen hatten. Wir schauten uns neugierig an, und die anfängliche Nervosität verschwand. Gegen Ende waren wir beide zufrieden und ruhig. Unser Treffen war einfach und kompliziert zugleich, da wir fühlten, dass wir unsere sexuellen Vorstellungen durch geistige Reife kontrollieren konnten, obwohl wir uns schon beinahe schmerzvoll nacheinander sehnten.

Ich brachte dich nach Hause. Ganz in deiner Nähe hatte ich mein Auto geparkt. Mein Beschützerinstinkt musste dahingehend befriedigt werden, dass ich dich gut und sicher zu Hause wusste. Wir hielten uns kurz am Eingang auf, um uns voneinander zu verabschieden.

Ich hielt dich mit meinen Armen fest umschlungen, so, wie du es mit mir auch machtest. Ich küsste deine Wange herzlich, aber sanft. Beide mussten wir lächeln. Wir schauten uns tief in die Augen. Unsere Gesichter trennten nur wenige Zentimeter, und als ich meinen Kopf drehte, berührten meine Lippen die deinen.

Diese Gelegenheit hatte sich unabsichtlich, unerwartet und ohne jede Vorwarnung ergeben. Die Berührung unserer Lippen war das Dynamit, das die erotischen Mauern sprengte, die wir errichtet hatten. Ich presste meine Lippen auf deine. Wir küssten uns ein-, zwei-, dreimal ganz sanft, bis sich auf einmal deine Lippen leicht öffneten, und ich deine Wärme und Feuchtigkeit spürte. Ich konnte meine Zunge nicht mehr zurückhalten, die sofort die deine suchte. Die Küsse wurden heftiger, immer intensiver. Meine Arme, die deinen Rücken hielten, streichelten ihn von deiner Hüfte bis zum Nacken. Dein gesamter Körper schmiegte sich an meinen, und wir wurden eins.

Ich erinnere mich nicht daran, wie viele Minuten vergingen, denn ich hatte kein Zeitgefühl mehr. Plötzlich standen wir vor der Tür deiner Wohnung. Du drehtest die Schlüssel im Schloss herum. Meine Stirn ruhte auf deinem Nacken, meine Hände auf deiner Hüfte.

Wir traten ein. Du machtest Licht. Ich löste mich für ein paar Minuten von dir, da die neue Umgebung meine Aufmerksamkeit auf sich zog. Du botest mir etwas zu trinken an, ich weiß nicht mehr, was es war. Als du dich umdrehtest, schaute ich dich an, und ein starkes Verlangen überkam mich. Ich umarmte dich von hinten, als ob ich dich gänzlich in Besitz nehmen wollte. Mein ganzer Körper war an den deinen geschmiegt. Meine Hände bewegten sich mit festem Druck und entschlossen auf deinen Brüsten. Du aber bogst deinen Kopf zurück, botest mir deinen geöffneten Mund, auf den ich mich wie von Sinnen stürzte und den ich heftig küsste. Eine Hand lag auf deinem Nacken, die andere auf deiner Brust. Dein Körper, deine Hüfte, deine Lippen waren gegen meine gepresst. Dein Rücken drückte gegen meine Brust, dein Po gegen meinen Penis.

Du drehtest dich wieder um, und unsere Augen trafen sich.
Deine Blicke beruhigten meine Euphorie und ließen mich
ein wenig innehalten. Meine Berührungen wurden danach
sanfter, und meine Hände wanderten unter deine Klei-
dung. Du zogst mir das Hemd aus. Mein Körper gehörte
gänzlich dir. Du küsstest meine Brust und meinen Hals.
Meine Hände berührten deine Unterwäsche. Ich zog deine
Bluse aus, und deine Brüste kamen zum Vorschein. Ich
küsste und liebkoste sie. Dann aber kehrte ich zu deinen
Lippen zurück, die deinen Körper zu beherrschen schienen.
Mit meinem Mund auf deinen Lippen und meinen Händen
auf deinem Po gelangten wir ins Schlafzimmer.

Ich zog uns beide aus. Wir blieben noch eine Weile in un-
serer Unterwäsche, wobei ich deine Haut betrachtete. Ich
drehte dich auf deinen Bauch und fing an, deinen Rücken
zu küssen und streichelte ihn mit meiner Brust. Dann lieb-
koste ich deinen Nacken. Meine Zunge suchte nach deinem
Ohr. Langsam bewegte ich mich weiter nach unten, küsste
deine Wirbelsäule und öffnete deinen BH. Ich gelangte zu
deiner Hüfte und blieb an der Stelle, an der dein Hintern
anfängt, umfasste und küsste beide Pobacken. Meine Zunge
glitt dein rechtes Bein entlang, unsicher noch, wohin sie
wollte, wobei sie sanft deine Haut leckte. Ich kam zu deinen
Füßen und legte mein Geschlecht zwischen sie.

Ich wollte jeden Teil deines Körpers erkunden. Ich küsste
dein linkes Bein und dieses Mal hielt ich an deinem Hin-
tern inne. Ich benutzte meine Zunge tiefer und fordernder.
Als ich wieder zum Nacken zurückkam, legte ich mich auf

dich, so dass du meinen ganzen Körpers spüren und dich an dieser Empfindung erregen konntest.

Dann hast du dich umgedreht. Unsere Lippen begegneten sich wieder. Immer noch lag ich auf dir. Deine Beine öffneten sich für meine Hüfte, und unsere Geschlechtsteile fanden zueinander. Unsere Unterwäsche hielt mich noch davon ab, in dich einzudringen. Und irgendwie war es zu früh dazu, weil ich nicht damit aufhören konnte, die Oase auf deiner Haut zu suchen und zu finden. Unsere Lippen trennten sich für einen Moment voneinander. Meine Zunge bewegte sich zwischen deine Brüste. Ich leckte und küsste sie überall, streichelte behutsam die weiche Haut und erfasste dann deine harten, erregten Brustwarzen wie ein Labsal für meine durstige Zunge. Ich liebkoste sie, umkreise sie mit meiner Zunge, zuerst zaghaft, dann immer stärker. Deine Hände spürte ich auf meinem Nacken liegen. Dann hörte ich ein genussvolles Stöhnen aus deinem Mund. Ein wohliger Ton folgte dem anderen; beide Brustwarzen gehörten jetzt mir.

Meine Zunge wanderte von deinem Bauchnabel abwärts und hielt nur wenige Millimeter vor deiner Scheide inne. Ich spürte deinen feuchten Slip. Mit meinem Mund berührte ich sanft deine Schamlippen; darauf küsste ich wieder deinen Bauch. Es war noch nicht so weit. Als ich wieder zu deinem rechten Bein ging, ließ ich eine Hand auf deinem Venushügel liegen, um ihn zu beschützen. Ich küsste deine Beine wieder und wieder. Auch deine Scheide ließ ich nicht aus. Aber ich zeigte eine gewisse Unentschlossenheit. Ich wollte nämlich, dass dein Verlangen nach mir so groß wie möglich sei.

Ich suchte nach deinen Lippen, drückte meinen Schoß gegen deinen, und dies alles zusammen war es, was mich erregte. Die Lust unseres Küssens war nicht mehr auszuhalten. Ich konnte nicht mehr an mich halten und wollte dich mit meiner Zunge befriedigen. Meine Hände berührten deinen Po und drückten unsere Hüften noch enger aneinander. Wir konnten uns kaum noch beherrschen. Du stöhntest, als meine Küsse von deinem Mund abließen und deinen Hals suchten.

Entschlossen nun, kniete ich vor dir nieder. Ich entledigte dich deiner Unterwäsche und ließ deine völlige Nacktheit auf mich wirken. Ich näherte mich direkt, aber langsam deinem Geschlecht. Du spürtest, dass der Moment gekommen war und öffnetest deine Beine noch weiter. Deine Scham war direkt vor mir. Ich küsste deinen Unterleib, deine Hüften und kreiste um deine Scheide. Langsam näherte ich mich ihr, bis meine Lippen sie schließlich erreichten. Behutsam, aber entschlossen küsste ich dein Geschlecht. Mit jedem Kuss bewegte sich meine Zunge weiter, untersuchte, erkundete. Sie spürte deine Reaktionen, die voller Begehren waren. Ich drang mit meiner Zunge in dich ein, suchte deine Klitoris und begann dann langsam, auch meine Finger ins Spiel zu bringen. Meine Welt bestand nur noch aus deinem Geschlecht; ich wurde völlig von dir aufgenommen und saugte alles von dir auf.

Du fingst an zu stöhnen, zuerst sanft, dann heftiger. Deine Hand lag auf meinem Nacken und half mir, mich zu bewegen, indem sie Druck ausübte. Ich wollte damit nicht mehr aufhören. Es war mein Wunsch, dass du das spürtest, was ich beim letzten Mal empfunden hatte, als wir zusammen waren. Mein Wunsch, dich ganz in mich aufzunehmen, war ebenso intensiv.

Das Saugen wurde stärker, und hartnäckig drang meine Zunge wieder und wieder in dich ein, ohne Pause. Deine Hand lag immer noch auf meinem Nacken, und meine wanderte zu deinem Hintern und drückte ihn fest an mich. Ich konnte nicht genug bekommen, ich wollte tiefer eindringen, ich wollte alles. Du stöhntest und verändertest ein wenig deine Hüftbewegungen, was mir half und dich noch verrückter machte. Ich konnte an nichts mehr denken, so sehr war ich mit dir verbunden. Für einen Moment schien es, als ob du mich aufhalten wolltest, aber ich konnte nicht aufhören und mich auch nicht zurückhalten. Es gab kein Zurück mehr, ich gab alles, du spürtest meine Entscheidung und überließest dich ganz deinen Empfindungen.

Das Lecken wurde stärker, schneller und härter. Meine Zunge und meine Lippen hörten nicht auf, dich nass zu machen. Deine Beine überkreuzten sich hinter meinem Kopf und fesselten mich an der Quelle der Lust. Es gab kein Zurück mehr, dein Geschlecht gehörte vollständig mir. Dann wurde dein Stöhnen lauter, und ein krampfartiger Schrei war zu hören, und dann noch einer und noch einer. Es war die Erfüllung unserer Wünsche. Du explodiertest *geradezu in meinem Mund, und ich wollte jeden einzelnen Tropfen von dir aufsaugen.*

Entspannt öffnetest du dann deine Beine, und meine Zunge säuberte dein Geschlecht. Dann bewegte ich langsam meinen Kopf. Wir schauten uns tief in die Augen und umarmten uns.

Ich erinnere mich nicht mehr daran, wie lange wir uns umarmten, aber es erschien mir wie eine Ewigkeit, als ob die Zeit nicht existieren würde. Nur wir beide waren in diesem Moment die Bewohner des Universums. Es gab nur unsere Augen, unsere Lippen, unsere Berührungen, unsere Haut, unsere Vereinigung und unsere Welt in dieser Verbindung.

Aber es hörte hier nicht auf. Deine Hand streichelte begierig mein Hinterteil. Meine Unterhose verschwand und ließ meine Erektion zum Vorschein kommen. Wir drehten uns auf die Seite, schauten einander an. Du hobst dein Bein und lehntest dich gegen meinen Körper. Ohne Umschweife drang ich in dich ein. Deine Augen weiteten sich plötzlich, und ein stummer Schrei kam aus deinem Mund. Ich spürte es wie eine Glut, endlich in dir zu sein.

Aber das ist eine andere Geschichte. (Daran habe ich heute Nachmittag gedacht).
   Tausend Küsse, Elliot.

Mann, das war deutlich! Ich war gleichzeitig schockiert und erregt. Es war, als ob ein anderer Mann diese E-Mail geschrieben hätte. Der Mann in dieser E-Mail jedenfalls trat sexuell völlig befreit auf. Es war alles überhaupt nicht so, wie ich Elliot kannte. Konnte es sein, dass er sich verändert hatte? Ich versuchte die E-Mail zu beantworten, während die Band probte.

Ich hatte Probleme zu schreiben und auf die gleiche Art mit ihm in Verbindung zu treten. Wie beantwortete ich eine solche E-Mail? Obwohl seine auf Spanisch war, antwortete ich auf Englisch. Sie musste auf Englisch sein, weil ich auf diesem Weg vielleicht meine Gefühle schützen konnte, ohne dabei distanziert zu klingen. Das gab das amerikanische Englisch her, das ich dafür liebte. Hoffentlich würde er es nicht bemerken.

Die Band spielte noch ein romantisches Lied, was mir dabei half, meine Gefühle zu sortieren. Diese E-Mail war anders als die anderen; ich schrieb sie, ohne dass sie von Herzen kam. Sie war kurz und ziemlich höflich. Ich brauchte einfach Zeit, um seine deutlichen Worte zu verarbeiten, die solch ein sexuelles Verlangen nach mir zum Ausdruck brachten.

Als ich am Montagmorgen aufwachte, war ich immer noch aufgeregt durch seine E-Mail. Ich wusste aber, dass das vorübergehen würde. Ich war nicht sexuell erregt, sondern wegen der Tatsache, eine so bildreiche E-Mail von ihm gelesen zu haben. Es wird vorüber gehen! Ich nickte dabei, während ich mein Handy nahm, um Elliot eine Nachricht zu schicken und unser Treffen zu vereinbaren.

Hallo, wie war dein Wochenende?

Hi, ganz ruhig. Es hat mir gefallen, deine E-Mail auf Englisch zu lesen. Sie war anders.

Ich las seine Nachricht, und sofort läutete es in meinem Kopf und warnte mich, dass er vielleicht doch meinen emotionalen Abstand bemerkt hatte. *Ja, es stimmt. Wir haben uns noch nie komplett auf Englisch geschrieben*, gab ich zurück und hoffte, dass sich jeder Zweifel in Luft auflösen würde.

Ich möchte mich gerne für meine E-Mail entschuldigen. Ich habe noch nie so etwas geschrieben und ich schäme mich sehr, antwortete er, dieses Mal mit einer kurzen Verzögerung.

Du brauchst dich für nichts zu entschuldigen. Mir hat es gefallen!, sagte ich und hoffte dabei, dass es sich glaubwürdig anhörte.

Wirklich?, fragte er.

Ja klar, aber ich brauchte das Wochenende, um die Mail zu verarbeiten. Ich habe noch niemals eine sexuelle Geschichte geschrieben. Um ehrlich zu sein, habe ich noch nie irgendeine Art von Geschichte geschrieben. Ich werde versuchen eine zu schreiben, o.k.? Ich hoffte, dass er mein geringes Unbehagen nicht spüren würde.

Das musst du nicht. Es muss überhaupt nicht sein, aber ich musste mein sexuelles Verlangen nach dir ausdrücken, bevor ich schlafen ging.

Ein Freund von mir spielt diesen Mittwoch mit seiner Band im Belgrano-Viertel. Würdest du gerne mit mir dorthin gehen?, bot ich ihm an, überglücklich wegen der Tatsache, dass er an mich dachte.

Liebend gerne. Wann fängt das an?, fragte er.

Um 20:00 Uhr, aber ich schlage vor, dass wir uns eine Stunde vorher treffen, damit wir reden können.

Das ist perfekt, erwiderte er und machte unser Date damit fest.

Während der nächsten Tage sprachen wir kaum miteinander. Wir wechselten lediglich ein paar Worte und schrieben uns ebenso kurze E-Mails. Trotz der physischen Entfernung voneinander, konnte ich seine Nervosität und seinen Stress spüren, egal wo er sich befand. War das eventuell wegen unseres bevorstehenden Treffens? Es war nicht merkwürdig, dass ich seine Empfindungen spüren konnte; genauso wenig war es seltsam, dass er meine Stimmung nach seiner sexuell gefärbten E-Mail spüren konnte. Irgendwie waren unsere Seelen miteinander verbunden, wie eine Beziehung bei Zwillingen.

In der Nacht vor unserem Date konnte ich nicht schlafen. Der Gedanke, ihn zu sehen, hatte auch auf mich einen Effekt. Ich saß auf meinem Bett – den Gedanken, einen Moment Ruhe zu finden, hatte ich schon aufgegeben – und fing an, eine erotische Geschichte für ihn zu schreiben. Dazu wäre ich vorher gar nicht in der Lage gewesen. Sex zu haben war nicht das Gleiche, wie laut darüber zu reden oder gar darüber zu schreiben. Als ich fertig war, schickte ich die E-Mail nur an mich. Ich schämte mich, sie ihm oder irgendjemand anderem zu zeigen. Mir war nicht bewusst, dass ich so etwas schreiben konnte. Prüde war ich nicht, aber gerade hatte ich eine schüchterne Seite an mir entdeckt. Es machte mich verlegen, etwas in Worte zu fassen, was in meinen Augen das Natürlichste auf der Welt war. Und außerdem würde eine erotische E-Mail, die er einen Tag vor unserem Treffen bekäme, seine Stimmung nur belasten.

Meine erotische Geschichte handelte von der Fortsetzung unseres letzten Dates, oder jedenfalls was ich mir darunter vorstellte. Es ging um die gemeinsame Befriedigung, die wir beide gefühlt hatten, das gegenseitige Geben und Nehmen und um die Nähe zueinander. Ich schüttete mein Herz und meine tiefsten Wünsche aus mit expliziten Details, bevor ich die E-Mail beendete und in einem Ordner ablegte, um sie ein anderes Mal oder vielleicht sogar nie wieder anzuschauen.

Hallo. Elliots Nachricht am Morgen erschien auf meinem Handy.

Guten Morgen. Hast du dich etwas ausgeruht? Ich fragte mich, ob einer von uns überhaupt schlafen konnte in Erwartung des heutigen Abends.

Nicht wirklich. Ich schlafe schon seit Tagen schlecht. Wie geht es dir?

Mir geht es gut, aber auch ich habe nicht wirklich viel geschlafen, entgegnete ich. (Meine E-Mail hatte in diesem Gespräch wirklich nichts zu suchen.)

Du bist in letzter Zeit sehr ruhig, sagte er.

Anscheinend hatte auch er den Abstand bemerkt. *Ich spürte in den letzten paar Tagen eine Veränderung deiner Energie. Ich nehme dich nervös und gestresst wahr und wollte das nicht noch verschlimmern,* erklärte ich, obwohl meine »Bluetooth-Verbindung« zu seinen Gefühlen sich irgendwie bizarr anmutete.

Das stimmt. Es ist unglaublich, dass du das fühlen konntest. Kann ich dich heute abholen?

Um wie viel Uhr hörst du auf zu arbeiten und wo arbeitest du?, fragte ich, um zu einem Ergebnis zu kommen.

Ich werde um 19:00 Uhr fertig sein und bin in der Nähe von Belgrano.

Dann ist es besser, wenn wir uns dort treffen, antwortete ich entschlossen, da es keinen Sinn für ihn machte, zu mir zu kommen, nur um dann wieder dorthin zurückzukehren.

Aber ich biete dir an, dich abzuholen. Ich habe ein Auto, entgegnete er offensichtlich frustriert. Egal, für mich hörte er sich süß an, und das brachte mich zum Lächeln.

Ich weiß. Du bist ein Gentleman, aber es macht keinen Sinn, den ganzen Weg hierherzukommen und dann wieder nach Belgrano zurückzufahren. Hiermit erklärte ich noch einmal meine Gedanken von vorhin.

Nachdem wir die Details für unser Treffen geklärt hatten, fühlte ich eine gewisse friedliche Ruhe, so wie eine Ruhe vor dem Sturm. Trotzdem überkam mich mittags ein Gefühl der Aufgeregtheit. Als ich dann Hose und Bluse anzog, um das Haus zu verlassen, war ich ein einziges Nervenbündel.

Pünktlich um 19:00 Uhr stand ich, wie vereinbart, vor dem Belgrano-Bahnhof. Wenige Minuten später stieg Elliot aus seinem Auto und kam auf mich zu. Wir umarmten uns ein paar Sekunden. Auf der Straße waren zu viele Menschen um uns herum. Es war nicht gerade angenehm, dort stehen zu bleiben. Ich sah Anzeichen von Müdigkeit auf seinem Gesicht. Er war erst 36 Jahre alt, aber ich nahm Falten um seine Augen herum wahr. Seit letztem Jahr war er nicht mehr so muskulös und sah daher weniger beeindruckend aus, war aber immer noch schön. Wir stiegen in sein Auto und fuhren zu dem Lokal, in dem mein Freund später spielen würde. Als wir die Bar betraten, sah ich, dass dieser Ort nicht wirklich das war, was ich mir vorgestellt hatte, irgendwie unpassend für ein Treffen mit ihm. Die Bar war in einem alten Haus untergebracht, mit ein paar Tischen in einem offenen Flur. Viel Privatsphäre gab es hier nicht.

Der Sänger der Band, die heute spielen würde, war mein Freund. Ihn sah ich als Ersten, als wir reinkamen. Ich stellte die beiden Männer einander vor, und dann gingen Elliot und ich zu dem einzigen freien Tisch. Wir hatten uns eine Stunde früher getroffen, weil wir Zeit für uns alleine haben wollten. Trotz der etwas beschränkten Umstände wollte ich auf jeden Fall mit ihm reden.

Unsere Unterhaltung verlief respektvoll. Er lächelte zwar hin und wieder, aber ich konnte seine emotionale Distanz spüren. War er immer noch so nervös wegen unseres Dates? Oder vielleicht war es etwas anderes? Ich konnte es nicht genau sagen, aber etwas hatte sich auf jeden Fall verändert.

Seine Worte brachten meine Gedanken zurück zu unserer Unterhaltung.

»Wir bauen ein Haus.«

»Wer ist ›wir‹?«, fragte ich verwirrt.

»Meine Freundin und ich.«

Aha, die Beziehung war also nicht mehr die gleiche. Sie sind stabiler und fester vereint als zuvor.

Wieder einmal hatte er in seinen E-Mails ein wichtiges Detail über seine Beziehung ausgelassen.

»Das wusste ich nicht«, sagte ich und fühlte mich hintergangen.

Ich sah wohl, dass sein Mund sich bewegte, konnte mich aber in dem Moment nicht auf den Inhalt konzentrieren. Meine Gedanken wanderten zu unserem Telefonat von ungefähr vor zwei Jahren. (*»Es ist ruhiger im Haus jetzt, wo sie nicht da ist.«*) Das war der Moment, in dem ich erfuhr, dass sie zusammenlebten.

Eine Stimme am Mikrofon kündigte an, dass die Band bald anfangen würde zu spielen. Wir standen auf, und während wir auf die Musik warteten, begann ich, mit einem seiner Hemdknöpfe zu spielen, machte ihn viele Male auf und zu. Ich stand nahe genug, um ihn zu küssen, also tat ich es. Er aber hielt mir nur seine Wange hin, wobei er versuchsweise lächelte.

Die Band begann zu spielen. Wir gingen in den Bereich, in dem die Aufführung stattfand. Der war total überfüllt, unmöglich da ranzukommen. Wir setzten uns außerhalb an einen Holztisch neben der Bar.

»Ich habe Hunger«, sagte ich einen Moment später.

»Ich werde an der Bar etwas zu essen bestellen. Und was möchtest du trinken?«

»Das gleiche wie du«, antwortete ich, wobei ich hoffte, dass er sich daran erinnern würde, was ich gerne mochte

(Wodka mit Red Bull). Und er kam mit zwei Bieren zurück, nicht gerade das, was ich mir vorgestellt hatte, und mit einem Holzteller mit Käse, Schinken und Oliven.

»Ich habe einen Freund vom Theater gesehen«, sagte er mit beunruhigter Stimme. »Der hat mir schon eine Nachricht geschrieben und gefragt, ob ich es auch bin.«

»Machst du dir darüber Gedanken, mit mir gesehen zu werden?«, fragte ich enttäuscht.

»Nein, ganz und gar nicht«, entgegnete er, aber sein Gesichtsausdruck zeigte etwas anderes.

Er saß mir gegenüber. Wir waren so nah beieinander, dass ich nicht widerstehen konnte, sein Gesicht zu berühren. Er aber wich zurück. Nach all den E-Mails, die wir ausgetauscht hatten, wollte ich ihn berühren. Wenn ich mich allerdings besser beherrscht hätte, wäre alles nicht so kompliziert gewesen.

»Würdest du gerne woandershin gehen?«, fragte ich.

»Ja, das wäre besser«, antwortete er bleich.

Ich ließ ihn dieses Mal die Bar aussuchen. Mein Vorschlag war ganz offensichtlich nicht so gut gewesen. Das war ein typisches Problem, wenn man mit jemandem ausging, der bereits in einer festen Beziehung war.

Wir kamen an mehreren Kneipen vorbei. Jedes Mal verlangsamte er die Fahrt und schaute durch das Fenster. Dann fuhr er weiter; schließlich hielt er neben einem Park an.

Er schaute mich an, und ich kam näher, um ihn zu küssen. Dieses Mal ließ er es zu. Wir küssten uns lange. Doch dieser Kuss fühlte sich merkwürdig an; er war ohne Leidenschaft, Liebe oder Energie. Trotzdem erregte er mich. Vielleicht lag das an meinen Gefühlen für ihn. Er war schließlich kein gewöhnlicher Mann, er war anders ... *er war Elliot*! Meine Gefühle für ihn überdauerten Raum und Zeit, so schien es mir jedenfalls.

Ich kann mich nicht mehr daran erinnern, wie es dazu kam, dass ich auf ihm saß. Er hatte einen kleinen Renault, in dem kaum eine Person hinter dem Lenkrad Platz hatte. Er streichelte meine Arme, meinen Nacken. Ich war erregt, fühlte mich aber nicht wohl, auf der Straße rumzumachen. In Buenos Aires gab es dafür einfach zu viel Kriminalität. Seitdem ich einmal ausgeraubt worden bin, fühlte ich mich nicht mehr sicher in dieser Stadt. Das »Gib mir dein Handy oder ich bringe dich um!« war immer noch sehr präsent in meinem Kopf. Ich bremste ihn und zog mich atemlos auf meinen Sitz zurück.

»Wir können nicht nach Paternal, ich darf da nicht hin«, sagte ich, verschwieg aber, dass das die Regeln meines Ex-Mannes waren. Es waren halt Eduards Regeln, und ich respektierte sie. »Würdest du denn gerne woandershin gehen?«, fragte ich.

»Entschuldige bitte, Kathy, aber ich fühle mich nicht gut dabei, was wir gerade machen. Es stimmt, was du zuvor gesagt hast ... dass ich meine Partnerin belügen würde.«

In einer meiner E-Mails hatte ich angemerkt, dass er seine Freundin anlügen würde, und die Sache früher oder später rauskommen würde. Die Wahrheit kommt immer ans Licht. Bei der Gelegenheit erzählte er mir eine Geschichte, die er »Die Kellnerin« nannte. Sie war einige

Monate, bevor wir uns zum ersten Mal gesehen hatten, passiert. Es war das einzige Mal, dass ich ihm Vorwürfe machte, weil er sich abfällig über sie geäußert hatte.

Die Geschichte der Kellnerin …

Im Oktober 2012 beendete ich mein Aufbaustudium und ging abends mit meinen Kollegen in ein Restaurant im San-Telmo-Viertel. Diese Zeit in meinem Leben war recht ruhig, obwohl ich zugeben muss, dass der nahende Sommer etwas in mir auslöste. Dieses »Etwas« fiel auf fruchtbaren Boden, und das ging so:

Ich aß mit meinen Freunden zu Abend, als unsere Kellnerin mich fragte, ob mir die kleine blonde Frau gefallen würde, die an den anderen Tischen bediente. Ich antwortete, dass sie sehr hübsch aussähe. Offensichtlich hatten alle von uns diese Frau bemerkt, als wir das Restaurant betraten.

Als unsere Kellnerin das Essen brachte, schob sie einen Zettel mit dem Namen der Blonden und ihrer Telefonnummer unter meine Serviette. Sie hieß Sammy und ja, ich weiß es, es klingt beleidigend, von ihr als »die Kellnerin« zu reden.

In dieser Nacht fühlte ich mich von meinen Kollegen stark unter Druck gesetzt, »etwas« zu unternehmen. Sie wussten ganz offensichtlich, dass ich bereits vergeben war, aber es gibt bestimmte Wertvorstellungen innerhalb unserer »Männlichkeit«, die uns dazu zwingen anzugeben. Nach dem Abendessen chatteten wir auf WhatsApp, also die

Blonde und ich, und noch in derselben Nacht trafen wir uns in einer Bar, nachdem sie ihre Arbeit beendet hatte.

Mir kam das alles wie ein Märchen vor. Noch nie zuvor ist mir so etwas passiert. Ich stürzte mich geradezu auf sie, beinahe ohne nachzudenken. Ich hatte das Gefühl, es tun zu müssen, da ich glaubte, mir würde das nicht noch einmal passieren. In dieser Nacht unterhielten wir uns nur und sonst nichts. Für mehr war ich einfach nicht vorbereitet. Zudem hatte ich klar gesagt, dass ich bereits in einer Beziehung war.

Drei Tage später schrieb sie mir und lud mich zu einem Drink ein. Ich sagte zu.
Wir quatschten viel, mehr passierte nicht. Beim dritten Mal lud sie mich zu sich nach Hause ein. Ich wollte da hingehen und ich mochte es, dass sie mich einlud. Ich war mir noch nicht im Klaren darüber, was ich für sie empfand. Rein äußerlich sah sie gut aus, aber ich war mir nicht sicher, was ich wirklich wollte. Ich dachte, dass es der Sex sei und überhaupt die Tatsache, eine Möglichkeit dazu zu haben. Die sollte ich wohl ergreifen. Wie ich dir bereits erzählte, dauerte es nicht lange, bis wir im Bett landeten. Mein Körper aber zeigte keinerlei Reaktionen. Sie war »ein guter Mensch«. Wir hatten einen guten »Draht« zueinander. Ich mochte diese Person.

Beim vierten Treffen (oder war es das fünfte, so genau weiß ich das nicht mehr) hörten wir uns mit ihren Freunden die Time-Bomb-Percussion-Band an. Es floss dort viel Bier und es

gab Marihuana. Ich rauchte zum ersten Mal in meinem Le-
ben. Ich spürte aber nicht wirklich etwas Besonderes. Als wir
dann bei ihr zu Hause waren, vögelten wir zum ersten Mal
miteinander. Es war gut, es war schön, es war stark. Manch-
mal schien es sogar ein wenig gewalttätig zu sein. Ich traf mich
verschiedene Male mit ihr. Meistens bei ihr zu Hause. Einmal
blieb ich über Nacht. Wir mussten dann einfach miteinan-
der schlafen. Aber meistens passierte auch nichts; wir spielten
miteinander, kuschelten oder streichelten uns.

Sie verliebte sich, und ich entwickelte auch Gefühle für sie.
Ihre Gefühle für mich wurden immer stärker und stärker.
So stark, dass sie schließlich diejenige war, die entschied,
dass es besser sei, die Affäre zu beenden. Ihr war klar gewor-
den, dass ich meine jetzige Freundin nie verlassen würde.
Ich verstand nie so richtig, was ich eigentlich für sie emp-
funden habe. Ich war nicht so sehr von ihrem Aussehen
angezogen, es gab aber auch keine besonders tiefgehende
Verbindung. Ich weiß es nicht. Sie war ein liebes Mädchen,
das muss ich schon zugeben, und eine großartige Person.
Ich sah sie nie wieder. Wir schickten uns hin und wieder
E-Mails, um zu sehen, wie es dem anderen ginge. Das war
es dann auch schon.

Heute, nachdem ein bisschen Zeit vergangen ist, denke ich,
dass die Geschichte von mir etwas egoistisch angegangen
wurde. Ich nahm Gelegenheiten wahr, die sich ergaben.
Ich füllte mein Leben mit neuen Erlebnissen an, mit neuen
Erfahrungen, ohne dabei zu bedenken, dass ich andere ver-

letzen könnte. Vielleicht floh ich vor einer inneren Unruhe, vor etwas, dem ich mich nicht stellen wollte.

Vergleiche hinken immer. Die Sache kam nicht einmal annähernd an das heran, was ich mit dir erlebt habe. Es ist vollkommen anders, und zwar so anders, dass ich die Geschichte nur mit dir teilen kann, aber nicht mit ihr. Bei dir spüre ich den tiefen Wunsch, dich wiederzusehen. Bei ihr nicht.

∗∗∗

Ich saß in seinem Auto und wieder einmal war ich enttäuscht und frustriert. *Ich kann nicht glauben, dass mir das schon wieder passiert!* In seinen E-Mails zeigte er mir, dass ich ihm wichtig war, dass er sich um mich sorgte und dass er mich begehrte. Wenn er dann direkt vor mir stand, spürte ich etwas anderes, etwas wie eine andere Geschichte. War ich unterm Strich nicht auch wie die Kellnerin?

Angeregt von seiner Erfahrung mit Sammy (der Kellnerin), holte ich mir einen Joint extra für diese Nacht.

»Ich habe eine Tüte gekauft, falls du dich entspannen musst, aber jetzt bin ich es, die sich beruhigen muss.« Ich zündete sie an.

»Lass mich mal ziehen.«

»Das musst du nicht. Ich rauche nur, um runterzukommen und heute Nacht schlafen zu können.« Ich fühlte mich wie von einem Lastwagen überrollt.

Er streckte seine Hand aus und nahm den Joint. Zu meiner Überraschung zog er länger daran als ich.

»Geh es langsam an, Elliot. Du hast erst einmal in deinem Leben geraucht. Übertreib es nicht.« Ich war ein wenig besorgt. Vom Autofenster aus konnte ich einen großen Park mit vielen Bäumen und grünem Gras sehen. Niemand spazierte dort herum. Ich fühlte mich ein wenig unsicher.

Elliot und ich schauten uns an und küssten uns. Die Küsse waren jetzt offener und leidenschaftlicher. Ich fühlte mich immer noch unwohl in dieser Situation.

»Im Auto ist es mir zu unbequem.« Irgendwie war ich neben der Spur, vielleicht wegen des Joints. »Bring mich nach Hause, es sei denn, du willst doch noch irgendwo anders hingehen.«

»Lass uns noch irgendwo hingehen«, sagte er bestimmt.

Wir wussten nicht, wohin wir gehen sollten, oder ob es ein Hotel in der Nähe gab. Er suchte schnell mit seinem Handy nach etwas Passendem und wurde nach kurzer Zeit fündig, wo wir die Nacht verbringen könnten. Dann machte er einen Zwischenstopp an einem Geldautomaten und hob Geld ab. *Oh wie schlau, das Hotel bar zu bezahlen und keine Spuren zu hinterlassen!*

Das Hotel stellte sich als ein billiges und schmuddeliges Motel heraus, eines, das die Leute nur für gewisse Treffen nutzten. Er fragte nach der Whirlpool-Suite, der teuersten überhaupt, offensichtlich um mich zu beeindrucken. Wir gingen Händchen haltend einen engen Flur entlang, schwach rot beleuchtet und mit einem schwarzen Teppich belegt, der uns bis zum Zimmer führte. Der Raum lag am Ende des Flurs. Die Tür stand offen, und von drinnen war ein romantisches Lied aus dem Radio zu hören.

Das Erste, was ich von der Tür aus sah, war ein riesiger runder Whirlpool hinter einer durchsichtigen Glaswand, die ihn vom übrigen Zimmer trennte. Wir küssten uns, während wir uns langsam auf das Bett zubewegten, das kleiner als der Whirlpool war. Er drückte mich sanft gegen die Glaswand und küsste meinen Hals. Es ging ihm nicht schnell genug, mir meine Hose auszuziehen. Ich drängte ihn zurück, drehte ihm den Rücken zu und begann selbst, mich langsam auszuziehen. Ich fing mit meiner Bluse an, zog als nächstes meine Hose aus und behielt nur noch meinen schwarzen Minislip an.

Er zog ebenfalls sein Hemd und seine Hose aus und behielt lediglich seine Boxershorts an. Er umarmte mich von hinten und schmiegte dabei seinen ganzen Körper an mich. Seine Erektion spürte ich an meinem Hintern. Seine Hände berührten meine Brüste, und sein Mund wanderte von meinem Nacken bis zu meiner rechten Schulter herab. Meine Hände hatte ich gegen das Glas gestemmt und mein Kopf war leicht nach hinten geneigt. Ich bewegte ihn hin und her und schwang meine Haare über meinen Rücken, wie bei einem sinnlichen Tanz. Als ich seine Lust spürte, wurde ich feucht und wollte unmittelbar von ihm gevögelt werden. Er sollte mir mein Höschen vom Leib reißen und in mich eindringen.

Elliots Schoß drückte mit seinem erigierten Glied brutal gegen meinen Hintern. Doch diese animalische Geilheit, die immer drängender wurde, hörte plötzlich mit einem Male auf. Die Anspannung ließ nach. Ich drehte mich um und blickte ihm in die Augen. Ich musste ihm doch noch eine Möglichkeit geben. Wir konnten das doch nicht so beenden, es wäre ein Alptraum geworden.

Wir legten uns auf das Bett und schauten uns an. »Elliot, ich muss auch etwas von dem fühlen, was du mir geschrieben hast. Ich denke jetzt nur daran und an nichts anderes«, flüsterte ich.

»Willst du das wirklich?«, fragte er in einem recht anzüglichen Ton. »Dann muss ich dir diesen Wunsch wohl erfüllen.«

Er legte sich auf mich und fing an, mich sehr erotisch zu küssen. Die Stimmung ging schlagartig wieder nach oben. Mit meiner ganzen Willenskraft sehnte ich mich schon so lange nach ihm. Wie viele zweideutige Unterhaltungen hatte es nicht schon gegeben; abgesehen einmal davon, dass ich ihn wirklich, wirklich sehr mochte.

Er küsste meinen Bauch und ließ seine Zunge kreisen, bis er das Zentrum seiner erotischen Geschichten erreichte. Ich brannte vor Geilheit. Ich konnte es kaum erwarten, seine Zunge und seine Lippen auf meiner Scheide zu spüren. Jedoch als seine Zunge ihr Ziel erreichte, war das Gefühl nicht das, was ich erwartet hatte, nicht einmal annähernd das, was ich mir vorgestellt hatte. *Es war überhaupt nicht so wie in seiner E-Mail!*

»Würdest du gerne ein Bad nehmen?«, fragte er, nachdem er fertig mit seinem Vorhaben war, mir ein Vergnügen zu bereiten und vom Bett herunterrollte.

»Das mache ich zu Hause.«

»Macht es dir etwas aus, wenn ich mich dusche?«

»Wie sollte es?«

Unter anderen Umständen hätte es mich erregt, ihn

314

nackt in der Badewanne zu sehen. Ich beobachtete ihn durch das Glas, während er seine Seele, seine Lügen und seinen Betrug abwusch. Er wusch damit auch mich von seinem Körper! Ein Kälteschauer durchfuhr meinen Magen, und meine Augen füllten sich mit Tränen. *Wir sind nie auf das »Danach« vorbereitet, wenn wir von der verbotenen Frucht gegessen haben.*

Die Dinge zwischen Elliot und mir würden sich ändern müssen. Weiterhin mit ihm in Kontakt zu bleiben, fühlte sich irgendwie nicht richtig an. Jedenfalls zweifelte ich daran, ob er mir nach unserem letzten Treffen überhaupt noch einmal schreiben würde. Es wäre wohl das Beste, ihm eine E-Mail zu schreiben und ihm mitzuteilen, dass wir lieber unsere Lebensenergien in andere Richtungen lenken sollten. *Ja, das ist es doch!* Einmal abgesehen davon, dass er unehrlich und seiner Freundin untreu war, hatte ich immer den Eindruck, dass er zu mir aufrichtig war. *Aber war er das wirklich? Wenigstens schrieb er mir aus tiefster Seele und behandelte mich, als wäre ich etwas Besonderes* (obwohl von all dem während unserer letzten Dates nichts zu spüren war). Es stellte sich heraus, dass wir beide unterschiedliche Absichten hatten. Ich nutzte die Zeit, die mir noch in Buenos Aires blieb, um jeden Moment mit ihm zu genießen und um schöne Erinnerungen zu sammeln. Er jedoch traf sich mit mir, damit ihm die Augen geöffnet würden und er Abstand zu der Frau gewinnen konnte, die in seinem Leben schon wieder für Konflikte sorgte.

Eine Nachricht weckte mich aus meiner Benommenheit auf.

Guten Morgen. Elliot begrüßte mich.

Hi, ich muss dir eine E-Mail schreiben. Ich war überrascht, dass er mich kontaktiert hatte.

Eine E-Mail? Was willst du denn schreiben?, wollte er wissen.

Entspann dich, ich möchte nur unseren E-Mail-Kontakt aufrechterhalten, log ich, um seine Gefühle nicht zu verletzen.

Ja, ja, ich möchte dir auch schreiben. Ich hoffe, dass ich Zeit finden werde, es zu tun. Unser E-Mail-Verkehr hat in mir den Wunsch geweckt zu schreiben. Ich hatte vergessen, wie sehr ich das liebe.

Am nächsten Tag wachte ich in einer seltsamen Stimmung auf. Ich musste immer noch die E-Mail an Elliot schreiben, aber ich hatte keinen richtigen Plan. Bevor ich anfing, entschloss ich mich dazu, ihm eine Nachricht zu schicken, um herauszufinden, wie seine Stimmung und sein Energielevel waren; vielleicht würde das mir ja eine Idee geben, wie ich mich diesem delikaten und gottverfluchten Thema nähern konnte.

Guten Morgen.

Es war schon Mittag und ich hatte immer noch keine Antwort von ihm. Ich schickte ihm eine zweite Nachricht und stellte fest, dass ich sein Foto nicht mehr sehen konnte und meine zweite Nachricht nicht bei ihm angekommen war. *Hatte er mich etwa blockiert? Das würde er nicht tun!* Ich war von dieser Wende total schockiert und überwältigt schrieb ich Jade eine Nachricht: *Elliot hat mich bei WhatsApp blockiert.*

Hastig fragte sie nach: *Wie kommst du darauf?*

Ich kann sein Profilbild nicht mehr sehen. Und außerdem kann ich ihm keine Nachricht mehr senden. Ich fing an, mich dämlich zu fühlen.

Nein, Süße, das würde er mit dir nicht machen.

Doch, das hat er leider. Ich weiß nur nicht, warum. Ich war frustriert.

Gib mir seine Nummer. Ich werde nachschauen, ob ich sein Foto sehen kann.

Ich gab ihr Elliots Nummer und kurz darauf schrieb sie: *Oh, meine Liebe, du hattest recht. Ich konnte seine Infos von meinem Handy aus sehen. Ich kann nicht glauben, dass er dich blockiert hat. Was für ein Arschloch!*

Ich werde ihm über Facebook eine Nachricht schicken, da der Hurensohn vergessen hat, mich auch dort zu blockieren! Ich war stinksauer.

Süße, mach bitte nichts, was du später bereuen wirst.

Ich ließ ihren Ratschlag außer Acht und schrieb ihm eine Nachricht: *Elliot, nach allem, was wir zusammen erlebt haben, wie konntest du mich so abservieren? Es scheint unmöglich zu sein, das Verhalten anderer vorauszusagen. Glaubst du denn, darauf vertrauen zu können, dass ich unsere E-Mails nicht deinen Freunden auch zeigen werde?*

Ich hatte nicht vor, meine Drohung wahr zu machen. Ich wollte nur, dass er sich genauso schlecht fühlte wie ich gerade. Es würde mir nichts ausmachen, von ihm eine E-Mail zu bekommen, in der stand, dass er nichts mehr mit mir zu tun haben wollte. Gott weiß, dass ich genau das im Sinn hatte. Aber mich so zu blockieren?

Elliot reagierte sofort, wahrscheinlich, weil er sich Sorgen machte, was passieren könnte. Seine erste Antwort kam Sekunden später; offensichtlich hatte er mich nicht mehr blockiert.

Hallo Kathy, ich habe deine Nachricht gelesen und möchte mich entschuldigen. Ich war mit meiner Freundin im Auto, unterwegs nach Mar de Plata, als sie mein Handy nahm und sagte: »Kathy hat dir eine Nachricht geschrieben.« Ich saß in dem Augenblick gerade am Steuer. Ich bekam Panik und blockierte dich … Ich wollte ihr nicht irgendwelche Erklärungen abgeben müssen.

Ich las seine Nachricht, antwortete aber nicht. Ich war zu wütend, um überhaupt irgendetwas schreiben zu können. Als er sah, dass ich nicht reagierte, schrieb er mir noch eine Nachricht.

Ich habe gerade deine Nachricht auf Facebook gelesen. Warum antwortest du nicht?

Ich las seine Nachrichten und schwieg weiterhin.

O.k., o.k., das war's! Er war frustriert und besorgt, dass ich seine E-Mails zeigen würde, und er dann mit Sicherheit seiner Freundin viel erklären müsste. Jetzt wusste er, wie ich mich fühlte. Abgesehen davon, war unsere Sache nicht schon vor zwei Jahren vorbei? Wieso also erst nach unserem letzten Date?

Der Gedanke, nie wieder mit ihm reden zu können, jagte mir irgendwie Angst ein. *Ich bin sehr sauer!*, schrieb ich ihm endlich zurück.

Oh … und ich etwa nicht?

Du hast mich noch nicht wütend erlebt, schoss ich zurück und ignorierte seine Frage. *Betrachte das hier als unseren ersten Streit in zwei Jahren, die wir uns kennen.*

Ich musste meine Wut zum Ausdruck bringen. Ich freue mich, dass du auch auf mich wütend bist. Das war meine Absicht, als ich dir schrieb. So lauteten meine Antworten, wobei ich nicht damit rechnete, dass es noch schlimmer kommen könnte.

Warum? Warum habe ich dir nicht geantwortet, Kathy?

Ich weiß jetzt, dass es ein Missverständnis war und ich entschuldige mich. Ich wurde wieder ruhiger.

Mir tut es auch leid!

Du hättest mich nicht blockieren sollen. Das hat mich tief verletzt. Aber vielleicht verdiene ich das ja, weil ich schon wieder mitten in deine Beziehung eingedrungen bin. Ich begann, mich ein bisschen schuldig zu fühlen.

Das war echt nicht gut, ich weiß … ich hätte das nicht tun sollen … aber so bin ich nun mal mit der Situation umgegangen. Ich entschuldige mich erneut, erklärte er.

Ich verzeihe dir, sagte ich, war mir aber dabei nicht sicher, ob das auch tatsächlich der Wahrheit entsprach.

Ich kann mich nicht genug entschuldigen; das hast du bei weitem nicht verdient, fuhr er im gleichen Jammerton fort.

Ich glaube, dass ich einfach etwas sensibel bin. Ich bin noch nicht einmal dazu gekommen, dir zu schreiben. Wenn ich gewusst hätte, dass du mit ihr unterwegs bist, hätte ich dir sicher nicht geschrieben, erklärte ich, und das entsprach der Wahrheit. Absichtlich würde ich nie etwas tun, was seiner Beziehung schaden könnte.

Ja, ich weiß, aber es war nicht nur das. Ich habe mich letzten Mittwoch schlecht gefühlt. Es ist alles irgendwie schiefgelaufen!, beichtete er.

Ich weiß. Ich fühle mich auch schlecht. Es tut mir leid.
Ich entschuldigte mich ein weiteres Mal bei ihm.

Ich habe viel über die Lügen nachgedacht, wie du bereits gesagt hast, und über meinen Lebensstil. Nach einer kurzen Pause fragte er: *Was tut dir leid?*

Weil du nicht dort mit mir sein wolltest, das konnte ich deutlich sehen. Aber nach all den E-Mails, die wir uns geschrieben hatten, konnte ich dir nicht widerstehen. Nach diesem Bekenntnis war ich nicht mehr aufgebracht.

Ja, ich weiß ... solche Sachen zu schreiben, war sehr intensiv, aber ich wollte das. Ich habe dich auch dazu gedrängt, mich zu sehen. Ich brauchte das, ich musste dich einfach sehen. Jetzt war er mit der Beichte dran.

Ich verstehe, dass du mich treffen wolltest, um unsere Geschichte beenden zu können. Meine Antwort war ehrlich.

Kathy, du warst und du bist eine sehr wichtige Person in meinem Leben.

Ich fühlte und fühle mich immer noch sehr dumm. Ich schämte mich, als ich das schrieb.

Nein. Du solltest dich nicht schlecht fühlen.

Lösch mich von deinem Handy, und ich werde das Gleiche tun, damit so etwas nicht noch einmal passiert. Ich forderte das so selbstsicher, für jetzt und alle Zeiten.

Ich möchte das nicht und ich werde deine Nummer nicht löschen.

Ich werde dir nicht mehr schreiben. Meine Entscheidung war endgültig und er musste das verstehen.

Ich verstehe, aber bitte schreib mir hin und wieder. Er ließ nicht locker.

Möchtest du das wirklich? Auch wenn du weißt, dass

meine E-Mails tiefgründig und inquisitorisch sind? Ich kann doch auch nichts dazu. Ich fragte das, weil ich nicht genau wusste, ob es das war, was er wirklich wollte oder ob es überhaupt eine gute Idee war.

Vielleicht ist es das, was ich will, dass du diese Fragen in meinem Kopf in Gang bringst. Er ließ nicht locker und wollte mich überzeugen.

Nachdem wir uns verabschiedet hatten, kapierte ich sofort, dass ich nicht diejenige war, die nicht mehr schreiben würde.

***

Seit dem letzten Gespräch mit Elliot am Vortag war ich etwas niedergeschlagen. Die Situation mit ihm hatte mich wieder berührt, dieses Mal jedoch nicht so stark wie beim letzten Mal. Vielleicht gewöhnte ich mich ja daran, von Männern enttäuscht zu sein. Das trifft besonders dann zu, wenn ich aus irgendeinem Grund die gleiche Situation mit unterschiedlichen Männern durchlebe, oder, wie in diesem Fall, sogar mit demselben. *Wie kann eine so kluge Frau wie ich so dumm sein, wenn es um Männer geht?* Mein Handy klingelte. Damit waren diese Gedanken zu Ende. Es war Martín. Er lud Greta und mich zu einem Auftritt der Band heute Abend ein. Ich sagte zu. Ich konnte mir nichts Schlimmeres vorstellen, als an einem Samstagabend zu Hause herumzusitzen und mir die Augen aus dem Kopf zu weinen wegen der Entscheidungsprobleme, die ich bezüglich der Männer in meinem Leben hatte.

Ich wartete in Gretas Wohnung auf Martín, der uns abholen sollte und bereits eine Stunde zu spät war. Wir hätten um 21:00 Uhr bei John sein sollen, aber wir kamen dort fast zwei Stunden später an. Wenn ein Argentinier zu einem Treffen einlud, dann bedeutete das in Wirklichkeit, dass alle mindestens eine Stunde später kommen würden (für eine pünktliche Person wie mich war das sehr nervig). Da die Hälfte der Gruppe zu spät kam, mussten wir das Grillen ausfallen lassen und Pizza bestellen.

Die Party war ein wöchentliches Treffen der Mystical-Delirium-Band. Es war ein heißer Abend, und jeder war leger gekleidet. Wir saßen im Garten vor Johns Haus. Die Wohnzimmertür stand offen und ermöglichte uns damit freien Zugang zum Haus. Die Leute, die ich am besten kannte, waren Martín und Greta. Obwohl ich John schon kannte, seit er 16 war, habe ich nie Kontakt mit ihm gehabt, bis auf letzte Woche, als mich seine positive Einstellung beeindruckt hatte.

Einige aus der Gruppe erzählten sich persönliche Dinge. Martín hingegen war ruhig, beobachtete nur und hörte zu. Wir wussten alle, dass er in eine Frau verliebt war und versuchte, sie zu erobern. Sie war auch der Grund dafür, dass er nur physisch anwesend war. Die Frau, die er heiraten wollte, nahm alle seine Sinne in Anspruch. Greta fing an, über ihr Leben zu erzählen. Während ich der Unterhaltung zuhörte, wurde mir nochmal klar, dass wir alle eine Verbindung von über 20 Jahren hatten.

John spielte ein Lied der Band, mein Lieblingslied, und

zeigte dabei auf mich. Ich hörte die Melodie, die aus dem Lautsprecher kam … ›The moon on the sea, above a star. I just want to be with you … Today, it's a hot day …‹ Angeregt durch ein paar Drinks und die Atmosphäre, die das Lied schuf, stellte ich mich auf einen Stuhl und bewegte langsam meinen Körper mit erhobenen Armen hin und her. Ich tanzte im Rhythmus der Melodie, bis das Lied zu Ende war. John, der dicht bei mir stand, half mir vom Stuhl herunter. Ich setzte mich neben ihn.

Nach ein paar weiteren Gläsern überkam mich die Müdigkeit. Das Bier schien diese Wirkung auf mich zu haben. Ich schaute auf meine Uhr und sah, dass schon 2:00 Uhr morgens vorbei war.

»Du scheinst erschöpft zu sein. Wenn du möchtest, kannst du dich ein wenig auf mein Bett legen«, bot John mir an.

Ich muss nur kurz meine Augen schließen. »Ja, das mache ich. Vielen Dank!«, antwortete ich lächelnd und folgte ihm in sein Zimmer. Während er die Tür öffnete, sagte er: »Fühl dich ganz wie zu Hause.« Dann ging er, ließ aber die Schlafzimmertür offen.

Ich erwachte in völliger Stille. Ich blickte auf meine Uhr und stellte fest, dass es 4:40 Uhr war. War die Party schon vorüber? Ich öffnete die Tür und sah John, den besten Freund meines Freundes Martín, der gerade geduscht hatte und mit einem Handtuch um seine Hüften vor mir stand. »Wo sind Martín und Greta?«, fragte ich ihn.

»Alle sind vor ungefähr 20 Minuten gegangen«, antwortete John, und meine Augen füllten sich mit Tränen. *Sie haben mich hier einfach zurückgelassen!*

Als ich drei oder vier Jahre alt war, gab meine Mutter mich gewöhnlich bei mir fremden Menschen ab. Als sie sich dann von mir verabschieden wollte, trat ich um mich, schrie und heulte. Deshalb begann sie aus dem Haus zu gehen, wenn ich schlief oder abgelenkt war. Als ich dann nach ihr suchte, war sie schon längst über alle Berge. Das Gefühl, verlassen zu werden, und der Vertrauensbruch waren äußerst überwältigend für mich. Meine Mutter, die Person, die ich am meisten liebte, die mich beschützen sollte, hatte mich wieder einmal alleine zurückgelassen.

Genau so habe ich mich gefühlt, als ich in Johns Wohnung aufwachte. Meine zwei besten und vertrautesten Freunde hatten mich verlassen, als ich während der Party eingeschlafen war. Die Person, die da eingeschlafen war, war eine fünfundvierzig Jahre alte Frau und die da jetzt aufwachte, war ein vier Jahre altes Mädchen.

»So weine doch bitte nicht. Es bricht mir das Herz, Frauen weinen zu sehen«, sagte John und zog die Augenbrauen besorgt zusammen.

»Ich werde nicht weinen«, entgegnete ich ihm und schluckte meine Tränen herunter. Ich griff nach meinem Handy und ging ins nächste Zimmer. Dort standen ein Klavier, ein Schlagzeug und eine Gitarre sowie ein Bett, das da irgendwie nicht hinzugehören schien; ansonsten wäre es ein gut bestücktes Musikzimmer gewesen. Ich durchschritt das Zimmer, setzte mich auf das Bett und schickte eine SMS an Martín und Greta:

Wie konntet ihr mich nur alleine lassen? Dann schickte ich auch Jade eine Nachricht und klagte über meine derzeitige Situation.

»Schläfst du hier?«, wollte John wissen, der nun angezogen war.

»Ja, ich werde hierbleiben, aber sobald es dämmert, bin ich weg«, antwortete ich empört.

»Sei doch nicht blöde; schlaf in meinem Bett und ich bleibe hier.«

»Nein. Ich bleibe hier«, antwortete ich, während ich mich schon hinlegte. John seufzte, sagte mir mit einem Kuss auf die Wange »Gute Nacht« und flüsterte: »Weck mich auf, wenn du es dir anders überlegst, und wir tauschen die Zimmer.«

Ich legte mich hin, und sofort kullerten dicke Tränen über meine Backen. Ich fühlte mich unwohl wegen der Hitze, die im Zimmer herrschte. Ich holte mir den Ventilator aus dem Wohnzimmer und baute ihn in meiner Nähe auf. Mein Handy fing an wie ein Vogel zu zwitschern, um mir mitzuteilen, dass ich eine SMS erhalten hatte. Sie war von meiner Freundin Jade, die auf meinen Hilferuf antwortete. Ich war erleichtert, da ich jetzt nicht mehr mutterseelenallein war. Jemand, dem ich vertraute, und der mich ausgezeichnet verstand, war jetzt für mich da und bot mir seine Hilfe an. Wenige Minuten später kam eine zweite Nachricht von meiner Freundin Greta:

Ich habe 1000 Mal nachgefragt. Mir wurde gesagt, dass ich dich schlafen lassen soll. Wenn du zu mir kommen willst, bist du mehr als willkommen! Wenigstens sie zeigte Besorgnis und entschuldigte sich.

Martín schrieb auch zurück und entschuldigte sich, weil er dachte, dass ich die Nacht mit seinem Freund verbringen wollte. Es dauerte mehrere Minuten, ihm zu erklären, was passiert war. Dann kam eine schnelle Antwort:

In zehn Minuten wird dich ein Taxi zu mir bringen, wo ich auf dich warte. Mach dir keine Sorgen, schrieb er.

***

Ich fühlte mich sehr bewegt und verletzlich, als ich an dem Abend in Martíns Wohnung aufwachte. In meinem Kopf sah ich immer noch Bruchstücke meiner Kindheit. Damals fühlte ich mich alleine und hilflos bei fremden Menschen. Ich höre noch heute das Ehepaar zu mir sagen: »Deine Mutter ist schon weg. Du wirst jetzt erst einmal bei uns bleiben.« Auch damals weinte ich wie heute!

Nachdem ich Martín geschworen hatte, dass es mir gut ging, begab ich mich in Eduards Wohnung. In den nächsten Tagen nahm ich nur wenig zu mir und schlief die meiste Zeit. Mir wurden in Johns Haus die Augen geöffnet, aber ich wusste nicht, was das mit meinem Bewusstsein anstellte, dass ich wie ein verängstigtes Kind war.

An meinem letzten Tag in Eduards Wohnung kam Jade zu Besuch. Am nächsten Morgen würde ich dann in ein Hotel gehen, da er von seiner Reise zurückkommen wollte. Ich packte und hörte Jades Geschichte zu, die ich schon oft zuvor gehört hatte. Sie erzählte mir, wie schlecht sie sich wegen der Beziehung mit Anthony fühlte. Er verbrachte die Hälfte der Zeit damit, sie zu ignorieren, und die andere Hälfte, sie wieder zurückzugewinnen. Diese Geschichte erinnerte mich an meine letzte Beziehung mit Wolfgang.

»Er hat seit zwei Tagen nicht einmal auf meine Mitteilungen reagiert«, sagte sie mit Tränen in den Augen.

Vor einem Monat hatte er ihr gesagt, dass sie nicht sein Typ wäre, und als sie das genauer wissen wollte, erwiderte er, dass ihre Kleiderwahl und ihre Persönlichkeit zu »freundlich« wären. Ich fragte sie, weshalb sie sich nicht Anziehsachen kaufte, die etwas konservativer waren, wenn sie mit ihm ausging. Sie aber wollte sich nicht verändern.

Ich glaube schon, dass unterschiedliche Menschen eine Beziehung eingehen können. Je größer jedoch die Unterschiede sind, desto größer sind auch die notwendigen Kompromisse. Beide müssen flexibel sein. Ansonsten würde die schwächere Persönlichkeit von der stärkeren weggefegt, und am Ende gäbe es nur noch den Schatten einer Beziehung.

»Ich verstehe nicht, warum du darauf beharrst, mit diesem Mann zusammenzubleiben. Er macht dich nicht glücklich«, sagte ich und legte meine unbenutzten schönen Kleider in meinen Koffer.

»Doch, das tut er, aber er hat Probleme damit, seine Gefühle zu zeigen und …« Hier hörte sie auf zu reden, als sie sah, dass sie gerade eine Nachricht von ihm erhalten hatte. »Er hat mir geschrieben«, quietschte sie, und ihr Tonfall änderte sich schlagartig von traurig zu überglücklich.

»Entspann dich, lies sie noch nicht.«

»Ich kann aber nicht warten«, entgegnete sie mit einem Gesichtsausdruck, der so aussah, als würde sie gleich einen Herzinfarkt bekommen.

Seit ich letzte Woche diese Panikattacke in Johns Haus hatte, war ich nun viel entspannter. Jade zu beobachten und ihr zuzuhören, brachte mich zu der Erkenntnis, wie sehr ich mich verändert hatte. Ich sah, wie schnell sie durch das Leben raste, mit einer Geschwindigkeit, die schneller als das Tempo des Universums war. Im Vergleich zu ihr befand ich mich im Zeitlupenmodus. *Hatten mich die Leute vorher so wahrgenommen? Wie einen brasilianischen Speedy González?*

»Doch, das kannst du. Am besten wartest du zwei Stunden«, sagte ich und versuchte, sie zu beruhigen.

Ich konnte spüren, wie ihre Anspannung anwuchs. Es fühlte sich merkwürdig an, es von außen zu betrachten. Da ich ihre Verzweiflung sah, fügte ich hinzu: »Lass uns einen Film in der Zwischenzeit anschauen.«

Ich wählte den Film *»Er steht einfach nicht auf Dich«* aus. Den hatte ich bestimmt schon zehn Mal gesehen. Er bot sich an, da meine Freundin eine gewisse Ähnlichkeit mit der Hauptfigur hatte. Es ging um eine Frau, die verzweifelt einen Partner suchte, und wie ihr neuer Freund ihr beibrachte, die Zeichen von Männern zu lesen, wenn sie kein Interesse signalisierten. Der Film zeigt auch, wie das Gehirn von Frauen darauf programmiert ist, sich in Männer zu verlieben, die sie schlecht behandeln. Wie meine Freundin und schließlich auch mich!

Ab und zu schaute sie auf ihre Uhr, und als der Film zu

Ende war, sagte sie: »Es sind jetzt mehr als zwei Stunden vergangen. Ich werde ihm jetzt antworten.«

»Ich bin stolz auf dich«, erwiderte ich und klopfte ihr auf den Rücken.

Ich zog ins *Mi Hostal ein,* im Herzen von Buenos Aires gelegen und lediglich einen Block von der Wohnung entfernt, in der ich gewohnt hatte, bevor ich nach Deutschland ging. Die Besitzer, Yuli und ihr Mann Bart, waren schon seit Jahren sehr gute Freunde von mir.

»Mein Liebes, es ist eine Freude, dich wiederzusehen«, sagte Yuli und umarmte mich fest. Als wir unsere Begrüßungszeremonie beendet hatten, bedankte ich mich bei ihr. Sie zeigte mir, was sie im Haus alles verändert hatte. Wir guckten uns jedes der neun Zimmer im Erdgeschoss an, die schön gestrichen waren, und in denen es viele Etagenbetten gab.

Die Rezeption, ein rechteckiger Bereich, der zu einem Wohnzimmer führte und zum hinteren Bereich der Pension, war sehr gemütlich. Es gab dort eine große Couch, und ein Couchtisch stand davor. Dort hielt ich mich meistens mit ihr auf. Davor gab es einen Schreibtisch mit einem Computer, einen langen Tresen mit Barhockern und einen Kühlschrank, der mit Getränken gefüllt war. An der Wohnzimmerwand konnte ich ein Gemälde ausmachen, das eine orientalisch anmutende Frau darstellen sollte, surrealistisch gehalten und farbenfroh gestaltet. Davor standen zwei Sessel, ein Couchtisch mit ein paar verstreut liegenden Büchern darauf. Des Weiteren ein Fernseher, der an der hinteren Wand hing. Eine kleine

Treppe an einer Wand führte die Leute ins Büro. Sie hatte hier wunderbare Arbeit geleistet, denn vorher sah es aus wie ein Abstellraum und jetzt war es ein großer, gemütlicher Ort, an dem man fernsehen und Musik hören konnte. Die gesamte Pension sah hippiehaft und irgendwie metaphysisch aus. Aber Yuli hatte dem Ganzen auch eine andere Note gegeben: von hippie zu sportlich elegant, was sehr gut zu ihr passte. Neben ihr sah ich zu leger aus in meinen Flip Flops, kurzer Jeans und T-Shirt. Aber ich fühlte mich perfekt für das Sommerwetter mit feuchten 36° C.

Ich verbrachte meine letzten beiden Wochen damit, mich von meinen Freunden zu verabschieden und auch von der Stadt, die einst so wunderschön war, aber nach vielen Jahren schlechter Verwaltung nun heruntergekommen aussah.

Ich sah Eduard nur zweimal. Es war nicht annähernd genug Zeit, um alles mit ihm zu besprechen. Wir waren gerade auf dem Weg zu einem Restaurant, als mir einige gemeinsame Erinnerungen in den Sinn kamen. Wir waren kein Paar mehr, aber er hatte immer noch den Titel inne: »der Mann in meinem Leben«. Obwohl ich ein paar Romanzen gehabt hatte, konnte bislang niemand diesen wichtigen Platz ersetzen. Der Titel »die Frau meines Lebens«, den ich einmal innehatte, gehörte jetzt jedoch einer schönen und intelligenten Frau, die ihn glücklich machte. Sie waren ein Beispiel für eine gesunde Beziehung. Ich freute mich sehr für sie. *War ihm bewusst, dass er in sie verliebt war?*

Martín, Jade, Greta, Yuli und Eduard kamen ins

Mi Hostal am Abend vor meiner Abreise, um sich von mir zu verabschieden. Dies war der Teil einer Reise, den ich gar nicht mochte: meinen Freunden Adieu zu sagen.

***

Es waren gerade mal 5° C, und ein kalter Wind wehte mir ins Gesicht am Frankfurter Flughafen. Dieses Mal jedoch war ich glücklich, das heiße Wetter hinter mir zu lassen. *Endlich wieder zu Hause!*

Die ersten Tage verbrachte ich damit, mich auszuruhen und all die Willkommensgrüße zu beantworten, die ich erhalten hatte. Am Donnerstag war ich dann bereit für meine erste Salsaparty. Ich hatte die letzten paar Monate nicht getanzt und ich habe es sehr vermisst. Um die verlorene Zeit zu kompensieren, plante ich einen Tanz-marathon bis Sonntag. Als ich den Club *L'Empereur* in Köln zum ersten Mal wieder betrat, erkannte ich schnell ein paar freundliche Gesichter. Ich begrüßte alle, auch Loy, der ebenfalls dort war.

»Es ist so schön, dass du wieder da bist. Bleibst du dieses Mal?«, fragte er, wobei er meine Hände mit einem glücklichen Gesichtsausdruck festhielt.

»Klar doch, wenn mich die Deutschen wiederhaben wollen«, scherzte ich.

»Wir sind überglücklich, dich wieder hier zu haben«, erwiderte er und führte mich auf die Tanzfläche.

Wir tanzten zu zwei Stücken und gingen dann zur Bar, um etwas zu trinken. Nachdem er an seinem Bier genippt hatte, fragte Loy mich: »Wie ist es dir so ergangen?«

Ich begann, ihm von meiner Reise nach Argentinien zu erzählen, hörte aber nach zwei Minuten wieder auf, als er sich umdrehte, um eine Frau zu begrüßen, die neben ihm stand. Er schenkte meiner Erzählung keinerlei Aufmerksamkeit und hatte nicht einmal bemerkt, dass ich meinen Satz noch nicht beendet hatte; und schon war er weg. Zum ersten Mal nahm ich ihn wahr, wie er wirklich war: egoistisch und unhöflich. Dieses Mal konnte mein Verstand mich nicht wieder austricksen.

Ich setzte mich an die Bar neben Shirin.

»Du siehst umwerfend aus in diesem roten Kleid«, sagte ich lächelnd. Sie kam aus Marokko, war Ende 30 und hatte langes, lockiges Haar. Die Kombination aus ihrer braunen Haut, ihren schönen Augen und ihrem sinnlichen Körper ließ jede Frau vor Neid erblassen. Je näher ich sie jedoch kennenlernte, desto mehr konnte ich sehen, dass hinter all dieser Schönheit eine sanfte und intelligente Frau steckte, mit der ich gerne redete. Wir blickten beide auf die Tanzfläche, aber ich guckte im Besonderen auf Loy, der mit der Frau von vorhin tanzte.

»Ich hoffe, dass du nicht mehr an ihm hängst«, sagte Shirin mit einer hochgezogenen Augenbraue.

»Nein, überhaupt nicht mehr, der Zauber ist vorbei. Abgesehen davon ist er nicht dazu gemacht, ein fester Partner zu sein!« Ich dachte an die unangenehme Situation an der Bar dabei. Aber dann erinnerte ich mich auch daran, wie gut unser Sex im letzten Jahr war, und fügte mit einem schelmischen Lächeln hinzu: »Vielleicht werde ich nur mit ihm schlafen.«

»Bist du sicher, dass das eine gute Idee ist?«, fragte sie stirnrunzelnd.

»Ich denke, dass es besser ist, regelmäßig Sex zu haben, und ich würde das lieber mit jemandem machen, den ich bereits kenne«, entgegnete ich, aber meine Antwort veränderte ihren Gesichtsausdruck nicht, so fuhr ich fort: »Ich möchte nicht notgeil wirken oder mit einem Schild auf der Stirn herumlaufen ›Ich bin zu haben‹, wenn ich den richtigen Mann treffe.«

»Ich nehme das zur Kenntnis«, sagte sie, aber, was ich zwischen den Zeilen las, das war: »Das ist eine Scheißidee.«

Meine zweite Party war im *La Salsera*, auch in Köln. Ich stapfte in meinem marineblauen Kleid rein, und die erste Person, die ich sah, war Loy. Aber anstatt hallo zu sagen, ging er in den hinteren Bereich des Clubs, um mir ganz offensichtlich aus dem Weg zu gehen. *Hmmm, heute Abend ignoriert er mich also; das ist kindisch!*

Nachdem ich den ganzen Abend von ihm ignoriert worden war, fragte ich mich schließlich, warum ich das überhaupt mitmachte, wenn ich doch gar nicht in ihn verliebt war. Abgesehen davon wollte ich mit ihm keine feste Beziehung mehr. Es stimmte schon, dass ich dachte, wir zwei könnten so ein bisschen rummachen, aber selbst das fand nicht statt. Ich hatte mich in diesem Moment entschieden: Ich würde diejenige sein, die ihm aus dem Weg geht! Ich strich seinen Namen aus der Liste meiner möglichen Sexpartner; nur: sein Name war der einzige darauf. Es brachte nichts, den ganzen Mist mitzumachen, nur um ein bisschen Sex zu haben.

Die dritte Nacht meines Tanzmarathons verbrachte ich auf einer Zoukparty. Ich ging hauptsächlich dorthin, um meine Bonner Freunde zu treffen, die ich bis dahin noch nicht sehen konnte. Ich entschied mich für ein niedliches, sexy schwarzes Kleid. Als ich den Raum betrat, sah auf den Gesichtern der Männer, dass meine Kleiderwahl o.k. war. Die meisten meiner Freunde waren da. Ich begrüßte sie alle und pendelte zwischen tanzen und reden hin und her. Doch in einer Beziehung blieb ich hart; es gab eine Person, die ich nicht begrüßte: Loy.

Ich setzte mich zwischen Philipp und Kyle, die sich gerade ausruhten und es genossen, den anderen Paaren beim Tanzen zuzuschauen.

»Wie geht's Sabine? Warum ist sie nicht gekommen?«, fragte ich und wandte mich Philipp zu, der rechts von mir saß. Sabine, seine liebe Frau, hatte begonnen, tanzen zu lernen, damit sie mehr Zeit mit ihm verbringen konnte. Sechs von sieben Tagen der Woche war er auf irgendeiner Tanzveranstaltung.

»Ihr geht's gut. Sie ist heute Abend auf einer Geburtstagsparty«, erwiderte er. Es war unmöglich, neben ihm zu sitzen und sich nicht gut zu fühlen oder nicht zu lachen. Er wurde zu einem meiner guten Freunde in Deutschland.

»Gestern fragte sie mich, ob ich nicht einen meiner Tanzabende aufgeben könnte. Sie möchte, dass ich an mindestens zwei Abenden zu Hause bin«, sagte er mit weit aufgerissenen Augen.

»Was hast du gesagt?«, fragte ich und versuchte dabei ein ernstes Gesicht zu machen. Ihre Auseinandersetzungen wegen seiner süchtigen Tanzerei kamen mir immer witzig vor.

»Unmöglich! Ich muss freitags ins *Max 7* gehen, donnerstags in die *tanzbar* und montags ins *Weißhaus*«, antwortete er und schüttelte verzweifelt seinen Kopf.

»Und am Sonntag?«, erkundigte ich mich.

»Sonntags und dienstags nehmen wir gemeinsam Unterricht, und mittwochs bleibe ich bereits zu Hause. Siehst du, es ist einfach unmöglich!« Er schüttelte erneut seinen Kopf und dieses Mal musste er dabei lachen.

»Verlass nie deine Frau. Sie ist unglaublich toll und sehr geduldig mit dir. Ich würde meinem Mann nicht erlauben, so oft auszugehen«, sagte ich, auch lachend.

Nina näherte sich uns und forderte Philipp zum Tanzen auf. Während ich zuguckte, wie sie über die Tanzfläche glitten, drehte ich mich zu Kyle. Wir saßen jetzt alleine da, ein perfekter Augenblick für eine private Unterhaltung. Mit seinen 25 Jahren war Kyle einer der heißesten und zugleich nettesten Typen, die wir in der Salsaszene hatten. Ich stellte mir vor, dass jede Frau »ja« zu diesem 1,80 m großen, muskelbepackten und reizenden Mann sagen würde. Der attraktivste Teil an ihm war allerdings sein Charakter. Arroganz kannte er nicht. Er gab nie an damit, dass er so verdammt gut aussah, intelligent war oder ein guter Tänzer war.

»Wie kommst du mit deinem ›Zölibat‹ zurecht?«, fragte

ich. Beim letzten Mal, als wir uns unterhalten hatten, erklärte er mir, dass seine Freundin für ein Jahr in ein anderes Land gezogen sei und dass sie vereinbart hätten, aufeinander zu warten. Das war schon sechs Monate her.

»Ganz gut. Ich warte auf sie«, sagte er lächelnd.

»Du bist mein Held, dass du es schon sechs Monate durchgehalten hast. Mein Ex hat nicht einmal gewartet, bis er mit mir Schluss hatte, als er sich schon mit anderen Frauen traf«, fuhr ich mit einem boshaften Gesichtsausdruck fort. »Ich wünschte, deine Mutter hätte noch mehr von deiner Sorte gemacht.«

Ich erzählte ihm gerade von meiner Reise nach Südamerika, als ich in meinem Augenwinkel einen großen Mann vor mir stehen sah. Ich musste nicht aufblicken, um zu wissen, wer es war. Ich redete weiter und ignorierte ihn. Von Zeit zu Zeit guckte Kyle verwirrt zu dieser nervenden Person, die darauf bestand, bemerkt zu werden. Dann blickte er mich wieder an. Eine ganze Zeit später gab ich auf und schaute Loy an, der mich immer noch anstarrte.

»Möchtest du tanzen«, fragte er schnell.

Obwohl ich schon eine Stunde vorher nonstop mit anderen Männern getanzt hatte, sagte ich: »Ich weiß nicht, wie man Zouk tanzt.«

»Sollten wir es nicht mal ausprobieren? Wenn es dir nicht gefällt, können wir aufhören«, nervte er weiter und streckte seine Hand aus. Wir gingen in eine Ecke und fingen an zu tanzen. Ich gab mir keine große Mühe, wie zuvor bei meinen Freunden, und setzte mein gelangweiltes Gesicht auf. Am Ende vom Lied haute ich ab.

Ich hatte kein Zeitgefühl mehr, denn es war bereits nach 2:00 Uhr morgens und ich kam nicht mehr nach Hause.

»Ich habe meinen Zug verpasst. Könnte ich bei dir schlafen?«, fragte ich Philipp. Ich hatte bereits mehrfach in dem Gästezimmer von Philipp nach Partys übernachtet, mit dem Einverständnis seiner Frau, versteht sich.

»Ja, klar«, antwortete er.

Er sah glücklich aus, wahrscheinlich weil er die ganze Nacht tanzen konnte. Das einzige Mal, dass ich ihn pausieren sah, war, als er mit mir redete. Wir kamen bei ihm zu Hause gegen 3:30 Uhr an. Ich konnte nicht aufhören daran zu denken, wie merkwürdig es sich für andere anhören würde, dass ich mit einem verheirateten Mann nach einer Party nach Hause ging. Dieser Gedanke brachte mich zum Kichern.

Ich wachte im Gästezimmer auf, das sich im ersten Stock seines Hauses befand, und hörte Geräusche, die aus der Küche kamen. Ich stand auf und spürte sofort die kalte Luft, die im Zimmer herrschte. Es war 8:00 Uhr morgens, und ich war immer noch schläfrig. Ich ging runter und sah, dass Sabine Frühstück machte.

»Guten Morgen«, sagte ich, betrat die Küche und setzte mich an den Tisch.

»Guten Morgen«, erwiderte sie fröhlich. »Weißt du, ob Philipp schon wach ist?«, fragte sie und würzte ein Gericht in der Pfanne.

Ich musste schon wieder daran denken, wie lustig sich meine Antwort anhörte: »Ich weiß es nicht. Er ist dein Mann und du hast neben ihm geschlafen.«

»Oh, ich meinte, ob du ihm vielleicht im Flur begegnet bist. Wir gehen nämlich jeden Sonntag in die Kirche und wir sind spät dran«, erklärte sie mir lächelnd.

»Du bist wunderbar! Danke, dass ich hier übernachten durfte. Es ist manchmal schwierig, nach Partys nach Hause zurück zu kommen«, sagte ich, während ich ihr zuschaute, wie sie Pilze und Eier in die Pfanne gab.

»Sehr gerne, Kathy.«

Gegen Abend fühlte ich mich sehr müde. Ich hatte nur vier Stunden bei Philipp und Sabine geschlafen; das war nicht so viel, wie ich brauchte. Ich war jedoch fest dazu entschlossen, wie geplant auszugehen. Die Party war im *Weißhaus*. Ich lud Ale ein, mit mir zu kommen. Wir trafen uns am Bonner Hauptbahnhof und gingen gemeinsam dorthin. Alle mir bekannten Tänzer aus Bonn und Köln war dort. Ich verbrachte die Nacht mit Tanzen und ging Loy aus dem Weg. Es war schwierig, ihn nicht wahrzunehmen. Der ständige Versuch, ihm aus dem Weg zu gehen, saugte meine ganze Energie auf. Am Ende des Abends war ich mir nicht einmal sicher, wer da wen ignorierte.

»Macht es dir etwas aus, wenn ich früher gehe?«, fragte ich Ale, der gerade mit einer heißen Blondine getanzt hatte, die alle Jungs umringten.

Er kniff seine Augen zusammen und fragte besorgt: »Ist alles in Ordnung?«

»Ja, ich bin nur müde. Ich habe die letzten vier Nächte hintereinander gefeiert«, antwortete ich, während ich ihn bereits umarmte und ihm einen Abschiedskuss gab. Ich blickte auf die Tanzfläche und sah, dass Loy sehr eng mit einem Mädchen tanzte. Ich ging so schnell wie möglich zur Tür und versuchte, den Leuten und dem Lärm zu entkommen, der mir inzwischen auf die Nerven ging. Ich wollte gerade einen Fuß aus der Tür setzen, als eine Hand meinen Arm packte und mich festhielt. Ich drehte mich um und sah Loy. Er hatte das Mädchen mitten auf der Tanzfläche stehen lassen und war hinter mir her gehechtet, um mich aufzuhalten.

»Gehst du schon?«

»Ja, und falls du es nicht bemerkt haben solltest, ich ignoriere dich«, schnauzte ich ihn an.

»Warum?« Er tat so, als ob er nichts wahrgenommen hätte.

Auf seinem Gesichtsausdruck lag ein Hauch von einem Lächeln. Oder war es eher Ironie?

»Weil ich es leid bin, dass du mich an einem Tag wie deine beste Freundin behandelst und am nächsten wie eine völlig Fremde«, erwiderte ich lauter als gewöhnlich.

»Ich bin ein Sänger. Jeder kennt mich und denkt, dass er mein Freund ist«, entschuldigte er sich und ließ meinen Arm los.

»Oh, jetzt bin ich also auf der ›Jedermann-Liste‹?«, fragte ich ungläubig.

»Natürlich nicht. Aber meine Freunde akzeptieren mich so, wie ich bin, ohne sich zu beschweren.« Er verschränkte seine Arme vor der Brust.

»Du kannst mich von deiner Freundesliste streichen, wenn du so deine Freunde behandelst.«

»Möchtest du eine Sonderbehandlung von mir?«, fragte er und hörte sich dabei irgendwie verzweifelt an.

»Wenn du es als Sonderbehandlung verstehst, dass du jemanden auf Partys begrüßt, dann ja. Ich nenne es einfach ›Nicht-unhöflich-sein‹.« Ich gebe zu, dass das sehr ironisch klang.

Der folgende Moment war unangenehmes Schweigen. Dann sagte er: »Ich möchte mich nicht streiten. Ich werde nicht aufhören, dich zu mögen, nur weil wir gerade nicht miteinander reden. Ich möchte überhaupt nicht, dass das passiert.«

»Ich möchte das auch nicht. Du musst dein Verhalten ändern, sonst ist beim nächsten Mal für immer Schluss«, sagte ich mit fester Stimme.

»Ich verspreche es«, antwortete er lächelnd.

***

Seit drei Wochen tanzte ich nur noch einmal in der Woche. Ich stellte fest, dass Tanzen sehr süchtig machen konnte und dass ich mich in diesem Punkt nicht sehr von Philipp unterschied. Ich hatte es schon mehrfach versucht, aber ich konnte vorher nie meinen Drang, ständig zu tanzen, zügeln; bis zu diesem Moment. Ich war nicht mehr die gleiche Person seit der Panikattacke in Johns Haus. Ich beschritt ganz langsam einen anderen Weg und brauchte noch mehr ruhige Zeit, um mich selber besser zu verstehen. Mein Tun und Lassen im Allgemeinen unterschied sich jedoch nicht allzu sehr von dem davor. Hatte ich mich wirklich verändert? Kann ein Mensch, wenn er ein bestimmtes Alter erreicht hat, sich noch wirklich verändern? Es schien, als ob Loy genau das getan hatte. Nach meiner letzten Unterhaltung mit ihm war er sehr höflich und hatte aufgehört, mich zu ignorieren. Was für eine Person war er wirklich? Seit ich von meiner Reise zurück war, sah ich ihn als jemanden an, der sich nur um sich selbst kümmert. Vielleicht hatte ich ja unrecht, und sein gutes Benehmen würde andauern. Die Probleme von anderen zu sehen und auf sie aufmerksam zu machen, war jedoch einfach. Und wie stand es um mich? Warum ließ ich mich emotional und physisch auf Elliot ein? Von Anfang an hatte er mir gesagt, dass er in einer Beziehung war. Warum hatte ich mich nicht einmal, sondern gleich zweimal in die gleiche Situation mit ihm begeben? Sollte ich etwa Elliot und Wolfgang für all meine Tränen und meinen Kummer verantwortlich machen? Sollte ich Loy dafür die Schuld geben, dass er es nicht ernst mit mir meinte? Hatten sie mich nicht alle darauf aufmerksam gemacht, dass ich nicht diejenige war, die sie wollten? Was hatten alle drei Männer gemeinsam? Der Tag, an dem ich den gemeinsamen Nenner für diese Fragen finden werde, ist der Tag, an dem ich mich von diesem Muster befreien kann.

Ich wachte an meinem Geburtstag traurig auf, so, wie jedes Jahr, wenn dieser Tag kam. Es war Donnerstag, und ich wollte eigentlich nichts Besonderes machen. Ich lud Ale und Shirin zum Tanzen ein. Ich schminkte mich gerade, als Eduards E-Mail reinkam.

Wir alle haben es einmal im Jahr, und heute bist du dran. Alles Liebe zum Geburtstag! Außerdem möchte ich dich daran erinnern, wie weit du es gebracht hast, von Rio de Janeiro bis dorthin, wo du jetzt bist. Du lernst ständig dazu und verbesserst dich stetig, auch wenn du es selbst an dir nicht wahrnimmst.

Warum musste er mich immer an diesem Tag zum Weinen bringen? Das war mein Gedanke, während ich meine Tränen trocknete und wieder von vorne mit dem Schminken beginnen musste.

Ich wollte gerade das *L'Empereur* betreten, als ich eine Nachricht von Ale und Shirin bekam. Sie waren bereits da. Es befanden sich sonst nur wenige Leute in dem Club, und ich sah die beiden sofort an der Bar. Sie sahen umwerfend aus, Ale wie immer sehr elegant. Shirin und ich hatten heute denselben Geschmack: enge, dunkle Jeans und goldfarbene Bluse. Nachdem ich mit den üblichen Geburtstagswünschen begrüßt und umarmt worden war, führte mich Ale zur Tanzfläche. Wir tanzten drei Nummern lang. Ich lachte vor Glück, aber auch über meine Schrittfehler bei der Salsa. *Ich hatte noch einen langen Weg vor mir, um sein Niveau zu erreichen.*

Als wir wieder an der Bar waren, sah ich Loy hereinspazieren. Der Club war so klein, dass es unmöglich war, jemanden nicht zu bemerken, selbst wenn es dort voll war. Aber irgendwie schaffte es Loy, mich unter den anderen zehn Leuten nicht wahrzunehmen.

»Ist Loy gerade an dir vorbeigegangen, ohne dich zu begrüßen?«, fragte Shirin mit einem erstaunten Gesichtsausdruck.

Ich nickte stumm.

Ale, der zugehört hatte, sagte: »Auweia! Das ist ein seltsamer Typ.«

Ich entschied mich dazu, mein Recht auf Schweigen auszunutzen und verlor kein Wort mehr über ihn.

Später befand ich mich im Zug auf dem Weg nach Hause. Obwohl es spät war, war der Zug voller Menschen, und es gab kaum noch Sitzplätze. Ich hatte mich gerade am Ende des Waggons niedergelassen und freute mich über die Sitzgelegenheit, als ich eine Nachricht von Jade bekam.

Anthony war total lieb zu mir in den letzten paar Tagen, aber jetzt beantwortet er mir meine Mitteilungen nicht mehr. Glaubst du, dass er verrückt ist?

Irgendwie schaffen wir es, alles, was in unserem Leben schiefgeht, anderen in die Schuhe zu schieben. Mein Freund ist verrückt, meine Ex-Freundin ist kontrollsüchtig, mein Chef ist ein Arschloch etc. Aber es ist nie unsere Verantwortung. Haben wir nicht die Wahl, wer an unserem Leben teilhat und wer nicht? Ich dachte kurz über ihre Geschichte nach und auch über meine eigene, bevor ich antwortete. *Denkst du, dass eine »gesunde« Person etwas mit einer verrückten anfangen würde?*

Natürlich nicht!, antwortete sie. Die Unterhaltung war beendet.

Es war schon eine Woche vorüber, dass wir an meinem Geburtstag tanzen waren. Ale fragte mich am Telefon: »Möchtest du heute ins *La Salsera* gehen?«

Ich war froh darüber, nicht alleine gehen zu müssen.

»Ja, hört sich super an«, antwortete ich.

Der Club war schon sehr voll, als wir ankamen. Ale sah wie immer sehr chic aus. Ich hingegen sah sehr leger aus in meiner Jeans und dem schwarzen T-Shirt, auf dem *Dance with me* stand. Ich tanzte seit einer halben Stunde ohne Unterlass, und als ich dann doch ein Päuschen einlegte, sah ich Ale an der Wand in der Nähe der Tanzfläche stehen. Ich ging zu ihm, und wir quatschten ein wenig. Plötzlich sah ich auch Loy, der sich einer Frau näherte, die neben uns stand, und sie zum Tanzen aufforderte. Er blieb stehen, guckte mich an, begrüßte mich und streckte seine Arme aus, um mich zu umarmen. Das schockierte mich total für ein paar Sekunden. Offensichtlich hatte er meine letzte Warnung nicht ernst genommen. Ich schaute ihn nur für den folgenden Satz kurz an: »Begrüße mich nie wieder, ich habe kein Interesse.«

Meine Worte waren scharf wie ein Messer, ebenso mein Blick. Ich konnte Loys überraschten Gesichtsausdruck noch sehen, bevor ich mich wieder nach Ale umdrehte. Nachdem die beiden weg waren, fragte Ale mich: »Glaubst du nicht, dass das ein bisschen zu hart war?«

»Ich möchte solche Männer nicht mehr in meinem Leben haben, nicht einmal unter meinen Zufallsbekannten.«

In dieser Nacht schlief ich nicht. Stattdessen starrte ich von meinem Bett aus die Decke an. Ich wusste nun genug über Männer, um nicht irgendetwas Dummes zu tun oder manipuliert zu werden. Trotz dieser Erkenntnis saß ich hier und hatte in den letzten Jahren schlechte Entscheidungen bei drei Männern getroffen. Zu wissen, wie Männer und Frauen funktionieren und miteinander kommunizieren, hilft nur dann, wenn wir uns selbst verstehen. Ich war nicht anders als Ale oder Jade, nur nach Bananen lechzend und mich dann elend fühlend, da mein Körper infolge meiner strengen Diät zu viel Kalium angesammelt hatte.

Wenn es um die Männer ging, die ich wirklich mochte, wurde ich zu einem verlorenen Kind, das verzweifelt nach Liebe suchte. Nach der Liebe, die mir meine Eltern versagt hatten. Eine Kindheitserinnerung stieg in mir auf. Ich war noch keine sechs Jahre alt. Meine Mutter besuchte mich bei meiner Oma. Wir gingen zu einer Freundin meiner Mutter. Ich saß auf ihrem Schoß, hatte meine Arme um den Hals meiner Mutter geschlungen. Ich erinnere mich daran, dass ich überglücklich war, meiner Mutter so nah zu sein. Ich gab ihr einen Kuss auf die Wange. Sie aber schubste mich weg und sagte, dass sie nicht geküsst werden möchte. Mit einer Hand wischte sie meinen Kuss von ihrer Wange.

Oh mein Gott! Ich verstand auf einmal, was Elliot, Wolfgang und Loy gemeinsam hatten: Sie alle wiesen meine Liebe zurück, so, wie es meine Mutter tat!

Die Tatsache, dass ich ohne die Liebe meiner Eltern aufgewachsen bin, hat einen großen Einfluss auf mein Urteilsvermögen, wenn es um Männer und Beziehungen geht. Ich verbrachte meine Kindheit damit, darauf zu warten, dass meine Mutter und mein Vater mich liebten, und mein erwachsenes Leben damit, nach Liebe bei den Männern zu suchen, die ähnliche Eigenschaften und Verhaltensweisen wie meine Eltern aufwiesen, nämlich weder Interesse noch Liebe für mich zu empfinden. Ich stand auf, ging zu meinem Schrank und griff nach einem alten Schuhkarton, einem weißen Blatt Papier, nach Tesafilm und einem roten Stift. Ich setzte mich auf mein Bett. *Bleib mir vom Hals* schrieb ich auf das Blatt Papier, klebte es auf den Karton und fügte drei Namen hinzu. *Ich werde auch weiterhin jeden Mann in diesen Karton packen, der auch nur das kleinste Anzeichen von Gleichgültigkeit zeigt!*

Zwei Monate später …

»Ich bewundere dich«, sagte Ale und lächelte ein wenig dabei.

»Warum?«, fragte ich.

»Weil es verdammt schwer ist, sein Verhalten zu ändern. Du hast das geschafft.«

Wir standen nebeneinander vor dem Eingang, von dem aus ich den nächsten Flug nach London antreten wollte. Ich vergab mir meine Fehler und akzeptierte mich so, wie ich war. Das war bislang die größte Herausforderung in meinem Leben. Ich hatte nicht nur gelernt, mich vor anderen zu schützen, sondern auch vor mir selbst.

»Niemand kann sich an einem Tag verändern. Ganz gleich, was ich durchgemacht habe oder was ich bin: wie ich einmal sein werde, das ist eine Entscheidung, die ich jeden Tag aufs Neue zu treffen habe!«

Ale gab mir einen Abschiedskuss und sagte lächelnd: »Ich bin stolz auf dich, Kathy.«

Meine Gedanken wanderten zurück zu meinem letzten Besuch in Brasilien. Ein paar Tage nach Isabelas Beerdigung besuchte ich die Pastorin Naomi. Sie fragte mich: »Sind Sie bereit, eine Beziehung mit dem richtigen Mann einzugehen? Gott schenkt uns nichts, womit wir nicht zurechtkommen können.« Ich schob meinen roten Koffer durch den Eingang. Die Antwort kannte ich: *Ich bin bereit!*

Lightning Source UK Ltd.
Milton Keynes UK
UKOW01f0523200717

305691UK00010B/547/P